Rq 2495

P678K

D1235558

1-86031
P678K

Les Éditions du Boréal
4447, rue Saint-Denis
Montréal (Québec) H2J 2L2
www.editionsboreal.qc.ca

LA KERMESSE

DU MÊME AUTEUR

ŒUVRES

Temps pascal, roman, Montréal, Tisseyre, 1982.

Nouvelles de la capitale, nouvelles, Montréal, Québec Amérique, 1987.

L'Obomsawin, roman, Sudbury, Prise de parole, 1987 ; Montréal, Bibliothèque québécoise, 1999.

Visions de Jude, roman, Montréal, Québec Amérique, 1990 ; paru sous le titre *La Côte de Sable,* Montréal, Bibliothèque québécoise, 2000.

L'Écureuil noir, roman, Montréal, Boréal, 1994 ; coll. « Boréal compact », 1999.

Le Canon des Gobelins, nouvelles, Ottawa, Le Nordir, 1995.

Samuel Hearne. Le marcheur de l'Arctique, roman pour la jeunesse, Montréal, XYZ, 1995.

L'Homme de paille, roman, Montréal, Boréal, 1998.

Le Roman colonial, essai, Montréal, Boréal, 2000.

TRADUCTIONS

Pic de Jack Kerouac, Montréal et Paris, Québec Amérique et La Table ronde, 1987.

Avant la route de Jack Kerouac, Montréal et Paris, Québec Amérique et La Table ronde, 1990.

Le Vieil Homme, la Femme et l'Enfant de W. O. Mitchell, Montréal, Québec Amérique, 1991.

Monsieur Vogel de Matt Cohen, Montréal, XYZ, 1992.

Oh Canada! Oh Québec! Requiem pour un pays divisé de Mordecai Richler, Candiac, Balzac, 1992.

Les Mémoires barbelées de Matt Cohen, Montréal, Quinze, 1993.

Le Récit de voyage en Nouvelle-France de l'abbé peintre Hugues Pommier de Douglas Glover, Québec, L'Instant même, 1994.

Le Rédempteur de Douglas Glover, Québec, L'Instant même, 1995.

Trotski de Matt Cohen, Québec, L'Instant même, 1996.

L'Évangile selon Sabbitha de David Homel, Leméac, 1999.

L'homme qui voulait boire la mer de Pan Bouyoucas, Les Allusifs, 2005.

Daniel Poliquin

LA KERMESSE

roman

1 – 86031

Bibliothèque Municipale d'Alma

131041-3

Boréal

L'auteur tient à exprimer sa reconnaissance à la fondation Chalmers, au Conseil des Arts du Canada, programme PICLO, et au Conseil des Arts de l'Ontario.

Les Éditions du Boréal reconnaissent l'aide financière du gouvernement du Canada par l'entremise du Programme d'aide au développement de l'industrie de l'édition (PADIÉ) pour ses activités d'édition et remercient le Conseil des Arts du Canada pour son soutien financier.

Les Éditions du Boréal sont inscrites au Programme d'aide aux entreprises du livre et de l'édition spécialisée de la SODEC et bénéficient du Programme de crédit d'impôt pour l'édition de livres du gouvernement du Québec.

© Les Éditions du Boréal 2006
Dépôt légal : 1er trimestre 2006
Bibliothèque et Archives nationales du Québec

Diffusion au Canada : Dimedia
Diffusion et distribution en Europe : Volumen

Catalogage avant publication de Bibliothèque et Archives Canada

Poliquin, Daniel

La Kermesse

ISBN 2-7646-0438-6

I. Titre.

PS8581.O285K47   2006   C843'.54   C2006-940181-0
PS9581.O285K47   2006

Je suis la chair faite verbe.

Faculté qui m'était fort utile à l'époque où j'étais journaliste : sûr comme je l'étais de commander à l'opinion, je renversais des gouvernements entre deux cafés le matin, je flétrissais les prévaricateurs et distribuais les prix de vertu. Dans mes romans, c'était encore plus facile. Le hasard était obéissant, les femmes tombaient amoureuses de l'homme que je rêvais d'être au premier regard, je refaisais l'histoire telle que je l'aurais voulue. Il ne me manquait qu'un public crédule pour que tout fût vrai.

Quand j'écris maintenant, c'est pour mendier ma subsistance à mon père, et mes seules lectures sont les petites annonces du journal où l'on propose du travail à ceux qui n'en ont pas. Je voudrais bien faire de moi un homme intègre, au gagne-pain honorable, mais mon cerveau se moque de mes velléités : il continue d'imaginer sans me demander mon avis, fécondant et refaçonnant sans trêve des univers dont je ne veux plus. Jeu auquel mon esprit se livre à mon corps défendant et me laisse ensuite sans forces. D'où mon seul désir : me métamorphoser en l'une de ces créatures insignifiantes qui se font et se défont machinalement dans ma tête pour se perdre ensuite dans mes amnésies intermittentes. Il faut que je cesse de songer durant le jour pour ne faire que la nuit de ces rêves qu'on oublie avec l'arrivée de l'aube. Car j'ai enfin compris que l'imagination enchaîne la liberté.

Mes souvenirs ne servent plus à rien, il faut que je les évacue. Tâche ardue, car je me remémore aussi malgré moi les histoires que les autres me racontent, comme si je n'avais pas déjà assez des miennes. Ma mère aurait dit que cette malédiction est le salaire de mon existence pécheresse.

Elle est morte peu de temps avant la bataille de Vimy. Le télégramme était signé de la maîtresse de poste de mon village, qui avait dû avoir pitié de mon père analphabète, sans quoi elle n'aurait jamais écrit à l'heureux proscrit que je suis : « Ta mère est morte. Prie. » Je suis allé trouver mon adjudant en espérant que mon deuil me vaudrait une petite permission de deux jours, dont je comptais profiter pour aller demander à Flavie la Vendéenne si elle m'aimerait un jour. L'adjudant a bien ri : « Dis donc, sergent de mon cul, ça fait quatre fois qu'elle meurt, la vieille chez vous ! Tu devrais faire mourir ton père des fois, ça ferait changement ! » J'ai protesté un peu : je lui ai même juré que, cette fois, c'était vrai. Il m'a envoyé chier. Je me suis consolé en pensant que la mort imminente de ma mère m'avait quand même déjà valu deux permissions à Droucy, où campait l'unité de Flavie l'infirmière, la première femme de ma vie que j'aie désirée plus d'une fois.

Avoir su que mon histoire allait crever le cœur du soldat Léon Tard, mon ami et subalterne, je ne lui aurais rien dit. Nous étions en train de creuser des fosses pour nos camarades tués au combat, et puisqu'il tenait à savoir pourquoi je ne chantais pas comme d'habitude, je lui ai raconté le rire gras de l'adjudant. Il m'est tombé dans les bras en braillant. Impossible de le calmer. « Excuse-moi, mais j'ai de la peine pour toi… Ta maman… » Un colosse comme Tard qui pleure à chaudes larmes, ça attendrit toujours. J'ai réussi à le consoler en lui promettant de le faire nommer caporal un jour.

On avait à inhumer lui et moi une demi-douzaine de gars qui n'avaient pas passé la nuit ; et encore, il s'agissait d'amputés dont les cercueils ne pesaient presque rien ; une petite journée d'ouvrage. Et là, pour faire passer sa peine un petit peu, Tard m'a raconté comment, à sept ans, il avait lui-même perdu sa mère. Elle était morte en couches pendant qu'il jouait dans la cour de la ferme avec un bâton et un cerceau, et il avait donné un coup de pied à une vieille poule qui lui barrait le chemin. « Quand ils m'ont dit que maman était partie au ciel, j'ai tout de suite pensé que c'était de ma faute, à cause que j'avais été méchant avec la poule. Pis là je me suis demandé comment on ferait pour souper ce soir-là parce que maman était plus là pour nous faire à manger, ça fait que ça m'a donné faim. Quand je pense à elle, j'ai toujours faim. » Il s'est remis à gémir tellement fort qu'il a failli laisser tomber par terre le petit caporal de l'Ontario qui s'était fait étriper par un obus, lui qu'on aimait beaucoup parce qu'il sifflait si bien en se rasant. À voir Tard avec sa face d'orphelin trop grand pour son âge, j'ai pensé verser quelques larmes avec lui, mais il avait déjà trempé mon mouchoir. Il m'arrive encore d'être sensible aux souffrances des autres, alors que les miennes me laissent froid. C'est sans doute, comme toujours, l'effet d'une imagination capricieuse qui me trouve indigne d'intérêt.

Tard avait eu la malchance d'être adopté par son oncle et sa tante, qui avaient déjà neuf enfants et se seraient fort bien passés des quatre nouvelles bouches que la mort de leur belle-sœur veuve leur avait jetées entre les pattes. Le reste de sa courte enfance, on lui avait reproché de prendre trop de place et de manger comme un cochon. Son oncle l'avait envoyé au chantier comme aide-cuisinier à dix ans, et là, effrayé par tous ces bûcherons qui sacraient comme si le bon Dieu était mort, il s'était ennuyé encore plus de sa mère morte et même de sa famille adoptive qui était pourtant bien débarrassée de lui. Au bout de cinq ou six ans, il avait fini par en avoir assez de remettre tous ses gages à son oncle pour le remercier de ses bontés. Il avait fui la forêt pour les manufactures du Massachusetts, mais il était revenu dans son trou québécois au bout de six mois comme un chien battu retourne à son maître. « Oui, je comprends pourquoi tu ris de moi, sergent. C'est vrai que chez nous ça sentait la pisse, la sueur, la soupe aux choux. Quoi d'autre ? Ah oui, ça sentait aussi le lait suri, la viande trop cuite, le tas de linge sale, mais c'était quand même mon nid à moi, c'était mon chez-nous. C'est fort, l'ennui… » Pour ne pas le troubler davantage, j'ai tiré une bouffée de ma pipe avec l'air de l'homme qui comprend les mystères de la vie et je n'ai plus rien dit. Il n'aurait pas pleuré autant s'il avait connu ma mère.

Elle s'appelait Marie, elle avait été maîtresse d'école pendant quatre ou cinq mois après avoir fait l'École normale, et elle était encore fille à trente-six ans. Son père était le plus gros maraîcher du coin mais son argent n'attirait aucun prétendant. On comprend pourquoi : il y avait une corde de folie dans la famille. Marie en était atteinte, comme trois de ses tantes et sa grand-mère. On disait au village que c'était à cause des quelques ancêtres sauvages qui s'étaient mêlés à sa famille. Dans ce canton où les lignages n'avaient de secrets pour personne, on disait aux beaux gars de se méfier de cette fille dont le père avait de l'argent, oui, qui n'était pas laide, non, mais qui chantait à tue-tête à la messe et racontait à tout le monde les confessions qu'elle avait faites au curé, en se plaignant chaque fois de la douceur de ses pénitences.

La maraîchère, qui ne prisait guère les moqueries dont on accablait sa benjamine, a entrepris un jour de changer en femme cette grenouille de bénitier. Il allait bientôt y avoir une noce dans sa parenté, et elle a fait savoir à tout le village que sa Marie y serait avec un cavalier. Personne ne l'a crue, bien sûr. Ce qu'on ne savait pas, c'était qu'elle s'était arrangée avec le maquignon Lusignan pour que son fils, qui avait l'air parti lui aussi pour finir vieux garçon, vienne à la noce et invite sa fille à danser au moins une fois. Le maquignon admirait l'argent de la maraîchère, marché conclu.

Lui, c'était Lucien : l'ébéniste le plus adroit du village, un vrai cœur tendre, imperméable à la moindre mauvaise pensée. C'était alors un garçon d'à peine trente-huit ans, réservé comme tant de ces êtres qui ont un défaut d'élocution, et, de mémoire villageoise, on ne l'avait jamais vu adresser la parole à une jeune fille sans bégayer trois fois plus que de coutume. Dernier de sa famille, donc privé de tout droit sur la terre paternelle, de surcroît toujours dernier de classe, il avait été retiré de l'école très jeune pour entrer comme apprenti chez un menuisier des Trois-Rivières, puis son père l'avait établi au village. On s'entendait pour dire qu'il travaillait bien, mais qu'il ne demandait pas assez cher pour son ouvrage, ce qui faisait rire tout le canton, à commencer par le maquignon, qui gérait les affaires de son fils. « Il a beau s'appeler Lucien, c'est pas une lumière », disait aussi le maquignon, qui avait fait deux mois de latin dans son jeune temps.

Le fils obéissant, Lulu pour les intimes, est donc allé à la noce, où il s'est très bien conduit au dire de la maraîchère et du curé. À l'église, il avait communié, ce qui voulait dire qu'il avait dû se confesser la veille. Après le banquet, au lieu d'aller prendre un coup derrière la grange et de se battre avec les jeunesses du coin pour montrer sa force, il était resté auprès de la Marie et avait veillé à ce qu'elle ne manque pas d'orangeade pendant toute la soirée. Il lui avait demandé la première danse comme convenu, puis il était allé fumer sa pipe dehors. Il l'avait aussi raccompagnée chez elle sans qu'on eût à le lui demander.

La semaine suivante, Lucien a appris qu'il était fiancé. Le maquignon était content : « Compte-toi chanceux, mon Lulu. Pour la dot, ton futur beau-père va te prêter à vie, pis pour rien à part de ça, la petite maison qu'il a encore au village, ça te fera plus de place pour ton atelier ; t'auras juste à payer les taxes, c'est presque rien. Mais j'ai fait ajouter au contrat, rien que pour toi, le terrain avec l'affût pour la chasse aux canards sur le bord du fleuve. T'es sûr aussi que Marie va hériter gros plus tard. Tu manqueras jamais de rien, mon garçon. Remercie-moi pas, ça m'a rien coûté. » À la noce, Lucien a revêtu l'habit que son père avait porté à la sienne et qu'il lui avait revendu à prix d'ami.

Comment j'ai su tout ça ? Le folklore cruel de mon village m'a appris certaines choses, j'ai inventé le reste du mieux que je pouvais.

Neuf mois plus tard naissait un fils à ces deux innocents qui s'étaient unis pour plaire aux autres. Le curé avait dû leur expliquer comment me faire. À confesse, bien sûr. J'ai été mis en nourrice le jour de ma naissance, et je marchais déjà quand mes parents m'ont repris. Je crois même que j'ai dû faire le chemin à pied : ma mémoire exagère, je sais, mais c'est la seule façon de faire vrai.

Des années après, quand ma mère a été placée aux Petites Loges de Québec, la maison où l'on embarre les fous de la province, la grand-mère maraîchère m'a dit que c'était de ma faute : « C'était pas assez de lui déchirer le derrière quand t'es venu au monde, c'est à cause de toé qu'elle s'est mise à faire des pirouettes dans sa tête. Avant, elle était fine, elle était douce, tout le monde admirait son instruction. Son seul plaisir, c'était d'aller à la messe. J'aurais dû la garder chez nous au lieu de la donner à ton père, l'insignifiant! » Ses reproches ne m'avaient nullement dérangé ; elle était d'habitude beaucoup moins aimable que ça.

Il n'y en a pas eu d'autres après moi : conseil du médecin, ordre du curé. Ce qui faisait qu'au village on savait mon père privé de la chose, et on a cessé de l'appeler Lulu pour le rebaptiser Bon Saint-Joseph. Surnom qui s'est tellement répandu qu'un jour quelqu'un a lâché le mot et l'a appelé Bon Saint-Joseph devant lui. Mon père n'a rien dit, le surnom lui est resté. Il n'a jamais repris personne, il s'y est habitué. Quelques années plus tard, quand on parlait de Bon Saint-Joseph chez nous, personne ne riait, ce qui était toujours ça de pris sur la méchanceté du village.

Moi, le village m'appelait Ti-Jésus. Pour rire, bien sûr. Ma mère avait décidé à ma naissance que je ferais un prêtre pour expier ses péchés. Donc, régime de pureté absolue pour moi. Pour que je n'entende pas les grossièretés des enfants du voisinage, elle avait fait bâtir une clôture de six pieds de haut autour du jardin. Quand j'ai eu quatre ans, elle m'a confectionné de ses mains de fée une soutane, un surplis et une étole pour que je joue dans la cour habillé en petit prêtre. Les enfants du village riaient de mon costume, et comme je cherchais tout le temps à me sauver pour me l'arracher du dos, ma mère me nouait autour de la cheville une corde reliée à un pieu fiché en terre, comme le bouc du voisin. L'été, les enfants du village venaient se coller la face aux fentes de la clôture et me soufflaient : « Ti-Jésus, viens-tu jouer ? Enlève ta soutane, pis viens te baigner dans le fleuve avec nous autres… » Ils riaient et je pleurais. Des fois, ma mère sortait de la maison en hurlant comme une folle détachée, et eux autres, les méchants enfants, ils se sauvaient en criant comme des Iroquois pour revenir me torturer le lendemain. Quand je pleurais trop, mon père sortait de son atelier : il m'enlevait mon habit de prêtre, il m'habillait en petit garçon, il m'emmenait au magasin général et il m'offrait des bâtons de réglisse ou des bonbons à la menthe emballés dans du papier mâché, ou même les deux parfois. Dans ccs moments-là, j'étais sûr qu'il n'y avait que lui sur terre qui m'aimait comme je voulais.

À entendre parler de friandises, Tard s'était trémoussé de plaisir dans notre coin de la casemate, à côté des chiottes : « Tu vois, c'était pas si mal que ça chez vous ? C'était mieux que chez nous. En tout cas, il y avait des bonbons… » C'est vrai, mais on priait beaucoup. J'ai appris à prier avant de parler, et j'ai passé la moitié de mon enfance à genoux. C'est pour ça que le jour où un homme s'est agenouillé devant moi pour m'aimer de sa bouche, j'ai pensé à ma mère.

Quand elle entrait dans ma chambre le matin, elle se mettait tout de suite à genoux au pied de mon lit pour remercier le Seigneur de lui avoir permis de me trouver vivant. À l'église, il fallait toujours que la famille reste prosternée plus longtemps que les autres paroissiens pour leur montrer que nous, on priait mieux qu'eux. À six ans, je connaissais toutes mes prières en latin, exploit qui a cimenté la certitude de ma vocation dans l'esprit dérangé de ma mère.

Jamais de répit. Si on passait devant l'église pendant une promenade, il fallait y entrer pour réciter un acte de contrition; si une statue se trouvait sur notre chemin, le tarif était de trois *Je vous salue, Marie*; si le curé Lajoie croisait notre route, il fallait se jeter à ses pieds pour lui demander sa bénédiction, qu'il nous accordait d'un air qui me paraissait toujours bougon. Je pense maintenant qu'on le gênait un peu avec notre piété tapageuse.

J'ai demandé un jour à ma mère pourquoi le curé Lajoie ne s'agenouillait pas devant les autres, lui. Oui, il se met à genoux devant son évêque, qu'elle a répondu. Et l'évêque? Devant le cardinal. Et le cardinal? Devant le pape. Et le pape? Devant Dieu. Et Dieu? Non, ça s'arrête à Dieu. Alors, que je lui ai dit, quand je serai grand, je veux être Dieu. Elle a crié au blasphème et m'a lavé la bouche au savon. J'ai dû promettre de ne plus jamais dire ça, mais pendant très longtemps après, j'ai continué de vouloir être Dieu pour que le monde entier se prosterne devant moi un jour, surtout elle et le curé Lajoie. Ambition qui a fini par me quitter le jour où moi-même j'ai désiré m'agenouiller pour l'éternité devant le seul homme qui a voulu de moi et que j'ai eu la certitude d'aimer, Essiambre d'Argenteuil.

À l'approche des fêtes religieuses, la piété de ma mère virait au délire. La veille de la Pentecôte, l'année de mes neuf ans, elle a allumé des bougies partout dans la maison pour que Dieu nous voie mieux. Au moment d'aller dormir, mon père a entrepris de les éteindre; elle a protesté avec véhémence. Mon père lui a répondu doucement que la maison risquait de prendre feu et nous de mourir. Elle s'est entêtée : « Mais non, le crucifix est accroché au mur, on peut pas mourir brûlés, espèce de fou ! » Après un long soupir, il a réussi à bafouiller : « Un cru…cifix, ça brû…le aussi. » Elle s'était couchée furieuse, et pendant un bon mois après il nous a fallu réciter trois chapelets de plus par jour pour notre punition.

Quand une fantaisie s'épuisait, celle de mon habit de prêtre, par exemple, qu'elle a fini par m'enlever vers mes six ans, une autre lui succédait aussitôt. Celle des statues lui a été fatale. Elle avait fait venir de Montréal des statues de saints qu'elle avait installées un peu partout dans la maison, et le soir, avant de se coucher, elle nous disait : « Excusez-moi, faut que j'aille nourrir les enfants. » Et là, elle remplissait son tablier de bouts de pain et en déposait un devant chaque statue. Mon père ne disait rien, il sortait fumer sa pipe en attendant qu'elle eût fini. Il s'était habitué, moi aussi, même que nous n'aurions jamais songé à rire de sa nouvelle manie. Mais le jour où le curé est venu percevoir la dîme, elle lui a confié : « Saint Jude est pas content, je lui ai donné un moins gros morceau qu'à saint Paul. Il boude… » Puis elle a pouffé de rire. C'est sans doute son rire trop aigu qui a convaincu le curé de la faire interner aux Petites Loges de Québec. C'était le 8 décembre, le jour de l'Immaculée Conception et de mon anniversaire. Le lendemain, sa valise était faite, je ne l'ai revue que deux ans après, peu avant mon entrée au collège de Nicolet.

Parfois, pour faire plaisir au soldat Léon Tard, qui vénérait la mère qu'il n'avait pas connue, je lui disais du bien de la mienne. J'en avais à dire, justement, parce qu'elle avait bon cœur quand sa tête allait bien. Ces jours-là, elle me permettait de me coucher dans son lit le matin, à côté du poêle, et elle faisait des crêpes de sarrasin en chantant autre chose que des cantiques. Dès qu'elle avait réussi une crêpe, elle la lançait sur le lit pour lui faire prendre la chaleur du corps qui y avait dormi. On les mangeait ensuite avec de la mélasse et du thé. J'aimais son sourire de bonté qui ensoleillait la cuisine enfumée. Tard était tout content d'entendre ça. « Il m'a donné faim, ton souvenir. T'en as-tu un autre ? » Il a insisté.

Pour avoir la paix, je lui ai raconté que j'adorais aller à la chasse aux canards avec mon père, à notre affût à nous sur le fleuve, le cadeau de noces du maraîcher. Je n'arrêtais pas de babiller quand j'étais avec mon père, même quand je mangeais ; il le fallait bien, il n'ouvrait jamais la bouche, je devais parler pour deux. Je ne me lassais jamais de le contempler quand il travaillait de ses grosses mains brunies par le contact du bois et des vernis ; j'aimais ses yeux gris, qui verdissaient quand il fixait le fleuve et qui bleuissaient quand il regardait vers le ciel. Il était beau dans son silence. Mais ça, je ne l'ai pas dit à Tard de peur qu'il me prenne pour une tapette.

Le lendemain, une mine allemande a fait sauter la casemate pendant que j'étais allé porter un message à l'état-major, et je n'ai revu qu'un trou fumant à la place du visage de Tard souriant aux anges au souvenir des crêpes dans le lit tiède. Il n'y avait plus rien à faire pour lui : les poux avaient déjà déserté son cadavre. Il était tellement méconnaissable que je n'ai été sûr de son identité qu'au moment de l'ensevelir : j'ai fouillé dans ses poches et retrouvé la montre qu'il m'avait volée le mois d'avant. C'était bien mon Léon Tard à moi, le géant chapardeur à qui le souvenir de sa mère morte donnait tout le temps faim.

Dommage qu'il soit parti si vite, le pauvre gros Tard, j'allais justement lui raconter le pain du seigneur.

La veille du jour de l'An, quand elle avait la moitié de sa tête, ma mère faisait cuire un pain de ménage qu'il nous était interdit de manger et sur lequel mon père avait le privilège de tracer une croix avec son couteau de chasse. Le lendemain, on se levait tous les trois très tôt pour aller déposer à la porte du manoir seigneurial le pain enveloppé dans un linge blanc. On se sauvait tout de suite sans attendre les remerciements du maître des lieux, et on filait à l'église pour être sûrs d'y arriver avant le curé et même le bedeau.

« L'offrande du pain au seigneur est un usage important », disait ma mère chaque fois, les habitants rendent ainsi hommage et foi à leur seigneur depuis l'époque de la Nouvelle-France. Nous ne rations jamais non plus la cérémonie de l'arbre de mai au manoir ; nous étions les seuls du village à y aller, mais je n'osais pas demander pourquoi.

J'aurais fait grand plaisir à Tard aussi en lui disant

que mon père offrait à notre seigneur des produits de ses chasses et de ses pêches : anguilles fumées au printemps, canards sauvages à l'automne, dons rituels qui rappelaient une histoire morte pour tous les gens du village mais toujours vivante dans l'esprit maternel. Le seigneur nous remerciait avec le sourire d'un homme à qui les petits profits ne coûtent rien. Sûr que ma mère allait refuser, il nous invitait à entrer avec d'autant plus d'amabilité : « Venez prendre le thé au moins… » Rougissant comme une débutante, ma mère répondait qu'il nous fallait repartir tout de suite. Les gens qui ont de la classe, nous expliquait-elle ensuite, n'acceptent jamais d'aller chez les gens qui ne sont pas de leur monde, il faut dire non mais poliment.

Notre seigneur ne devait pas être très flatté d'avoir pour seule censitaire zélée la folle la plus instruite du canton, et il devait bien se rendre compte aussi que notre famille était la seule à faire semblant de croire à sa noblesse, mais nous trouvions tous notre compte dans le respect de ces conventions désuètes. Pour ma mère, le seigneur incarnait une immuabilité temporelle qui devait tenir du miracle, donc de Dieu. En s'humiliant de son plein gré devant le châtelain de son imaginaire pétrifié en manuel d'histoire, elle se distinguait de ses contemporains qu'elle méprisait, ceux qu'elle appelait la « ratatouille » du village, qui avaient tout oublié des servitudes anciennes. Elle gardait d'ailleurs jalousement les secrets de son savoir d'autrefois et n'en discutait qu'avec le curé Lajoie, lui-même auteur d'une monographie de la seigneurie du lieu et arbitre des élégances d'antan. Devenu adulte, je n'en ai jamais voulu à notre seigneur d'avoir accueilli avec le sourire les hommages excessifs de ma mère, car c'était elle qui se servait de lui : elle s'ennoblissait par son asservissement volontaire.

Comme je l'ai appris peu après mon entrée au collège, ce petit bonhomme n'était pas plus seigneur que mon derrière. J'ai eu d'ailleurs pour condisciples deux de ses fils, que leur mère, avec l'habileté criarde des parvenus, avait baptisés Vincent de Paul et Antoine de Padoue, sans doute pour qu'ils s'habituent au port de la particule. Notre faux noble s'appelait Poitras, patronyme dont la sonorité disait bien toute l'épaisseur roturière de l'homme. Il était notaire de son état et s'était enrichi dans sa pratique montréalaise par des spéculations diverses. Sa famille n'avait nullement marqué l'histoire de la Nouvelle-France, mais il s'était découvert une affinité esthétique avec le temps jadis qu'il avait les moyens de cultiver. Ayant acheté l'ancien moulin banal pour s'en faire une résidence d'été, il s'était pris au jeu et avait décidé de reconstituer à son profit l'ancienne seigneurie tombée en déshérence. Petit à petit, il s'était fait seigneur par jeu comme d'autres se découvrent philatélistes. Le notaire du coin étant décédé à la même époque, Poitras avait acheté son minutier et s'était établi définitivement dans la région. Il avait fait l'acquisition du manoir ruiné pour une bouchée de pain et se procurait tout plein de meubles d'autrefois que mon père remettait à neuf. L'ébéniste tolérait donc aisément l'engouement de sa femme pour son meilleur client.

J'y gagnais aussi. La vénération que ma mère vouait au seigneur allégeait notre régime de piété. En m'invitant à jouer avec elle la comédie de la servilité, ma mère m'a procuré les rares embellies de mon enfance dévote. Ainsi, j'accompagnais souvent mon père dans ses travaux de restauration au manoir. Maître Poitras adorait regarder mon père travailler, et pendant que l'ébéniste muet rabotait et sablait, l'apprenti seigneur débitait sur l'histoire canadienne de longs discours qui n'intéressaient que moi. Madame Poitras, désolée de voir qu'aucun de ses enfants ne partageait les goûts seigneuriaux pourtant dispendieux de son mari, se rattrapait avec moi en étalant pour mon édification tout un bric-à-brac de porcelaines, tabatières et crachoirs où se mêlaient les rappels à Louis XV, aux trois rois George, à Napoléon et à la reine Victoria, et je faisais semblant d'admirer ses vieilleries en lui chipant ses biscuits à la cannelle quand elle avait le dos tourné. Maintenant que j'y pense, je me dis que ces objets venus d'Europe étaient de fabrication assez récente; leur provenance lointaine en faisait tout le prix, et de toute façon, il suffit de vingt ans dans notre pays pour faire une antiquité.

J'aimais cependant la vieille diligence aux sièges de velours usés que le notaire avait remisée dans la grange et qu'il rêvait de convertir en carrosse armorié à son nom. Pendant que mon père travaillait à l'intérieur, j'avais parfois le droit de jouer seul dans la diligence, et j'imaginais sans peine les chevaux avec lesquels je remontais le cours du temps, je devenais moi aussi un seigneur du Canada français. Ma mère n'avait pas tout à fait réussi à me donner le goût de Dieu, mais elle m'avait inoculé involontairement la passion du révolu qui distingue.

Comme maître Poitras recevait beaucoup, ma mère avait parfois le privilège de servir à sa table, et moi d'admirer l'auguste compagnie du fond de la cuisine. C'étaient tous de vieux messieurs toqués d'histoire comme le notaire, dont certains avaient servi dans les armées étrangères. J'aimais bien l'ancien caporal de l'armée sudiste qui avait combattu à Shiloh ; il avait l'air plus vrai en tout cas que cet autre monsieur à barbe blanche et au timbre de voix désagréable, un vieux zouave qui disait avoir défendu le pape contre Garibaldi ; le moins convaincant de tous était un Français chauve qui prétendait avoir été décoré par l'empereur Maximilien lui-même au Mexique, au temps de l'insurrection de Juárez. Envoûté par leurs récits, je ne ratais pas un mot de leur conversation réactionnaire pendant que ma mère leur servait le thé avec le sourire d'une esclave comblée. Ils discutaient souvent, je ne m'en souviens que trop bien, du rétablissement de la monarchie en France. Fallait-il rappeler les Bourbons ou les Orléans ? Grave question pour laquelle je feignais de me passionner et qui m'indiffère totalement aujourd'hui.

La dernière fois que j'ai vu mon aspirant seigneur, je portais le costume des collégiens de Nicolet, casquette et ceinture verte, avec au cou le crucifix de bois des enfants voués au service de Dieu. Il m'a demandé ce que je comptais faire quand je serais grand. Je lui ai répondu qu'après le collège je m'engagerais dans la Légion étrangère pour y trouver la célébrité et obtenir la nationalité française, sans doute un propos de table que j'avais retenu de l'un de ses invités. Enchanté, le seigneur m'a donné un écu et j'ai dû me retenir pour ne pas lui baiser le cul en souvenir de ma mère qui l'admirait tant.

J'avais dix ans quand mon enfance a commencé. Ma mère venait d'entrer aux Petites Loges.

Du jour au lendemain, finies les prières interminables, la récitation à genoux du chapelet soir et matin. Plus besoin de faire brûler du papier d'Arménie pour chasser le souvenir de nos défécations, la senteur du diable, comme disait ma mère. On a cessé aussi d'entendre ce mot qu'elle avait toujours à la bouche : « pour vivre heureux, vivez caché ». Mon père a jeté nos vieux rideaux au feu et ouvert toutes grandes les fenêtres pour laisser entrer le soleil. Lui, il restait toujours aussi silencieux dans sa souffrance, mais au moins il faisait clair chez nous.

Finies surtout les colères noires de ma mère, qui nous disputait pour des peccadilles. Comme la fois, quand j'avais six ans, où j'étais allé jouer chez les petits voisins, Hector, Donatien et Gertrude, les mêmes qui, avec d'autres, m'avaient torturé quand on me déguisait en enfant prêtre. Leur oncle était mort quelques jours auparavant, et Hector, l'aîné de la famille, avait assisté aux funérailles. Il en était revenu marqué. La mise en terre, la fosse bénie par le curé Lajoie, tous ces gens habillés de noir, et surtout la petite cousine qui avait hurlé comme une perdue quand on avait descendu le cercueil dans le trou : « Mettez-le pas là, c'est mon papa, il pourra jamais ressortir après, il va mourir ! Faites pas ça ! Vous êtes des méchants ! » Quand Hector nous avait raconté ça, nous nous étions mis spontanément à jouer aux funérailles.

Moi, parce que j'étais l'aîné des quatre et que j'avais déjà un savoir liturgique solide, je faisais le prêtre, Hector le fossoyeur, et Donatien, parce qu'il était le plus petit et le moins lourd, faisait le mort ; leur sœur Gertrude jouait le rôle de la cousine qui se jetait dans la tombe. Avec l'instinct sûr des conventions théâtrales qu'ont tous les enfants du monde, nous jouions avec talent. Je croyais imiter avec conviction le parler du curé en plaçant adroitement ici et là un *omnipotens Dei,* sans savoir bien sûr ce que ça voulait dire. Hector se tenait tête baissée à côté de moi, les deux mains appuyées sur sa petite pelle ; Donatien restait couché par terre comme un vrai cadavre. La cérémonie achevée, Hector et moi prenions le petit frère par les épaules et les pieds et le jetions dans la malle qui nous servait de fosse. C'était le moment où Gertrude se jetait sur Donatien et essayait de le réveiller en faisant semblant de pleurer. Pour des acteurs sans métier, dont un seul avait vu la vraie pièce, c'était très réussi.

Évidemment, le jeu virait souvent à la chicane. Hector voulait faire le prêtre, mais il n'en avait pas le droit parce qu'il ne savait pas lire. Il finissait par dire qu'il ne voulait plus jouer et s'en allait. D'autres fois, c'était Donatien qui se plaignait qu'on lui faisait mal en le jetant dans la fosse, et il se mettait à se battre avec Hector. Ou alors c'était Gertrude qui voulait faire le prêtre : on lui répondait qu'une fille ne le pouvait pas, et elle partait en pleurant.

Quand ma mère a appris par la maîtresse de poste que je jouais aux funérailles avec les petits voisins, j'ai mangé la volée de ma vie. « T'as pas le droit de faire le prêtre, qu'elle avait hurlé, tu parles même pas latin, la langue de Dieu. Pis eux autres, c'est des malfrats qui pensent rien qu'à faire le mal ! » Interdiction après cela de même saluer mes compagnons de jeux quand je les croisais dans l'unique rue du village.

Ma mère partie aux Loges, le curé m'a fait mettre à l'école du village. J'étais un élève médiocre, ayant été fort mal préparé aux études. De crainte que l'école me corrompe l'âme d'un savoir qui fausserait ma vocation ecclésiastique, ma mère m'avait fait la classe à la maison, dans une petite pièce que mon père avait aménagée exprès, avec un tableau noir, une estrade pour elle, un pupitre pour moi. Elle m'enseignait ce qu'elle savait : un peu de calcul, quelques règles de grammaire, l'orthographe, le dessin, beaucoup d'histoire sainte et énormément de catéchisme. Mais, comme elle était souvent prise de migraines épouvantables, elle devait s'allonger et la classe était écourtée, ce qui me permettait de passer le reste de la journée dans l'atelier de mon père.

BIBLIOTHÈQUE MUNICIPALE D'ALMA

J'ai naturellement retrouvé mes anciens compagnons de jeux à l'école. Comme j'aimais les leçons d'histoire que nous récitait notre religieuse enseignante, sœur Félicité, la plus belle femme du monde dans ma petite tête d'alors, je me suis improvisé meneur de jeux dans les reconstitutions historiques que nous montions en dehors de la classe. Nous aimions surtout jouer au père Brébeuf. J'avais appris par cœur le récit qu'avait donné Marie de l'Incarnation du supplice infligé par les Iroquois aux jésuites Lallemant et Brébeuf : « Les uns leur coupent les pieds et les mains, les autres enlèvent les chairs des bras, des jambes, des cuisses qu'ils font bouillir en partie, et en partie rôtir pour la manger en leur présence. Eux encore vivants, ils buvaient leur sang. Après cette brutale cruauté, ils enfonçaient des tisons ardents dans leurs plaies. Ils firent rougir les fers de leurs haches, et en firent des colliers qu'ils leur pendirent au cou et sous les aisselles. Ensuite, en dérision de notre sainte Foi, ces barbares leur versèrent de l'eau bouillante sur la tête, leur disant : Nous vous obligeons beaucoup, nous vous faisons un grand plaisir, nous vous baptisons, et serons cause que vous serez bienheureux dans le ciel, car c'est ce que vous enseignez. Après ces blasphèmes, et mille semblables brocards, ils leur enlèvent la chevelure. » Hector et Donatien m'avaient demandé : « Ça se peut-tu encore des affaires de même ? » Ils avaient été déçus quand j'avais voulu les rassurer.

On jouait à Brébeuf après la messe le dimanche.

Naturellement, je faisais souvent le jésuite, et Gertrude était mère Marie de l'Incarnation dans l'adoration de mes souffrances ; elle avait aussi le droit d'aller chercher des biscuits à la cuisine pour les Iroquois affamés. Pour faire plus vrai, ses frères Hector et Donatien se mettaient torse nu, et je me laissais attacher au poteau de torture en disant : « Pardonnez-leur, mon Dieu, car ils ne savent pas ce qu'ils font. » Nous ne manquions jamais non plus d'utiliser cet imparfait de fabulation propre aux jeux d'enfants : « Moi j'étais blessé à la poitrine, toi tu me donnais des coups de tomahawk. »

Là aussi, ça tournait mal des fois. Un jour que c'était au tour d'Hector de faire Brébeuf, lui qui avait décidément été un Iroquois bien cruel, Donatien et moi l'avons attaché solidement au poteau de torture, et nous l'avons laissé sous la pluie pendant une heure. Hector Brébeuf hurlait : « Venez me détacher, maudits écœurants d'Iroquois de mon cul ! Je vas le dire au bon Dieu ! » En l'occurrence, le bon Dieu, c'était leur père, qui ne reconnaissait pas les siens quand il était furieux. Je me suis enfui à temps.

Une autre fois, c'est leur mère qui les a punis parce que Donatien avait inventé une autre torture, qui consistait à attacher le père Brébeuf comme il faut et à lui péter au visage. C'était moi le jésuite ce jour-là.

Nous avons cessé de jouer ensemble quand le curé Lajoie a ordonné à mon père de me mettre en pension au collège. Il en avait décidé ainsi parce que la maîtresse de poste, la langue la plus sale du village, était allée lui raconter que Gertrude et moi, on jouait aux fesses le soir, derrière le presbytère. C'était faux. Il est vrai qu'on en parlait tout le temps, elle et moi, mais on ne faisait rien. J'étais bien trop niaiseux pour passer aux actes.

Avec l'accord du curé Lajoie, le grand-père maraîcher m'a mis au séminaire de Nicolet dont il était le
fournisseur attitré en légumes et en marchandises
sèches. Je n'avais pas droit au régime de faveur dont
profitaient les élèves issus des familles aisées, mais je
pouvais recevoir sans difficulté, par l'entremise du
livreur de la famille, toutes les douceurs que mon père
m'envoyait : confitures, chocolats, biscuits au gingembre
et pain d'épices. Tard aurait été heureux d'entendre ça,
tiens. Je lui parle encore souvent d'ailleurs : je conjure
la solitude en causant avec les absents de ma vie.

Dans l'ensemble, je me plaisais bien au collège.
Contrairement à bon nombre de mes camarades, je
n'ai pas versé une larme pendant les premiers mois
de mon séjour là-bas, heureux que j'étais d'avoir enfin
fui la noirceur pieuse de mon foyer. La conversation
de mes condisciples me changeait du silence résigné de
mon père. Quant au lever à cinq heures du matin, suivi
d'interminables prières et de lectures édifiantes au
réfectoire, il me semblait avoir connu tellement pire

qu'il ne m'est jamais venu à l'idée de m'en plaindre. Le savoir qu'on y enseignait ne me rebutait pas, et je n'ai pas eu besoin de me forcer pour aimer le latin au début et plus tard le grec.

Ayant déjà contracté la lubie seigneuriale du sieur Poitras, j'étais mûr pour faire la rencontre du frère Mathurin, qui était chargé d'enseigner l'histoire sainte mais qui préférait s'écarter de son programme pour nous parler des annales glorieuses du Canada français dans l'espoir, sans doute, de faire de nous des chevaliers sans peur et sans reproche au service de l'Église et de la patrie.

Le frère Mathurin ne pouvait que s'intéresser à moi : comme maître Poitras qui cherchait à s'inventer un lignage noble, et comme Napoléon à Sainte-Hélène déplorant la jeunesse de sa dynastie, je rêvais déjà moi aussi d'être mon petit-fils.

À son premier cours, le frère Mathurin a fait l'appel et dès qu'il est tombé sur mon nom, il est comme entré en transe : « Tu t'appelles Lusignan, vraiment ? Mais alors, ton nom fait de toi le descendant de la fée Mélusine, qui était condamnée à se changer en serpent tous les samedis à cause d'une faute qu'elle avait commise, et qui donna naissance à une grande famille, dont Guy de Lusignan qui fut roi de Jérusalem et de Chypre et combattit le sultan Saladin à l'époque des Croisades. Un autre Lusignan vint plus tard au Canada, et son fils guerroya contre l'envahisseur anglais, fut commandant au fort Saint-Frédéric et mourut chevalier de Saint-Louis. Heureux jeune homme ! » Une fée, un roi, un chevalier, j'étais comblé… Pendant les jours qui ont suivi, j'ai vécu dans une sorte de brouillard qui doit ressembler au bonheur. Je n'étais plus le fils de Marie la folle du Seigneur et du Bon Saint-Joseph qui faisaient rire tout le canton : j'étais l'œuvre de l'Histoire, et il était écrit que, dès que l'occasion se présenterait, je renouerais avec mes ancêtres glorieux.

Les propos du frère Mathurin n'ont pas fait de moi un arrogant. J'avais la sagesse de garder pour moi ces rêveries capiteuses, et s'il m'arrivait de m'enfler la tête, je n'avais qu'à me rappeler l'exemple des hommes de ma famille pour comprendre qu'un nom illustre n'est pas à l'abri de ces accidents qui font qu'une famille noble retombe aisément dans la roture. Ainsi, il m'était rigoureusement impossible de concilier les paroles du frère Mathurin sur mes célèbres homonymes avec l'image de mon grand-père, le maquignon au rire gras, dont les coups fourrés étaient légende dans mon patelin. Je revoyais avec désolation mon père, l'ouvrier aux mains brunes, souffrant en silence des risées villageoises. Ou mon oncle Socrate, pêcheur d'anguilles impécunieux qui pétait à table, ou encore l'oncle Jérémie, garde-chasse paresseux et discret consolateur de veuves, eux dont les prénoms de philosophe et de prophète juraient avec leur indifférence à toute expression de savoir ou de beauté. J'étais d'une famille désespérément démocratique où tout le monde était un peu propriétaire du pays et vaguement contrebandier ; personne ne payait de taxes et juste ce qu'il fallait de dîme ; aucun à part mon grand-père ne savait lire, et tous votaient aux élections quand même. Ces Lusignan-là étaient bien loin de la fée Mélusine et du roi de Jérusalem. Mais moi, le premier à avoir de l'instruction depuis le chevalier de Saint-Louis de la famille, je commençais à trouver que ma mère avait eu une idée de génie en m'initiant si tôt aux manières seigneuriales. Je lui ai alors demandé pardon en mon cœur d'avoir si souvent prié dans mon lit la nuit pour qu'elle meure.

Pour les vacances de Noël de cette année-là, je suis rentré chez moi en patins comme d'habitude. Nous partions en bandes composées selon le lieu de provenance de chacun, et il ne fallait pas plus d'une journée pour faire le trajet. C'est peut-être ce que j'ai aimé le plus de mes années de collège, la permission de patiner sur le fleuve pour faire l'aller-retour. Peut-être parce que j'adorais la faculté sacrilège qui m'était alors donnée de marcher sur les eaux comme le Christ.

Cette fois-là, j'ai vite quitté mon groupe pour filer seul, tête baissée contre le vent, indifférent au froid, car je n'avais qu'une hâte, révéler à mon père le secret de notre noble ascendance. Je voulais lui dire aussi que notre descension dans l'inconnu s'achèverait avec moi. Mais quand j'ai revu ses mains brunes, j'ai préféré me taire avec lui.

Je ne révélais jamais ce genre de détail à mon ami Tard.

J'ai cependant dit toutes ces choses à Essiambre d'Argenteuil, le seul homme qui m'ait aimé dans ma chair. Encore aujourd'hui, je lui parle avec feu chaque fois que son image me revient en tête, il m'écoute avec ses grands yeux compréhensifs, et il n'y a rien que j'aime plus que de déterrer des anecdotes que j'ai omises de lui confier. Parfois je me dis : « Ah tiens, celle-là, il ne la connaît pas, je vais la lui raconter. Ça va lui plaire. » Il aimait tous mes souvenirs, même ceux que je trouvais moi-même inintéressants.

Presque deux ans que son corps a été déchiqueté à Passchendaele, presque un an que la guerre est finie, mais je continue de lui faire la conversation comme s'il était encore plus vivant que moi. Ça me fait du bien, c'est plus fort que moi, et je préfère causer avec lui qu'avec le gros Tard, qui n'aimait que mes histoires de mangeaille.

Essiambre appréciait particulièrement mes histoires de collège, qui n'étaient pas du tout les mêmes que les siennes vu qu'il avait été bon élève.

Au retour de mes premières vacances de Noël, je me suis fait le premier ami de ma vie : Rodrigue, un nouveau, qui n'avait qu'une idée en tête, fuir le collège au plus vite. Comme moi, il était le premier de sa famille à faire des études, mais lui, il était décidé à en être le dernier. Nicolet était son troisième collège. Il avait réussi à se faire expulser du séminaire de Québec en se battant avec un frère convers. Chez les pères de Chambly, il avait essayé de s'étouffer en s'enfermant dans une malle-paquebot et en fumant des cigarettes faites d'un mélange de feuilles mortes et de tabac, roulées dans du papier de missel.

J'ai fait sa connaissance lorsque le professeur de français m'a chargé de lire avec lui le *Cid* de Corneille. Exercice dont j'ai constaté la futilité lorsqu'il a refusé de croire que son prénom pouvait être le même que celui du héros de la pièce. Il ne m'avait posé qu'une seule question : « Est-ce que ton Rodrigue finit par lui poigner le cul à ta Chimène ? » Ma réponse l'avait fait rire.

Malgré les objections de ma conscience encore pure, j'adorais le récit de ses infractions qui le distinguaient de nous tous. Lui qui n'adressait la parole à personne, il se confiait parfois à moi quand il n'en pouvait plus d'être seul. Il voulait se faire marin et vivre un jour sur une île déserte des mers du Sud. Je me serais fait crucifier plutôt que de le lui dire, mais je lui trouvais quelque chose de chevaleresque sous ses dehors de truand endurci. Il avait ainsi secouru un jour un camarade dont les autres se moquaient parce que sa jaquette montrait le matin des traces de rosée adolescente. Sa pugnacité désintéressée m'avait même inspiré une certaine jalousie, surtout quand j'avais vu le regard reconnaissant dont ce camarade l'avait couvé après l'altercation.

Moi, je me considérais comme son ami, mais lui-même n'en pensait sûrement pas autant. Il se méfiait de tous ses camarades, surtout des élèves dociles dans mon genre. Je pense aujourd'hui qu'il craignait de finir par nous ressembler et de prolonger ainsi son emprisonnement au collège. Pour mieux marquer ses distances, il rejetait avec mépris les moindres témoignages d'affection. Quand le camarade à la jaquette tachée avait voulu lui offrir un bout de chocolat pour le remercier de son intervention, Rodrigue lui avait dit de se le fourrer dans le cul. Je ne l'approchais donc qu'avec la plus grande prudence, car je n'aurais pas supporté que cet ami que je n'avais jamais espéré avoir me repousse aussi brutalement.

Ainsi, pour lui plaire, j'ai fabriqué mes premiers mensonges. Moi qui ne me plaignais jamais auparavant de la cuisine du collège, je disais comme lui qu'elle était infecte. Et j'avais honte de manger avec appétit dès qu'il avait le dos tourné, surtout de ce plat qu'on appelait le « poumon », une sorte d'omelette gonflée à l'eau qu'on nous servait le vendredi. Dès qu'il s'avançait vers moi, je cachais ces manuels d'histoire que j'apprenais par cœur à force de les relire sans cesse, ou je prenais un air ennuyé. Veulerie naïve des premières amours qui conduit au reniement de soi-même et à la ressemblance forcée avec l'autre.

Rodrigue avait beau être un dur de dur, il y avait un homme au collège qu'il craignait : le frère Isidore, un grand sec au visage enlaidi par l'austérité, qui rêvait d'être un saint. Il était chargé de la bibliothèque mais disait préférer le nettoyage des latrines, sauf que cette tâche l'aurait privé du plaisir qu'il prenait à brûler ces ouvrages damnés qu'étaient le *Décaméron* de Boccace et les *Vies des douze Césars* de Suétone. En sa qualité de bibliothécaire, c'était lui aussi qui découpait les annonces de dessous féminins des pages de journaux qui nous servaient de papier hygiénique. Afin de nous épargner toute mauvaise pensée, bien sûr.

Le frère Isidore nous invitait à l'imiter dans ses exercices de mortification. Il s'obligeait à tenir les yeux baissés en tout temps ; il s'interdisait de parler sauf pour prier et n'ouvrait la bouche que si un supérieur s'adressait à lui ; si un mot pétillant lui venait à l'esprit, ce qui ne devait pas lui arriver souvent, il le retenait. D'après lui, il fallait avaler rapidement les mets que nous aimions et mâchonner lentement ceux qui nous répugnaient. Interdiction aussi de se toucher le visage et même de laisser traîner son regard dehors ou sur une image qu'on aimait. S'il prenait malgré lui une pose confortable, il en prenait une autre aussitôt qui le gênait. Il avait juré de mourir s'il commettait la moindre faute vénielle ou s'il omettait de se signer en passant devant le Saint-Sacrement. Le souvenir de ma mère faisait que les manies du frère Isidore me paraissaient tout à fait normales; pour un peu, je l'aurais même considéré comme un membre de la famille, mais il en allait autrement pour Rodrigue.

Un jour, Rodrigue m'a dit : « Écoute-moi, faut que je fasse quelque chose, faut que je me sauve. J'ai peur de lui, je vas mourir à cause de lui si je reste icitte. » La veille, le frère Isidore l'avait convoqué dans sa cellule et, la porte sitôt fermée, il s'était mis torse nu et lui avait tendu une discipline. « Je risque peut-être de pécher par orgueil, mais je désire imiter le Fils de l'homme dans ses tourments. Vous êtes le cadet, moi l'aîné, et c'est pourquoi je vous prie humblement de me donner le fouet. Acceptez-vous de me rendre cet immense service, jeune ami Rodrigue ? » Le jeune ami Rodrigue m'avait raconté le reste en bégayant.

« Moi, tu comprends, j'avais jamais fait ça. Pis j'avais pitié de lui parce qu'il est maigre comme un clou, avec ses touffes de poil autour des seins. Je voulais pas... » Le frère Isidore avait insisté : « L'amour de Jésus commande que l'on souffre pour Lui, comme Lui. Allez, ne ménagez pas votre ardeur! Vous donnerez le premier coup dès que j'aurai joint les mains. » Rodrigue lui avait obéi, lui qui n'avait même jamais battu un animal.

Le frère Isidore ne savait pas que Rodrigue était d'une famille d'hommes forts. À quatorze ans, il possédait déjà une force exercée : il avait commencé à traire les vaches à six ans, il fendait le bois de chauffage à dix et faisait les foins à douze ; il était déjà homme à treize. Alors, il avait fait comme le frère avait dit. Au premier coup, le frère était tombé la face contre terre, il avait lâché un cri de mort au deuxième, et au quatrième il avait dit : « Merci, jeune ami Rodrigue, je pense que le Christ est content… » Rodrigue avait eu peur du sang qui pissait sur les murs et le lit, et il s'était sauvé en courant. Il ne cessait pas de dire : « J'ai peur de virer fou comme le frère Isidore, moé, icitte. »

J'aimais tellement Rodrigue que je l'ai fait expulser la semaine suivante en le dénonçant pour un vol qu'il n'avait pas commis. Et sitôt qu'il a été parti, j'ai résolu de combler moi-même son absence.

Ç'a été mon premier essai de métamorphose. Je me suis mis à me coiffer à sa manière, j'imitais la grimace de loup qui était son sourire, je parlais du nez comme lui. Manège bien sûr remarqué par mes professeurs, qui se sont inquiétés de ma conduite pour la première fois. Mais c'était plus fort que moi, il fallait que je ressemble à ce jumeau qui me manquait. En me substituant à lui, j'avais l'impression d'acquérir sa force et son courage, d'être désormais mieux fait et plus complet.

À l'approche de Pâques, cette année-là, temps de sacrifices et de mortifications comme toujours, le souvenir de Rodrigue hostile aux vocations feintes m'est revenu pendant la prière du soir à la chapelle. J'ai alors décidé que je ne serais jamais prêtre afin de lui marquer mon amitié pour la vie et, fatigué tout à coup de la machinalité de nos répons, j'ai eu une idée. Je ferais un mauvais coup pour commémorer le passage de Rodrigue dans ma vie.

J'ai levé la main pour parler au frère surveillant : « Je demande humblement la permission de monter à la cellule à l'étage pour me donner la discipline moi-même. Je brûle de ressentir la souffrance du Christ. » Cette mortification, quoique peu encouragée par la direction du collège, était pratiquée par certains élèves pendant le carême. Je devais avoir l'air tellement sincère que le bon frère a dit oui.

Parvenu à l'intérieur, j'ai décroché le fouet, je me suis mis torse nu pour le cas où quelqu'un entrerait sans frapper, et j'ai entrepris de fouetter le mur en poussant des hurlements de détresse. En bas dans la chapelle, mes condisciples pouvaient tout entendre de mon manège. On m'a raconté plus tard qu'ils avaient commencé par échanger des regards terrifiés, puis avaient fini par comprendre que mon supplice n'était qu'une comédie. Quand je suis redescendu, le fou rire était général. Je me suis consolé de la vraie correction qui m'a été infligée ensuite par le frère Isidore en me disant que le jeune ami Rodrigue aurait été fier de moi.

Devenu adulte, je me suis souvent demandé comment j'avais fait, enfant, pour avoir le cœur si pur et donner tout à coup dans l'ignominie avec tant d'allégresse.

J'ignorais tout des choses de la vie. N'étant pas fils de cultivateur comme mes autres camarades, je n'avais jamais vu le taureau approcher la vache ou le coq réveiller les poules à l'aube. On m'aurait expliqué ma venue au monde que je me serais roulé par terre de rire. Je n'imaginais même pas qu'on puisse trouver du plaisir à se toucher ; et le matin, après le déjeuner, quand le frère Mathurin, qui était souvent de service aux chiottes, circulait entre les deux rangées de stalles et disait à intervalles réguliers, d'un ton qu'il voulait funèbre : « Surtout, pas d'imprudence… », je croyais qu'il avait à l'œil les irrespectueux qui s'essuyaient avec la page nécrologique.

Oui, je sais ce que c'est que l'innocence. À preuve, il a fallu que je rencontre Essiambre d'Argenteuil des années après pour comprendre ce qui avait failli m'arriver un certain été.

Pour contrer l'influence néfaste de Rodrigue, le préfet des études m'avait envoyé passer l'été au camp de vacances du séminaire. C'était au lac du Loup, dans les Laurentides. Le camp se composait d'un grand chalet, de quelques dépendances et d'une petite ferme qui nous approvisionnait en œufs, laitages et viande bouchère. On y mangeait frais tous les jours, un vrai luxe à côté du menu du collège. J'adorais l'odeur des champs et des bêtes de ferme, que je n'avais pas connue dans mon village : j'étais enfin heureux comme le vrai petit garçon que je n'avais pas pu être. J'étais tous les jours de corvée à la plonge à cause de mon mauvais coup de Pâques, mais je pouvais profiter des nombreux loisirs qu'on nous offrait ; c'est là que j'ai appris à nager et à pagayer.

Un après-midi où nous avions quartier libre, je suis allé me promener sur les bords du lac avec le frère convers Marcellin. Un petit homme aux manières aimables qui ne me paraissait pas trop vieux même s'il devait avoir trente ans passés. À un moment donné, au détour du sentier, une grange abandonnée nous a donné envie de fraîcheur. Le frère Marcellin m'a proposé d'y entrer pour nous mettre à l'abri du soleil.

Une fois à l'intérieur, il a dit : « Viens, on va se rouler dans le foin, on va rire ! » Je ne demandais pas mieux, moi qui avais rêvé de ce genre d'amusement quand j'étais petit. Nous avons ri comme des fous en nous bousculant dans le foin. Au bout d'une petite heure, épuisés tous les deux, nous nous sommes assis sur des bûches qui traînaient à côté de la porte. Nos habits étaient tout couverts de paille, et j'ai dit qu'il nous faudrait tout le reste de l'après-midi pour secouer nos vêtements comme il faut. Mais le frère Marcellin avait une autre idée : « Si on enlevait notre linge, pis qu'on se roulait tout nus dans le foin ? » Il avait dit cela avec un clin d'œil, j'étais donc sûr qu'il plaisantait, d'autant plus qu'il avait un petit côté farceur, alors je n'ai pas répondu, j'attendais la suite de la blague. Au bout d'un moment de silence qui m'a paru un peu long, il a ajouté sur un ton sérieux : « On pourrait aussi se coller tous les deux pis jouer avec nos moineaux. Je te tiendrais le tien pis toi le mien… Dans une grange, on a le droit, avec la permission de son supérieur… » Alors là, plus moyen de me retenir, j'ai failli me fendre en deux tellement je riais, de ma vie je n'avais jamais entendu idée plus drôle.

Je me suis remis à marcher vers le chalet des pères en secouant la paille de mon pantalon et en pouffant tous les deux pas. Le frère Marcellin avait l'air d'avoir pris le parti de rire de mon rire. Mais lorsqu'il m'a offert de me débarrasser des fétus de paille qui me collaient au dos, je me suis sauvé de lui : « Oh non ! Frère Marcellin, joueur de tours comme vous l'êtes, vous allez en profiter pour me chatouiller, et j'ai déjà tellement ri que je vais faire dans mes culottes si vous arrêtez pas… » Je me suis mis à courir. Le frère Marcellin me suivait d'un pas lent, le visage fermé ; je lui trouvais un air triste à son arrivée, même que j'ai craint un moment de lui avoir fait de la peine en riant trop fort de sa proposition.

Tous les soirs, autour du feu de camp, on se racontait des histoires. Ce soir-là, mon tour venu, j'ai dit : « Vous devinerez jamais l'idée drôle qu'a eue le frère Marcellin aujourd'hui… » J'ai été le seul à trouver mon récit comique. Personne n'a dit un mot. Honteux et peiné d'avoir raté mon effet, j'ai cru un moment que les flammes allaient me brûler les joues. Dans le silence qui a suivi, le crépitement du feu de joie était assourdissant. Je l'entends encore parfois.

Un soir, dans la tranchée, pendant une accalmie, Essiambre m'a demandé d'où m'était venue l'idée de me servir de mon savoir de séminariste pour faire ma place dans le monde. Les bombardements ont repris à ce moment-là, et je n'ai jamais achevé mon explication.

Ce qui est sûr, c'est que j'avais fini par comprendre que, si monsieur Poitras pouvait être notaire et se faire passer pour un seigneur, je pourrais sûrement faire mieux. Je m'étais donc amendé à tel point que l'on m'avait désigné pour le service à table des pères enseignants, domesticité convoitée entre toutes. Leur déjeuner était fait de bols de thé au lait et d'épaisses tranches de pain rôties dans le beurre qu'ils mangeaient recouvertes de tranches d'oignons et de gousses d'ail marinées dans le vinaigre. Ordinaire qui m'aurait soulevé le cœur si je n'avais trouvé si grand profit à écouter leurs conversations.

Un jour, le père Moisan fulminait contre le métier de journaliste : « Aucun ne sait écrire comme il faut, et s'ils ont le moindre talent, ils écrivent des poésies pour séduire les dames, ou alors des romans qui les enrichissent tout en corrompant la jeunesse. Les pires, ce sont ceux qui mettent ensuite leur art au service des politiciens, deviennent secrétaires de ministres et finissent par nous gouverner ! » Ravi, j'ai décidé de me faire successivement journaliste, écrivain et homme d'État, ma voie était toute tracée, merci, père Moisan.

Mais il me faudrait peut-être pour cela me faire des relations à la sortie du séminaire, étudier les lettres en France, donc avoir de l'argent, beaucoup d'argent. J'en trouverais.

J'avais entendu parler de la Sainte Œuvre des vocations du père Foisy de Québec. Je lui ai écrit :

Mon Père,

Élève au Collège de Nicolet depuis cinq ans, je sens naître en moi une vocation sacerdotale qui risque de rester sans suite faute de moyens. Mon père, homme sobre et pieux, vit de ses mains, et ses maigres gains sont désormais entièrement absorbés par les soins qu'il prodigue à ma mère malade. Auriez-vous l'obligeance de faire un geste qui vaudra à notre mère l'Église le zèle ardent, viager, d'un jeune homme. Si vous pouvez m'être de quelque secours, veuillez m'écrire directement au collège, car je tiens à ménager la dignité de mon père. Bien à vous, etc.

J'ai volé un timbre et posté la lettre.

Je ne me suis pas arrêté en si bon chemin. Ayant demandé deux cents dollars au père Foisy pour acquitter ma pension annuelle, j'ai jugé naturel de m'adresser à d'autres bienfaiteurs, notamment l'évêque, trois curés amis de mon collège, une dame fortunée de Nicolet et le notaire Poitras lui-même. De quoi réunir plus de quatorze cents dollars si tous répondaient à l'appel. Et, tant qu'à faire, pourquoi ne pas solliciter toutes les bonnes âmes fortunées de la province, du Canada et des États-Unis ? Une centaine de feuillets, une bouteille d'encre, un carnet de timbres, et j'aurais cent mille dollars au bout d'un an. Rentier à dix-huit ans, j'aurais tout le temps voulu pour m'installer à Paris, écrire une grande œuvre et entrer à l'Académie française à trente ans. J'épouserais une duchesse, ou au moins une comtesse, j'obtiendrais le commandement d'une armée en Afrique et je reprendrais la Palestine aux Turcs pour y rétablir mon nom.

Trois jours avant Noël, j'ai été convoqué chez le père directeur, qui a étalé sur son bureau trois de mes lettres. « Et j'entends dire que vous volez des timbres en plus ? » Comme je n'étais pas seulement menteur et voleur, mais lâche aussi, j'ai nié, j'ai versé de vraies larmes, j'ai essayé de convertir en indignation ma rage d'avoir été démasqué, j'ai prétendu qu'on avait imité mon écriture, rien n'y a fait, j'ai été chassé comme un braconnier.

Il fallait que je parte sur l'heure, car je savais qu'on renverrait ma malle par la poste et qu'on écrirait au curé Lajoie pour qu'il dise tout à mon père ; je tenais donc à arriver au village avant la lettre d'expulsion. La glace du fleuve semblait prise pour l'éternité, il faisait soleil ; le voyage en patins se passerait bien, je serais chez moi avant la fin de la journée.

J'ai couru sur l'eau gelée pour oublier mon humiliation dans la fatigue. Quand je m'arrêtais pour me réchauffer le visage, je songeais confusément que mon plus grand crime était de m'être trompé de public. Mais quand j'ai vu qu'il ne me restait plus que quelques milles à parcourir avant d'arriver chez moi, j'ai freiné sec en me disant que je méritais de tomber dans le premier trou venu pour m'y noyer afin d'expier ma faute. Autour de moi, la neige avait pris la teinte rosée que lui donne le crépuscule hivernal; encore quelques instants et, avec la nuit tombée, la blancheur bleuirait sous la lumière lunaire; je me suis alors surpris à penser qu'un peu de beauté autour de moi suffisait à conjurer l'abjection que j'éprouvais. Mon remords avait fondu. Une seule émotion esthétique, l'artiste avait absous le criminel, et j'avais envie de vivre plus que jamais. J'ai repris ma course.

À la tombée de la nuit, parvenu à la hauteur de la pointe où se trouvait l'affût aux canards de mon père, j'ai aperçu une maison qui n'y était pas durant mon dernier séjour au village. La lumière de l'intérieur m'a donné envie d'y entrer. Mon père y était, avec tous ses outils, il était en train de fabriquer un bahut. Il n'avait pas du tout l'air étonné de me trouver là, on aurait même dit qu'il m'attendait : « Toi, t'as l'air d'un gars qui a froid pis qui mangerait un bon repas chaud. T'es chez toi ici. Assis-toi. » L'odeur rassurante du feu de sapin dans le poêle m'a coupé la parole. Je me suis assis et j'ai mangé avec l'appétit de l'enfant prodigue.

Je ne me suis jamais expliqué avec lui. Pas un mot

de reproche de sa part, même après que le curé lui a eu parlé. Nous avons passé un très beau Noël. C'était lui désormais qui faisait les pâtés et le ragoût de porc de ma mère, avec de bien meilleurs résultats, comme s'il s'était totalement substitué à elle. Moi, j'ai appris à boulanger comme elle le faisait. Au début, mes tartes et mon pain n'étaient pas aussi réussis, mais mon père disait que c'était bon quand même. Je l'aidais dans son nouvel atelier, et il nous arrivait même de causer. Il avait vendu la maison du village pour payer la pension de ma mère aux Loges et avait bâti lui-même au cours de l'automne la maison de l'affût aux canards.

Il fallait que je reparte. La mésaventure du collège m'avait donné le goût de fuir pour toujours. Imbu de moi-même comme je l'étais, j'avais la conviction que toute la province de Québec était au courant de ma fraude épistolaire et que l'exil était mon seul avenir. Je n'osais plus mettre les pieds au village, qui devait tout savoir. Mais le silence de l'atelier paternel me pesait trop, mes rêveries étaient toutes criminelles et vengeresses. Je n'avais plus qu'une pensée : faire oublier mon faux départ dans le métier des lettres.

À l'approche du printemps, j'ai mis quelques affaires dans un sac de marin et demandé à mon père de me prêter un peu d'argent : de quoi aller voir ma mère aux Loges de Québec. Il a feint de me croire. « Tu reviendras quand tu voudras. » Ses yeux violets exprimaient cette fois-là tant de bonté qu'il m'en est resté pour la vie le goût de croire en Dieu.

Le lendemain, le train me déposait à Montréal. Le voyage n'avait duré que six heures, mais j'avais vieilli de vingt ans à l'arrivée, car j'avais compris que j'étais somme toute peu de chose, comme tout le monde.

Tous les wagons étaient bondés de bûcherons descendus des chantiers pour les semailles. Des Trois-Rivières à Montréal, pas une place de libre, et je m'étais retrouvé debout à côté d'une grosse boîte de sapin qui prenait beaucoup de place. Il y avait à côté un strapontin occupé par une dame au regard triste et à la mise modeste ; ses deux petits dormaient sur ses genoux quand ils ne pleuraient pas. Je n'ai pas été long à comprendre que c'était leur père qui était dans la boîte. Quand des hommes fatigués demandaient à s'asseoir dessus quelques minutes, la dame leur racontait son histoire pour les éloigner. J'ai dû l'entendre une dizaine de fois.

Son mari était mort sur le chantier où il allait bûcher tous les hivers, loin quelque part dans le Nord québécois. Il s'était égaré dans la forêt la veille de Noël, et ses camarades avaient mis des jours à retrouver son cadavre gelé. Elle n'avait appris son décès qu'un mois après par une lettre de la compagnie qu'elle était incapable de lire et qui était écrite en anglais en plus, et elle avait dû attendre la fonte des neiges, soit deux autres mois, pour aller chercher le corps. Elle avait fait le long voyage en train avec son fils en bas âge et sa fillette à peine sevrée. On lui avait remis le cercueil qui renfermait l'amour de sa vie, et elle était repartie aussitôt, encore épuisée de l'aller.

Vingt fois elle a dû interdire à son fils de grimper sur le cercueil pour y jouer. Elle lui disait en pleurant : « Enlève-toé de là, toé ! Laisse ton père tranquille ! » Le petit n'écoutait pas, et la petite pleurait parce que la mère criait. Autour d'elle, les hommes regardaient en l'air ou par terre.

Au début, les bûcherons étaient polis avec la dame parce que c'était un camarade à eux qui se trouvait dans la boîte de sapin, mais les nouveaux qui montaient à chaque arrêt du train étaient moins aimables. Il est sûr que la vue du cercueil leur inspirait un certain respect, mais plus le temps passait, moins ils songeaient qu'il y avait dedans le corps de l'homme qu'elle avait aimé. Certains se sont mis à murmurer que la femme prenait beaucoup de place dans le couloir avec son mort et sa marmaille. Presque tous avaient commencé à boire leur paie des chantiers ; ils jouaient aux cartes et se racontaient des plaisanteries grasses d'hommes privés de compagnie féminine depuis trop longtemps. Il y en avait même de grossiers qui faisaient des réflexions obscènes à voix haute. « Si elle s'ennuie de son mari, la veuve, elle a rien qu'à venir me voir, elle va voir que chu vivant, moé!… » Quand le chef de train a voulu les rappeler à l'ordre, un ivrogne l'a assommé d'un coup de poing. Des hommes se sont battus autour de la dame, les enfants ont hurlé de peur avec elle; un bûcheron est même tombé sur le cercueil mais sans l'abîmer, heureusement. J'aurais voulu fuir mais il n'y avait pas moyen de bouger de là.

Bientôt le train était tellement plein que des méchants ont proposé de débarquer le mort au prochain arrêt. Les hommes étaient tous épuisés ou soûls, et ils ne voulaient pas rester debout dans le couloir jusqu'à la prochaine gare. Donc, quand la dame s'assoupissait, certains profitaient de son sommeil pour s'asseoir sur le cercueil comme sur un banc. Les premières fois, elle se réveillait en sursaut et chassait aussitôt l'homme qui avait osé mettre son derrière sur l'ultime demeure de son époux. Mais elle n'a pas été longue à se lasser, puis à avoir pitié de leur fatigue. Alors, quand un homme pas trop soûl lui demandait poliment s'il pouvait se reposer un peu en s'assoyant sur son mari, elle n'avait plus la force de refuser. Elle répondait que son mari, charitable comme il l'était, n'aurait pas dit non lui non plus.

Morte de fatigue, elle a fini par s'endormir d'un sommeil de plomb. À son réveil, deux hommes étaient assis à califourchon sur le cercueil et jouaient aux cartes en riant et en buvant du gin dans de petits verres. J'ai lu dans ses yeux qu'elle aurait bien protesté, mais qu'elle n'avait pas voulu réveiller ses petits qui dormaient à ses pieds. Elle a seulement pleuré en silence ; les deux hommes ont vu ses larmes mais ne se sont pas levés pour autant ; ils ont poursuivi leur partie de cartes, en riant moins fort cependant.

Ce qui m'a fendu le cœur, ç'a été cet homme trop barbu à mon goût qui cassait ses œufs à la coque contre le cercueil et jetait les écailles par terre. Il mangeait à grosses bouchées bruyantes, sans rien offrir à la dame en plus. J'aurais voulu être fort comme Rodrigue pour chasser cet impie, mais je n'ai pas osé ouvrir la bouche. Le pire, ç'a été quand l'homme s'est mis à lui poser des questions indiscrètes sur son mari, en la tutoyant même. L'hirsute fouineux était en train de lui demander si son mari avait une assurance-vie quand est apparu un jeune bûcheron qui a dit : « Arrête-moi ça ! Laisse la madame tranquille ! Elle a déjà assez de misère de même ! » Le fouineux est parti en s'essuyant le nez sur sa manche, comme un vrai méchant dans les histoires vraies.

Quand je suis descendu du train à Montréal, le jeune bûcheron et la dame étaient en grande conversation ; il offrait des sucreries aux enfants et les amusait avec des tours de magie ; la dame riait. Dans mon cœur naïf, j'ai marié la veuve et le bon Samaritain peu de temps après, je leur ai fait fonder une famille nombreuse, et j'ai noté l'épisode des œufs à la coque sur le cercueil pour en faire un récit que je n'ai jamais écrit.

Parvenu à Montréal, il m'a fallu tout le courage qui me manquait pour quitter la gare. À moitié mort de peur à la vue de ces rues encombrées d'hippomobiles, n'osant pas demander mon chemin car je ne parlais pas un mot d'anglais, c'est à grand-peine que j'ai réussi à me rendre au journal *La Presse* : « Bonjour, je suis journaliste. Je cherche du travail. » Ayant pris l'habitude de m'imaginer autre que ce que j'étais, j'avais débité ma phrase avec un accent exercé. J'ai vu les sourires qu'on étouffait en me regardant, mais sans m'en formaliser le moins du monde. Je ne me croyais pas moi non plus.

Il n'y avait évidemment rien pour le grand enfant que j'étais, cependant, on a eu la bonté de me diriger vers des concurrents qui payaient mal mais qui avaient le mérite d'embaucher les premiers venus. Il s'agissait surtout de feuilles nationalistes qui ne duraient pas six mois. J'ai changé d'employeur quatre fois en un an, mais j'ai pu du moins m'initier à tous les métiers : typographie, mise en pages, vente d'abonnements, billets mondains, j'ai tout fait. C'était bien, sauf que je commençais à avoir faim.

Il y avait moyen de fuir la précarité dans les colonies canadiennes-françaises de Nouvelle-Angleterre. On y manquait tellement d'artisans de la langue française qu'on engageait n'importe qui ; j'y suis allé. La pénurie a favorisé mon avancement : j'ai tout de suite été promu rédacteur en chef adjoint du *Patriote* de Woonsocket, au Rhode Island, sous la direction d'un missionnaire oblat qui prenait mes fautes de français pour le style moderne. Je rédigeais tous les textes, de la nécrologie aux sports en passant par la remise des prix de fin d'année à l'académie Saint-Michel Archange. Excellente école pour qui veut apprendre à écrire ; le prix à payer, c'était la vie en liberté surveillée dans ces hameaux de tisserands où le moindre accroc aux bonnes mœurs était frappé de bannissement. L'émigration issue de la famine s'habille de morale pour conjurer les nouveautés de l'exil. Les petits aventuriers dans mon genre avaient donc intérêt à se soûler sans témoins et à éviter la fréquentation des jeunes filles bien.

C'est pour ça que je ne suis pas resté longtemps à Woonsocket, Rhode Island, ni à Lowell, Massachusetts, ni à Falls, New Hampshire. Mais on ne m'a jamais vu ivre ou avec une fille à mon bras, et personne n'a su que je déjouais l'Index en gobant tous ces romans d'Hugo, Zola et Flaubert qu'on vendait librement à New York et à Boston. J'ai aussi appris l'anglais avec des Américaines qui m'ont dégoûté à jamais de l'étroitesse des petits Canadas français de Nouvelle-Angleterre. Il y en avait une entre autres, une veuve en fin de trentaine, qui me prenait pour le dernier homme sur terre. J'aurais dû la prévenir de mon départ. Un jour, j'ai pensé lui écrire, je me souvenais encore de son adresse mais j'avais oublié son nom.

Rentré à Montréal, lorsque je me suis présenté de nouveau à *La Presse,* on a bien voulu de moi comme correcteur d'épreuves.

Ma vie publique venait de commencer : j'écrivais. Enfin ! C'est cette partie de ma vie qu'Essiambre d'Argenteuil préférait. Quelquefois, il me disait : « Raconte-moi encore la fois où tu as… » Quelquefois, oui, mais pas assez souvent à mon goût.

Je n'avais ni style à moi ni sens de l'intrigue, mais pour la flagornerie j'étais insurpassable. Le goût du jour était patriotique, j'ai donc écrit des fables historiques. *Le Chevalier de Malartic*, mettant en scène un mâle mousquetaire à moustaches qui tuait de sa rapière un Iroquois toutes les vingt pages ; *Les Fiancés de l'échafaud*, conte moral où périssaient de jeunes et vaillants cœurs français sous les coups du cruel envahisseur anglais. Je ne manquais d'ailleurs jamais dans mes préfaces de vitupérer contre la perfidie de l'impérialisme britannique et la veulerie de nos gouvernements. Le succès d'estime était assuré. Rien de plus facile que d'entrer dans la caste pensante de la province : il suffit de penser comme les autres donneurs d'opinion, et le tour est joué. Il n'y a pas à dire, le conformisme est une voie d'avenir et, de surcroît, pas fatigante du tout.

Il ne fallait pas se contenter cependant d'avoir des sentiments à la page, il fallait être habile. Je l'étais. Comme je faisais des piges pour financer l'édition de mes œuvres à compte d'auteur, j'avais mes entrées un peu partout. Un quotidien de Québec a ainsi publié un jour cette notice anonyme : « La rumeur publique nous apprend qu'un jeune et talentueux romancier du nom de Lusignan va bientôt faire paraître un roman où figure un héroïque chevalier français. Gageons que des émotions fortes nous attendent. » Un mois plus tard, Oscar Petit du *National* écrivait : « Livre magnifique, au style très sûr, etc. » Samuel Legris, dans *L'Étincelle,* après avoir crié au génie, concluait : « On ne s'étonne donc pas d'apprendre qu'un grand éditeur parisien aurait fait une offre alléchante à cet écrivain si prometteur. » Mes pseudonymes travaillaient bien, le reste de la presse a emboîté le pas, je suis devenu presque connu en quelque temps. Mon imprimeur, le libraire Crépeau, recevait de nouvelles commandes tous les jours ; il était aux anges, j'étais mort de rire.

Pour *Les Fiancés de l'échafaud,* après le concert d'éloges prévisible, j'ai corsé les choses en faisant écrire à Oscar Petit qu'il s'était attendu à mieux. Samuel Legris lui a répondu vertement le samedi suivant. Oscar Petit s'est défendu, tout en admettant que mon talent demeurait entier. J'ai fait durer cette polémique un petit mois.

Ayant entendu parler d'un certain prix Nobel qui couronnait les grands auteurs du temps, je me suis renseigné. J'ai appris que les universités étaient invitées à soumettre des candidatures, donc Oscar Petit s'est adressé au recteur de l'université Laval :

Monseigneur,

Nous avons parmi nous un candidat de mérite qui vaut sûrement mieux que tous ces écrivains étrangers que nous n'avons jamais lus nous-mêmes, les sachant pour la plupart protestants ou athées. L'âme de ce jeune homme est chrétienne, sa plume canadienne. Étant donné que le prix est doté d'une bourse de cinquante mille dollars, je vais m'assurer que notre candidat, s'il réussit à l'obtenir, en versera la moitié à votre université, à laquelle je ne me serais jamais adressé si elle n'avait pas été catholique et française. Je m'en remets à Votre Grandeur, etc.

Le recteur n'a jamais daigné répondre. Je me suis vengé.

Mes bonheurs de plume m'avaient ramené quelque temps à l'altruisme. J'avais donc pris quelques jours de congé pour rendre visite à ma mère. Elle avait causé de tout et de rien avec une gaieté que je ne lui avais jamais connue. Son regard ne brillait plus de la folie de Dieu, sa sérénité l'avait embellie. Au moment du départ, elle m'a présenté à une amie : « Mon fils, l'abbé Lusignan, dont je t'ai tant parlé. Il est mission-naire au Japon. » Les deux femmes m'ont demandé de les bénir, ce que j'ai fait. Je n'en étais quand même pas à une imposture près.

J'ai voulu revoir mon père aussi, il y avait six ans

que je l'avais quitté. Il allait bien, il avait même presque cessé de bégayer. Ce qui m'a le plus étonné, c'est que j'ai éprouvé un certain plaisir à retrouver mon village. Rien n'avait changé, sauf le notaire Poitras qui avait perdu la boule et se déplaçait dans le carrosse à fausses armoiries que mon père lui avait retapé. J'ai renoué avec mes oncles Socrate et Jérémie, toujours aussi ivrognes et mécréants. Quand ils m'ont demandé ce que je faisais de bon dans la vie, j'ai répondu sans rougir que j'étais romancier. Un beau métier qui rapporte bien, ai-je claironné, pour les épater. Ah bon, qu'ils ont dit.

Ces vacances ont comblé un vide dans mon imagination. Mon inspiration s'est rafraîchie au contact de mes racines. Comme je fréquentais depuis quelque temps à Montréal un cercle de francs-maçons que je croyais tous influents, j'ai voulu plaire à mes nouveaux amis en écrivant un roman qui ne serait pas au goût du jour. C'est le livre dont j'ai le moins honte.

Il s'intitulait *Franchonne*. Il était mal écrit comme les deux premiers, mais au lieu de célébrer la race française et le terroir, j'y ai mis en scène le village de mon enfance avec tous ses travers. J'en ai mis plus qu'il n'en fallait en ridiculisant le curé Lajoie, sa ménagère, la Franchonne du titre, les marguilliers et le notaire Poitras. Un humour de pot de chambre baignait le récit, et j'avais repiqué pour cela des passages osés de romans du XVIIe siècle. Naturellement, l'éditeur Crépeau n'a pas voulu de ce roman sulfureux, lui qui faisait commerce d'ouvrages édifiants, et j'ai dû le publier chez un libraire de langue anglaise que le contenu indifférait totalement.

Romancier, j'avais créé et détruit des mondes avec l'aisance d'un Dieu distrait, mais cette fois-là, j'ai buté contre la vraie vie. Bien sûr, j'ai été secrètement ravi de voir mon roman mis à l'Index par l'archevêché de Montréal, mais j'ai vite entrevu la difficulté qu'il y a à être un auteur à scandale. Les premiers à se détourner de moi furent mes amis francs-maçons qui étaient, à ma grande surprise, restés croyants. Tous les critiques qui m'avaient fait bon accueil auparavant ont recommandé ma mise au ban. Mes piges lucratives ont disparu, j'ai perdu ma place de correcteur d'épreuves à *La Presse*. « Nos lecteurs sont catholiques, vous comprendrez que je ne peux plus vous garder ici, m'a dit mon chef. Bonne chance quand même. » Le libraire Crépeau ne me connaissait plus : il avait vendu à un soldeur, pour une chanson, tous les exemplaires de mes premiers livres. J'ai dû plus tard en faire autant avec *Franchonne*.

Le pire, ç'a été de lire les condamnations de mes pseudonymes. Oscar Petit a écrit qu'il n'avait jamais lu pareil torchon. Samuel Legris m'a provoqué en duel pour avoir diffamé notre Sainte Mère l'Église. Un troisième, dont j'avais pourtant bien soigné les papiers dans mes jours de gloire, Jacques Levasseur, m'a déclaré traître à la patrie. Je ne saurai sans doute jamais qui s'était emparé de mes plumes pour les retourner contre moi. Je n'ai jamais fait enquête, étant assez mal placé pour me plaindre de ces trahisons.

À l'époque où les quatre ou cinq esthètes de Montréal me faisaient fête, j'avais fait la connaissance d'un sénateur dont j'aimais me moquer en douce parce que j'étais jaloux de sa fortune. Je suis allé me rouler à ses pieds pour qu'il me sauve de la famine. Je n'avais plus un sou, et ma logeuse m'avait prié respectueusement de déménager. Le sénateur aimait les artistes, il a bien voulu me recevoir. Je croyais qu'il allait me procurer une ambassade ou me faire élire à la Chambre des communes pour me dédommager de mes déboires ; je suis sorti de son bureau traducteur au Parlement, à Ottawa, ce qui était mieux que rien.

Moi qui étais déjà un être proprement insupportable dans le bonheur, je me suis surpassé dans le malheur. Arrivé à Ottawa, m'imaginant auréolé du prestige de la proscription, je n'adressais la parole à personne. Je m'affichais comme incroyant et donnais à entendre à tous que j'avais adhéré à l'Action française de Maurras. J'étais la victime amoureuse de sa blessure qui se mire dans sa misère, l'incompris altier que les joies communes indiffèrent. Le plus vrai et le plus drôle, c'est que j'étais heureux sans l'avoir fait exprès, mais je me gardais bien de le dire à âme qui vive ; avec mon traitement de trois mille dollars par an, je n'avais jamais été aussi riche, et je me plaisais bien dans mon petit appartement de la Côte de Sable, rue Besserer.

C'est au cours de ce nouvel exode que j'ai perdu pour toujours l'envie de me faire un nom. Une bonne chose, car ici les noms ne font que passer. Voilà pourquoi j'ai gardé longtemps dans mon portefeuille cette page arrachée aux *Relations* des jésuites : *On donne le nom à un enfant quelque temps après sa naissance ; pas-*

sant de l'enfance en l'adolescence, il change de nom comme les Romains changeaient de robe; il prend un autre nom en l'âge viril, et puis encor un autre en la vieillesse; si bien qu'ils en ont de rechange selon leurs âges. Échappant de quelque danger ou sortant de quelque grande maladie, ils prennent un nom qu'ils croyent leur debvoir estre de meilleur augure que celuy qu'ils avoient. Les Sorciers ou Devins feront quelquefois changer de nom à quelque malade, s'imaginant quasi que la mort ou le Manitou qui vouloit attaquer cet homme, ne le connaistra plus sous un nouveau nom. En un mot ils croyent qu'il y a des noms mal-heureux et d'autres bien-heureux, un songe est capable de faire changer le nom à un homme. On a dit souvent qu'on faisoit revivre les trepassez, faisant porter leurs noms aux vivants; cela se fait pour plusieurs raisons: pour ressusciter la memoire d'un vaillant homme, et pour exciter celui qui portera son nom à imiter sa generosité, pour tirer vengeance de ses ennemis. Celuy qui prend le nom d'un homme tué en guerre s'oblige de venger sa mort; pour secourir la famille d'un homme mort, d'autant que celuy qui le fait revivre et qui le represente porte toutes les charges du deffunct, nourrissant ses enfans comme s'il estoit leur propre Pere, et luy ses enfans. Lusignan ne veut plus rien dire, me disaisje, avec un soulagement qui avait trop tardé. Au diable la fée, le roi et le chevalier, et à moi la liberté anonyme!

Au bureau, j'étais infect avec rigueur. Persuadé comme je l'étais que ma carrière de traducteur serait de courte durée, car le sénateur avait sûrement des projets plus importants pour moi, je persécutais mes collègues de mes bouderies. Tous se passionnaient encore pour l'affaire Dreyfus, et j'aurais adoré prendre part à leurs discussions, mais pour être sûr de déplaire à tout le monde, je laissais entendre que je croyais Dreyfus innocent en dépit de mes convictions monarchistes. Dans l'ensemble, cependant, la vie de bureau m'a déçu ; j'aurais voulu mes collègues méprisants à mon endroit, ils étaient au contraire tout à fait sympathiques, ils refaisaient mes traductions sans jamais se plaindre, et tous avaient souffert plus que moi de l'exil. Dont Garneau, notre chef, anticlérical notoire ; Sulte, historien ennemi des jésuites ; et Roby, excellent poète que je feignais de n'avoir jamais lu.

J'ai pensé changer de conduite le jour où un collègue a déposé sur mon bureau une coupure de presse et m'a serré la main sans rien dire. L'article faisait état de l'incendie qui avait incinéré le hangar du soldeur où mes livres s'étaient réfugiés. Mon œuvre avait disparu, mon personnage de romancier s'était envolé en fumée. Je me suis levé d'un bond et j'ai embrassé mon collègue sur les deux joues. J'ai invité tout le bureau à la taverne et j'ai offert la première tournée de bière. Il fallait fêter cet autodafé accidentel : ce n'est pas tous les jours qu'on enterre un romancier médiocre. Nous avons fraternisé tout l'après-midi, mon seul beau souvenir de cette époque. Mais le lendemain, c'était plus fort que moi, j'étais redevenu cet odieux moi-même qui s'enveloppait de mépris imaginaire afin d'y trouver la supériorité morale qui lui faisait défaut.

Le présent est si désespérant que j'en viens à aimer mon passé. On va célébrer bientôt le premier anniversaire de l'armistice. De grandes fêtes se préparent. En tout cas, c'est ce qui est écrit sur le journal.

La guerre. Je ne peux pas vraiment dire que je l'ai faite, mais j'y étais, ça c'est certain. Quand on me dit qu'elle est finie depuis presque un an, je ne demande pas mieux que de le croire, mais je ne suis pas sûr qu'elle soit si finie que ça.

C'est parce que, depuis mon retour à Ottawa, un fantôme ivre me suit dans la rue. Quand il m'interpelle, nous nous lançons aussitôt dans des conversations passionnantes. Je peinc à le reconnaître quand il m'apparaît, et dès que je commence à distinguer mes propres traits sur son visage, il s'évanouit, me laissant seul avec mes arguments pourtant convaincants. C'est bien moi-même pourtant que je revois, mon sosie complètement soûl et débraillé. Autour de moi, les visages amusés des gens m'avertissent alors qu'il vaut mieux que je m'éloigne. J'en entends qui disent : « On dirait qu'il est gazé, lui. » Gazé, ce mot de la guerre qui veut dire soûl ici maintenant. Dès que j'ai réussi à reprendre contenance et à faire comme si de rien n'était, je m'en vais, suivi de loin par cette ombre rassurante qui a l'extrême obligeance de m'accompagner dans ma dernière migration.

Migrer, je n'ai fait que ça toute ma vie. C'est justement cela qu'Essiambre d'Argenteuil aimait en moi, il me l'a dit je ne sais combien de fois. À trente-cinq ans, j'en suis déjà à ma quatrième ou cinquième vie, même que j'ai arrêté de compter.

Par jeu, mon double et moi inversons parfois les rôles. C'est moi qui m'enivre au vin de gingembre frelaté tandis que lui devient ce vagabond vêtu en lieutenant du Régiment de la Princesse Patricia qui erre dans les rues d'Ottawa à la recherche d'un moyen de subsistance quelconque. Ou d'une femme qui accepterait de le prendre chez elle comme un amant entretenu. Il est tellement mal pris, il accepterait n'importe quoi, même du travail.

Vas-y, mon beau fantôme ivre, parle à ma place, le temps que je dessoûle un peu.

Le fantôme ivre s'incline pour me remercier et reprend là où j'ai laissé. Il parle mieux que moi, et l'écouter me repose de ma propre vie.

Ce pauvre et cher Lusignan…

Dire qu'il y a cinq ans la ville était à ses pieds, on vénérait ces militaires qui allaient chasser le Kaiser de Belgique. On n'a plus un regard pour lui maintenant. Son uniforme n'impressionne personne, d'autant plus qu'il est passé de mode, comme qui dirait. Son régiment a été démantelé en mars dernier quand il est rentré dans la capitale. Ils n'étaient plus que quarante des mille qui étaient partis, et les absents ont été remplacés une vingtaine de fois chacun. Tous ont été démobilisés; chacun a reçu le reliquat de sa solde, de quoi s'acheter un complet-veston et un billet de train pour rentrer chez lui, aller seulement. Il n'était pas là, mon Lusignan, au dernier défilé. Il avait déjà démissionné en Angleterre pour se joindre à l'expédition internationale qui allait mater les bolcheviques à Archangelsk. Il a été licencié pour inaptitude, c'est-à-dire pour ivresse excessive dans son cas, et il est rentré après les autres, en juin. (C'est vrai qu'il boit trop, je le sais, je suis son ange gardien, et je suis bien obligé de boire la même chose que lui, sauf que c'est moi qui suis soûl pour deux. C'est un peu compliqué à expliquer mais je me comprends.)

Il a reçu ses papiers de démobilisation à Québec, et après avoir fêté son retour tout seul dans les bouges de la basse-ville où il avait été si heureux avec son ami Essiambre d'Argenteuil, il s'est rappelé qu'il avait encore un père dans la vie, le Bon Saint-Joseph du village. Quand mon Lusignan l'a revu, le père était en train de restaurer un harmonium, la pipe entre les dents. Lui qui n'avait jamais étudié la musique, il venait de ressusciter un instrument qu'on croyait mort de vieillesse. Toujours aussi modeste, comme un magicien qui serait le seul à ne pas voir ses dons célestes.

Le père aurait aimé que le fils s'installe avec lui pour de bon, il voulait le prendre comme apprenti dans son atelier pour lui enseigner ce qu'il lui restait à apprendre du métier, mais l'autre n'a pas voulu. Il a dessoûlé et il est reparti.

Avant la guerre, il était traducteur à Ottawa, au Sénat. Il s'était imaginé naïvement qu'on le reprendrait tout de suite, mais le pauvre, il avait oublié les manières odieuses qu'il avait eues envers ses collègues et son chef après avoir été placé par le sénateur qui le protégeait comme officier-interprète dans le Régiment de la Princesse Patricia. Il s'était fait faire un superbe uniforme et il était allé se pavaner au bureau, sans enlever sa casquette, caressant ses bottes de sa badine, encore plus arrogant que d'ordinaire, chose pourtant difficile pour lui. Il avait exigé le reste de son traitement, il avait refusé de serrer la main de ses collègues qui étaient si heureux de le voir partir et, pour finir en beauté, il avait écrasé sa cigarette sur le bureau du patron en lui disant des mots que je ne répéterai pas.

Mais le cher Lusignan, il avait oublié tous ses torts. Si bien qu'il a été assez mal reçu le jour où il est allé réclamer son ancienne place. En réfrénant une grande envie de rire, le traducteur-chef lui a aimablement rappelé qu'il avait refusé le congé sans solde qu'on lui avait offert, qu'il avait préféré démissionner, ce qui le privait de tous ses droits. Sa place était prise. Et le sénateur qui l'avait fait embaucher et avait couvert toutes ses frasques était décédé, désolé.

En sortant de là, furieux comme il était, il a voulu aller boire un verre pour se remettre. Impossible. À cause de la prohibition en Ontario, plus de buvettes, plus moyen non plus d'acheter de l'alcool au grand jour. Pour ça, il faut aller à Hull, au Québec, sur la rive nord de l'Outaouais. Ce n'est pas bien loin, heureusement, il suffit d'emprunter le pont Alexandra ; nous y sommes allés à pied. Une chance que j'étais là pour le raccompagner, il ne tenait plus debout tellement il avait bu de bière. Il a dormi sur un banc de parc cette nuit-là, et je lui tenais la tête pour éviter qu'il se blesse. J'ai aussi éloigné les petits truands qui convoitaient sa bourse vide.

J'essaie de le raisonner. En pure perte. Il faut qu'il cesse de boire, et surtout de porter cet uniforme, ça va finir par lui attirer des ennuis. La guerre est finie, Lusignan, t'as pas le droit. Il est vrai que c'est sa seule tenue mettable et qu'il a encore fière allure dedans, mais c'est contre la loi, on pourrait le mettre en prison pour ça. Autant chercher à convaincre un chat, il ne m'entend pas.

Il a encore fait des siennes tout à l'heure. Nous étions dans le tramway, lui soûl comme une botte (je ne lui apparais que lorsqu'il prend un coup), et pour plaire à une dame qui venait de monter et qui avait un air distingué, il s'est levé avec difficulté pour lui offrir sa place. L'ennui, c'est que le tramway était presque vide, et la dame a dû penser que c'était par égard pour son âge qu'il faisait le galant. Elle a accepté la place pour donner le change, mais en le giflant du regard, si fort que j'ai eu mal pour lui. Alors, je l'ai pris par le bras et je l'ai fait descendre à la hauteur du flat LeBreton, ce quartier ouvrier blotti sur la rive sud de l'Outaouais que les gens d'ici appellent simplement le Flatte.

Il loge à l'hôtel Couillard ces temps-ci, gracieuseté d'une admiratrice qui se paie en nature. Je l'y ai ramené et je lui ai fait prendre une petite soupe. Bon, il faut que j'y aille, il va dessoûler. Je lui rends la parole.

Mon fantôme ivre a disparu, il ne reste plus de son passage qu'une atroce migraine au goût de gingembre.

Je constate qu'il m'a ramené à l'hôtel. Très prévenant, ce fantôme qui me donne tout le temps mauvaise conscience. Mais je n'ai pas envie d'être ici.

Dès que j'irai un peu mieux, je vais remettre mon uniforme et prendre le tramway pour aller à la gare Union. J'aime ce lieu qui sent le charbon et le cigare, fumée de maison, fumée d'homme. Il ne m'est arrivé que de bonnes choses là-bas. Quand j'ai été nommé traducteur au Sénat, mon chef, monsieur Garneau, le fils du grand historien, lui-même écrivain accompli, m'attendait sur le quai de la gare. C'était la première fois de ma vie que quelqu'un venait m'accueillir au sortir du train, et j'avais dû me donner beaucoup de mal pour dissimuler le plaisir que cela me faisait.

C'est de là qu'est parti, à l'automne 1914, le Régiment d'infanterie légère de la Princesse Patricia, l'unité à laquelle j'appartenais au début, et c'est là que j'ai aperçu Essiambre d'Argenteuil pour la première fois, devant le magasin de tabac et de journaux qui n'a pas bougé.

Enfin, c'est là aussi que j'ai rencontré cette jeune femme dont le prénom m'échappe et qui m'héberge dans cette chambre d'hôtel, celle que mon fantôme ivre appelle mon admiratrice. C'est elle qui m'a abordé, je ne sais plus sous quel prétexte ; je ne sais pas trop ce que je lui ai raconté, je ne tenais plus sur mes jambes tellement j'avais faim ; soif aussi.

Elle m'a invité au restaurant de la gare où je rêvais d'entrer depuis trois jours. J'ai dû claquer le repas de ma vie : de la soupe deux fois, des côtelettes de porc, des pommes de terre, du pudding aux raisins, avec du thé fort. J'allais mieux tout à coup, beaucoup mieux, et je me suis mis à éprouver de la sympathie pour ma rédemptrice, elle dont les rondeurs ne m'avaient pas plu au premier abord. Elle me regardait m'empiffrer avec tant de tendresse que, pour lui témoigner ma reconnaissance, je lui ai fait le coup que faisait Essiambre d'Argenteuil aux femmes romanesques dont il ne voulait pas mais à qui il voulait laisser un bon souvenir.

« Pour vous remercier, si vous le voulez bien, je vais vous lire les lignes de la main. » Elle a accepté comme une enfant à qui on va faire un gros cadeau. L'ayant écoutée pendant que je mangeais, je n'ai pas eu de mal à lui débiter quelques généralités vraisemblables en lui tournant et lui retournant la main. « Je vois un vieillard malade, une mère âgée qui pleure… Ils quittent lentement votre mémoire… Tiens, un bel homme, élégamment vêtu… Je vois aussi un enfant qui demande à naître… On l'attend… » Et j'avais conclu en lui prédisant le bonheur, le mariage, la richesse, etc. Ses yeux embués m'ont dit que j'avais vu juste.

Ensuite, elle m'a emmené à l'hôtel le plus naturellement du monde. « On va aller au Couillard, si tu veux. C'est dans le Flatte, la chambre me coûte pas cher. Je t'inviterais bien chez moi, mais ça se fait pas parce que je suis encore fille. Je passerais pour une cochonne. » Je ne pouvais pas lui dire non, raide pauvre comme je suis.

La chambre est payée pour une semaine, qu'elle m'a dit hier ; elle lave mon linge et me laisse tous les jours de quoi manger ; quand elle a le dos tourné, je prends dans son sac à main de quoi m'acheter à boire. Comme je ne suis pas un ingrat, je la laisse me chevaucher quand je me dégrise. Si seulement j'arrivais à retenir son prénom, je serais plus aimable envers elle.

Tiens, la voilà justement qui réapparaît toute souriante. Ça fait changement de mon fantôme ivre qui a toujours le reproche à la bouche. La chambre sent bon tout à coup. Elle n'est pas jolie, elle est trop grasse pour mon goût, je l'ai dit, mais elle est si bonne. Elle voudrait que je lui raconte la guerre, mais je n'ai rien à lui dire. Elle insiste. « J'ai fait une guerre grotesque », que je lui réponds. « Grotesque », elle ne connaît pas ce mot.

Elle a si grand cœur qu'elle me donne envie d'être honnête. Quand elle me connaîtra mieux, elle s'en ira, et ça vaudra mieux pour elle. Alors, je lui dis tout.

« Tiens, par exemple, je n'ai jamais tué personne. Les seuls hommes que j'ai tués étaient déjà morts.

Quand nous étions seuls, mon ami le soldat Léon Tard et moi, nous déchargions nos fusils sur des cadavres. On faisait ça pour s'exercer en vue du jour où nous rencontrerions des Allemands qui en voudraient à notre peau, et comme ça on aurait déjà l'habitude de trouer la chair humaine, ça serait peut-être moins difficile. On tirait sur des soldats anglais, français et australiens que le canon allemand avait tués, mais sur des morts canadiens, jamais ; nous avions quand même des principes. Une fois, comme nous rentrions de la corvée de cimetière, nous avons failli chier dans nos culottes en apercevant des cadavres de soldats allemands que la dernière pluie d'obus avait fait ressurgir de la boue. Ils étaient debout, là, la peau verte, les yeux vitreux, et nous les avons tous retués jusqu'au dernier. Une heure après, les obus fossoyeurs les avaient réensevelis. C'est ça que ça veut dire, grotesque. Tu comprends ?

« Mes seules médailles sont celles que tous les autres ont reçues rien que pour avoir été là, même les cuisiniers, qui ont tous survécu. Je n'ai jamais été blessé. Juste gazé deux fois, ce n'était rien. Quand le Princess Pat a débarqué en France en 1915, j'avais déjà été rétrogradé simple soldat, et je n'ai pris aucune part aux premiers combats qui ont tué la moitié des nôtres. Au bout de deux semaines, j'ai dû me soumettre à l'inspection médicale parce que j'étais fiévreux. Le médecin m'a découvert une syphilis virulente que j'avais attrapée d'une Anglaise avec qui j'avais été trop heureux de coucher justement parce qu'elle était anglaise. Je m'étais senti puissant entre ses bras parce que je ne pouvais pas imaginer que la même chose puisse m'arriver chez nous, un peu comme les soldats noirs américains que j'ai connus et qui étaient tout heureux d'aller avec des Blanches qui parlaient français. Dans leurs bras, ils se sentaient plus hommes et moins nègres, plus propres aussi. Même chose pour moi avec cette jolie petite Anglaise rousse qui se prostituait derrière la somptueuse cathédrale de Salisbury. Mais un syphilitique en uniforme, c'est mal vu, peu importe de qui vient la maladie, reine de Norvège ou pute à marins. J'ai été renvoyé par le premier bateau en Angleterre avec quelques autres.

« J'ai passé plus de trois mois à l'hôpital des malades honteux à Etchinghill. J'ai eu des complications, il paraît ; j'ai trouvé aussi le moyen d'attraper une pneumonie. Une fois guéri, j'ai été traduit en cour martiale et licencié pour immoralité, une formalité. Comme je ne savais pas où aller, j'ai bu l'argent que j'avais sur moi, et à Liverpool je me suis rengagé dans une compagnie de pionniers de l'infanterie canadienne. Il y avait à peine quinze jours que la compagnie avait débarqué en Angleterre et il lui manquait déjà vingt-deux hommes, désertions, maladies, etc., alors on recrutait à tour de bras. On ne m'a pas demandé ce que j'avais fait avant ; j'étais vivant, j'étais canadien, ça suffisait. C'est comme ça que je suis reparti pour le front et que j'ai connu Tard. Les pionniers étaient chargés des gros travaux manuels comme creuser des tranchées et enterrer ceux qui s'étaient vraiment battus. »

Je sais bien que mon récit est passionnant, mais la petite a les yeux qui tombent de sommeil. Je viens de lui expliquer comment Tard s'y prenait pour m'épouiller avant notre bain mensuel, et comment je l'épouillais à mon tour. Elle dit : « Ça va faire pour à soir. Viens m'en donner, j'ai envie. » Je ne veux pas d'elle mais je suis incapable de lui dire non.

La petite dort dur; son jeune corps frais et dodu enserre le mien qui a trop chaud. J'aimerais bien lui parler d'Essiambre d'Argenteuil, je n'ai plus sommeil. Tant pis, je vais lui en parler quand même, ça me fera du bien. Ça chassera un peu aussi la chaleur de cette nuit d'automne trop chaude. Mais je parlerai dans ma tête pour ne pas la réveiller.

C'était à la gare Union, en face du Château Laurier, là où je voulais aller tout à l'heure; le Régiment de la Princesse Patricia allait quitter Ottawa. Il était en train de causer avec une grande femme au beau visage pâle quand je l'ai remarqué. On a voulu me faire croire plus tard que cette beauté fortunée était en quelque sorte sa fiancée, une intime de la cour vice-royale, quelqu'un de très bien. De mon côté, je me faisais engueuler royalement par le colonel parce que je m'étais présenté à la gare sans mon uniforme. Je l'avais donné à repasser à ma logeuse, madame Latendresse, et j'étais parti avec ma valise en oubliant de le reprendre. Après avoir quitté sa dame, Essiambre s'est approché du colonel qui hurlait : « Et c'est ça, notre lieutenant-interprète, qui va à la guerre déguisé en comptable ? » Essiambre l'a calmé en proposant de me prêter un de ses uniformes de rechange. Le colonel m'a collé deux jours d'arrêt que je n'ai jamais faits et m'a interdit de défiler avec le régiment avant le départ.

Après m'être changé aux toilettes, je me suis installé dans le compartiment réservé aux officiers. Essiambre est venu s'asseoir à côté de moi comme si de rien n'était. La reconnaissance est un aphrodisiaque, la bonté aussi. Je ne le savais pas, je le sais maintenant.

Avant de le connaître, je croyais savoir l'anglais. Il m'a vite détrompé. Lui, il parlait l'anglais avec une aisance que je n'avais jamais vue, avec une certaine gourmandise même. Et c'était lui souvent qui faisait l'interprète pour moi dont le vocabulaire militaire était inexistant. Lui, il savait tout. Comment saluer, s'adresser aux inférieurs ou supérieurs hiérarchiques, porter un toast à la santé du roi au mess, tout. Moi, il m'avait fallu faire des pieds et des mains pour qu'on m'engage comme officier-interprète, et c'était finalement pour débarrasser mon traducteur-chef que le sénateur m'avait déniché cette place. Lui, Essiambre, on l'avait pris tout de suite vu qu'il avait déjà l'air d'un officier, même sans uniforme.

Je le connaissais depuis à peine une heure que je voulais déjà avoir vécu sa vie. C'était un seigneur, un vrai, pas comme Poitras. Le premier Essiambre du Canada avait été sergent dans la guerre contre les Iroquois. Après s'être enrichi dans le trafic des fourrures, le deuxième du nom avait acquis la seigneurie d'Argenteuil au début du XVIIIᵉ siècle. Son bisaïeul avait été tué au siège de Québec, avant la Conquête. Son grand-père avait été député, président de la Chambre législative, au siècle suivant. Le même d'Argenteuil avait été l'un des chefs du Parti patriote pendant la révolte de 1837 ; son grand âge lui avait épargné le gibet et il était mort en exil en Australie. Son oncle avait été député et ministre à Ottawa, un libéral influent. Le père de mon Essiambre avait surtout été un grand alcoolique qui avait dilapidé le bien familial au jeu et dans des spéculations folichonnes. Il n'était resté à mon nouvel ami que son titre de noblesse.

Il avait grandi sur les terres de la seigneurie ancestrale avant que son père ne les brade, puis il avait fait ses études chez les jésuites à Montréal. Sa mère, une Wingham de Boston, avait obtenu d'un richissime cousin qu'il finance ses études de droit à Oxford. Il en était revenu avironneur accompli et avocat. Fier de son accent britannique aussi, mais nullement impérialiste comme les autres jeunes Canadiens qui avaient fait un trajet semblable.

Avant de s'engager, il exerçait le droit dans un grand cabinet de Montréal et faisait fortune par ses propres moyens. À un moment où je me trouvais seul avec lui dans le train, je lui ai demandé pourquoi il voulait faire la guerre. Sa réponse : « Pour l'avoir faite. » J'ai compris alors que cet homme était incapable du moindre mensonge, il était vrai comme un personnage de roman. Un chef né aussi, qui aurait pu dire comme

Bonaparte : « Je gagne mes batailles avec les rêves de mes soldats endormis. » Sans le connaître, je lui prêtais le pouvoir de dissoudre toutes mes insuffisances.

« Et toi ? qu'il m'a demandé. Pourquoi la guerre ? » Pris au dépourvu, j'ai balbutié la première vérité qui m'est venue à la bouche. « Eh bien… pour le plaisir d'être vêtu en lieutenant. Pour servir le roi aussi. J'aurais préféré le roi de France, mais j'ai pris le seul que j'avais sous la main. Je suis monarchiste, mais seulement pour faire chier ceux qui ne le sont pas. Je voulais être beau et différent, quoi. L'esthétique est mon seul guide dans la vie. Voilà… »

Je me rappelle qu'en prononçant ces paroles j'avais entrevu au-dessus de sa tête le visage de ma mère, et pour une rare fois cette image avait quelque chose de souriant. Je voulais tellement avoir l'air profond pour lui plaire que je disais vraiment tout ce qui me passait par la tête. Avant Essiambre, cela ne m'arrivait jamais. Il en a été ainsi souvent entre nous : je lui faisais des confidences que j'entendais avec lui pour la première fois.

Notre camp d'entraînement était situé à Lévis, en face de Québec, où nous allions courir les filles. Une fois, en revenant d'une course là-bas, Essiambre m'a pris à part. « Un ami m'a offert un livre. Regarde… » C'était *Franchonne*. Il était le premier de mes lecteurs que je voyais en chair et en os, j'en étais tout ému. Le soir même, autour du feu de camp, j'ai mis le livre en pièces, et j'ai invité mon nouvel ami à en brûler les pages avec moi. Je lui ai dit : « Nous ferons un autre roman toi et moi. » Ce petit holocauste ne m'a coûté aucune peine ; il fallait bien que ce livre aille rejoindre les autres dans les flammes.

Au camp, les officiers avaient tout à apprendre. Le manuel de tir, les exercices, les manœuvres, le guide d'artillerie, l'étiquette militaire, à peu près dans cet ordre. Ce qu'on avait appris un jour, il fallait l'enseigner aux soldats le lendemain. Nous faisions notre apprentissage en autodidactes et en groupe. Essiambre était toujours premier, moi dernier. Il y en avait un autre qui réussissait très bien : le lieutenant Garry de Winnipeg, le riche héritier d'une famille aristocratique de l'Ouest, l'un des rares officiers canadiens du Princess Pat, les autres étant presque tous des Anglais nostalgiques de la mère patrie.

Il pouvait être dur aussi, Essiambre. Un matin où il remplaçait le capitaine chargé de l'entraînement, il a fait sortir le lieutenant Garry du rang. « Vous êtes le pire officier du régiment. Quand je vous regarde, j'ai honte de nous. Alors on va corriger ça tout de suite. » Il l'a fait suer sang et eau à courir toute la journée avec un sac de cinquante livres sur le dos, et il l'a humilié de ses brillants sarcasmes devant tout le régiment. J'ai eu pitié du pauvre Garry.

Le lendemain, après l'inspection en grande tenue devant le colonel, Garry a demandé à prendre la parole. « Mon colonel, j'ai la conviction d'être un officier inapte. Je demande la permission de rendre mon brevet et de servir dans le rang comme simple soldat. » Le régiment était bouche bée. Après avoir réfléchi quelques instants, le colonel a donné son consentement, et Garry est allé prendre sa place parmi ses anciens subalternes qui l'ont applaudi comme un héros.

Nous avons bien ri à Québec, Essiambre et moi. Il connaissait la ville comme le fond de sa poche et m'emmenait dîner dans les meilleures familles des beaux quartiers. À l'aise partout où il allait, il n'avait pas son pareil pour discuter de musique avec une digne matrone de la Grande Allée ou s'encanailler dans les tavernes de la basse-ville.

J'aimais ma place de second violon avec lui. Ainsi, quand nous nous mettions en quête de filles dans les kiosques à musique dansante de la terrasse Dufferin, je lui servais volontiers de faire-valoir. Les filles faisaient comme nous, elles se promenaient par deux, une jolie et une moche. Essiambre avisait un duo de jeunes femmes en mal d'aventures et les abordait avec élégance. Tacticien consommé, il commençait par faire la cour à la moins jolie, obligeant l'autre à faire semblant de s'intéresser à moi. Après avoir fait danser la sienne, il me la refilait et restait avec l'autre, qui ne tardait pas à lui coller après. La moins jolie ne me dédaignait pas, pensant peut-être qu'il était encore tôt pour reprendre l'avantage perdu. Nous leur offrions à boire, et ça finissait dans une chambre où un rideau diaphane séparait les deux lits. Nos halètements se mêlaient sans que nous en éprouvions la moindre gêne, et c'était à qui finirait le dernier. Nous prenions rendez-vous pour le dimanche suivant, et il s'arrangeait alors pour bouder sa conquête et finir avec l'autre ; la plus jolie se consolait avec moi pour le punir.

Je pouvais lui raconter ma vie sans ressentir la moindre honte, mes ambitions tordues, les rêves qui me restaient. Il m'écoutait avec une expression d'intérêt sincère. J'avais une telle confiance en lui que j'ai osé l'emmener aux Petites Loges pour le présenter à ma mère. Elle a été charmée, et quand je lui ai dit le nom de mon ami, elle a décliné son arbre généalogique sans se tromper d'un seul ancêtre, comme si sa folie avait épargné son savoir héraldique. Elle lui parlait même avec un accent qu'elle croyait français. Quand nous sommes partis, il lui a fait le baisemain en claquant des talons, et elle lui a fait la révérence. Je ne l'avais jamais vue aussi rayonnante. Au moment où nous sortions, elle m'a fixé un instant, puis elle m'a soufflé à l'oreille : « Il est très bien, ce garçon. J'ai un fils qui lui ressemble comme deux gouttes d'eau. Mais il est prêtre, lui. » J'étais heureux de lui avoir procuré cet instant de bonheur. En témoignant à ma mère un respect sincère, exempt de pitié, Essiambre avait ranimé chez moi une affection qui effaçait mes griefs surannés.

Le colonel nous demandait parfois d'assurer la liaison avec le reste du contingent, qui était cantonné à Valcartier, sur la rive nord du Saint-Laurent. Un jour où nous nous y trouvions, il n'y avait au programme qu'un briefing matinal, et Essiambre a décidé que nous irions pique-niquer sur les bords de la rivière Jacques-Cartier.

Ce devait être la dernière belle journée de septembre, il faisait bon. Nous étions en tenue de corvée légère, il marchait devant, je suivais, essoufflé. C'était la première fois de ma vie que je me promenais dans la forêt, jamais je ne m'étais éloigné des villages qui m'avaient abrité, et j'étais dans ces bois comme un étranger débarquant ici aux premiers jours du pays. Lui, il se déplaçait comme s'il avait été dans son jardin.

Vers la fin de la matinée, nous nous sommes baignés dans la rivière, nus bien sûr, pour nous endurcir au froid. J'étais gelé en sortant, lui aussi. « Viens, on va monter la colline, ça nous réchauffera ! » La course en valait la peine. Le fleuve à nos pieds était plus vert que jamais, et au loin, sous le soleil, les clochers et les cheminées de la ville de Québec flamboyaient dans la lumière de midi. Comme je tremblais encore de froid, il s'est mis à me masser de la tête aux pieds ; puis il m'a demandé de lui rendre le même service. Je bandais dur quand j'ai eu fini, lui aussi. Il a eu alors le même sourire indulgent qu'il avait eu pour ma mère malade. L'instant d'après, il était à mes genoux, serrant mes poignets dans ses mains, et il aspirait adroitement ce désir dont je ne m'étais jamais cru capable. Je gémissais encore quand il s'est relevé pour me fixer de ses yeux émus. Il n'avait pas rouvert la bouche, et j'ai pensé naïvement qu'il voulait me rendre ce qu'il venait de me prendre. Je le lui ai dit, il a souri tendrement. Puis il s'est retourné pour se coller contre moi et il s'est fait plaisir en s'aidant de ma main. Pas une parole après, sauf : « Viens, on redescend. J'ai faim. Pas toi ? » Nous n'avons pas reparlé de ce qui avait été pour moi une épiphanie aveuglante. Pourtant, j'aurais eu tant de choses à lui dire : le vert épuisé des feuillages d'automne, le fleuve qui avait cessé de couler sous le soleil, la ville dressée sur son cap, mais son impassibilité interdisait tout échange.

Nous n'avons pas reparlé de cela non plus dans les jours qui ont suivi, ni après, ni jamais. Ni de la bouteille de vin rouge à la panse si invitante, des écailles d'œufs à la coque qui nous collaient aux doigts, du pain qui avait séché trop vite à l'air libre mais qui avait le parfum de levure du plaisir rendu, des charcuteries et des fruits qui n'avaient plus le même goût. Pas un mot. Il ne s'était rien passé, il ne subsistait qu'un secret entre nous.

Quand nous sommes rentrés au camp de Lévis ce soir-là, il y avait fête au mess des officiers. Le colonel avait restitué au soldat Garry son grade de lieutenant. L'officier qui avait été nommé à sa place avait fait une mauvaise chute de cheval au moment de quitter Toronto, et comme les sous-officiers louaient constamment le zèle de Garry, le colonel avait estimé que sa mortification avait assez duré. Ravi d'être de retour parmi nous, Garry nous régalait, une tournée n'attendant pas l'autre.

Trois jours plus tard, Essiambre dirigeait de nouveau l'entraînement du régiment en l'absence des deux capitaines. Il m'a fait sortir du rang : « Lusignan, vous me faites vraiment pitié, on jurerait que vous êtes infirme ! » Il m'a donné quelques ordres, je n'ai pas su les exécuter. « Bon, très bien. Vous êtes mûr pour une petite leçon, et le régiment apprendra à vous voir faire. » J'ai alors eu droit, moi aussi, à la marche forcée de quarante milles sous la pluie, avec le sac de cinquante livres sur le dos. Je pensais qu'Essiambre se montrerait plus humain envers moi qu'avec Garry ; il a été encore plus dur en paroles. « Plus vite que ça, mauviette ! Le plus mauvais soldat du régiment est un intrépide guerrier à côté de vous ! » Pour le punir, j'aurais voulu mourir d'épuisement sous ses yeux.

Le lendemain, au mess, j'ai déjeuné à la même table que Garry. Je n'ai pas pu me résoudre à le regarder une seule fois pendant le repas. Le soir venu, pendant que nous jouions au poker, nos regards se sont croisés, et je pense que nous nous sommes fort bien compris. Ses yeux disaient : « Mais de quoi voulez-vous parler ? » Je lui répondais avec le même aplomb : « Moi ? Mais de rien du tout, voyons. J'attends la prochaine mise. » Deux saints de marbre n'auraient pas fait mieux : Essiambre d'Argenteuil nous avait unis dans une fratrie dont on ne sortait qu'au péril de sa vie.

Pour donner le change, je m'efforçais d'être plus qu'aimable envers Garry. Lui demeurait courtois mais sans excès. Nous sommes restés sur nos positions. De son côté, Essiambre ne nous voyait plus, les yeux toujours plantés dans ses manuels militaires.

Après n'avoir fait qu'un avec lui, j'étais désormais plus seul que je ne l'avais jamais été. Comme s'il m'avait forcé à émigrer vers un pays où tout homme est seul devant la mort, le *no man's land* de notre livret d'instructions. Moi qui n'avais jamais désiré un homme, j'aimais désormais un homme. Le pire, c'était qu'il n'avait pas changé, lui. Toujours le même. Prévenant envers tous, intelligent et drôle dans la conversation, pénétrant dans ses observations et curieux de tout, et pas une trace de feintise dans son comportement. Non, cette journée dans la vallée de la Jacques-Cartier, il fallait croire que je l'avais vécue seul.

Garry a-t-il souffert, lui? Je n'en sais rien. Et Essiambre, que pensait-il de tout cela? Impossible de le dire. Moi je sais que j'ai été jaloux de l'ordonnance qui cirait ses bottes et astiquait la crosse de son pistolet, non pas parce qu'il était son amant, jamais de la vie, mais parce qu'il le suivait partout. Je l'aurais servi à table s'il m'avait été permis de le faire. Je lisais ses livres sans rien y comprendre, et j'aimais les maux de tête qu'ils me donnaient. Quand personne ne regardait, je ramassais ses mégots de cigare pour les fumer en cachette. Je buvais aussi dans son verre quand il avait le dos tourné, je priais pour lui avant de m'endormir et je refusais de me caresser parce que je me réservais pour la prochaine fois. J'avais tout le temps dans la bouche ce goût de cendres froides qui suit l'incandescence amoureuse.

Nous avons quitté Québec en octobre avec le reste de la Force expéditionnaire. Moi qui avais toujours rêvé du jour où je franchirais la mer pour voir la France, ce pays que je n'avais pas revu depuis au moins deux cents ans, je me rappelle que le matin du départ, accoudé au bastingage, je ne pensais à rien. Sauf à lui. Je n'aime plus les océans depuis ce jour, je ne voyage plus que sur la terre ferme.

Avant de connaître Essiambre d'Argenteuil, jamais de ma vie je n'avais souffert de solitude. Le souvenir de son étreinte m'avait révélé que j'étais seul depuis toujours, et j'en éprouvais tout à coup une authentique douleur physique, d'autant plus lancinante qu'elle m'était inconnue, et je n'en connaissais pas le remède.

La promiscuité qui régnait sur le navire a accru mon chagrin. Nous étions toujours ensemble lui et moi, mais jamais isolés. Nous avions de surcroît la responsabilité d'inculquer quelques notions de français à nos camarades officiers, ce qui nous mettait constamment en contact. Je trouvais aussi très difficile d'avoir pour élève le lieutenant Garry, car je m'imaginais sans cesse que les autres pouvaient entendre ce que nous étions les seuls à pouvoir nous dire en pensée.

Pour initier les élèves à l'art de la conversation française, Essiambre dirigeait des petites scènes dramatiques, dont celle où un officier canadien encore monolingue devait rassembler son maigre vocabulaire pour retrouver le chemin de son hôtel. J'incarnais toujours le gendarme français qui s'offrait à raccompagner l'officier canadien dans les beaux quartiers de Paris où je n'avais jamais mis les pieds. Quand j'ai joué cette scène avec Garry, nous avons tous les deux rougi du début à la fin. Nous étions mauvais acteurs en plus, et sa voix a chevroté lorsqu'il a dit pour me remercier : « Vous êtes bon, monsieur. » J'ai alors haï l'expression amusée qu'affichait notre metteur en scène.

Ma carrière d'officier-interprète s'est terminée abruptement environ un mois après notre arrivée en Angleterre. Nous avions reçu la visite d'officiers d'état-major britanniques qui avaient tous fait d'excellentes études, et ceux d'entre eux qui parlaient le français de la Sorbonne ne comprenaient pas un mot de ce que je disais. Et moi, inhabitué au parler britannique, je saisissais seulement un mot sur quatre de leurs propos. C'était comme si j'avais eu un accent dans la bouche et un autre dans l'oreille.

Un soir, j'ai demandé au colonel de me recevoir. « Je vois que je ne suis pas à ma place ici, et le régiment ferait mieux de s'adjoindre un interprète compétent. Le caporal Davies est diplômé de McGill, sa mère est française, je me permets de vous le recommander. Quant à moi, je veux servir comme simple soldat. » À mon grand chagrin, il a accueilli ma requête avec joie.

Il aurait pu se forcer un peu, quand même… Dire, je ne sais pas, moi, quelque chose comme : « Nous avons besoin de tout notre monde, vous êtes déjà formé, ne vous préoccupez pas de l'opinion des autres… » Non, rien, il a signé tout de suite mon ordre de rétrogradation avant que je change d'idée ; il souriait en plus.

Je n'ai pas eu droit aux applaudissements du lieutenant Garry quand je suis rentré dans le rang. Il a fallu que je me batte pour qu'on me donne un coin dans une tente, personne ne voulait de ma compagnie. Naturellement, on ne m'a pas aidé à m'y retrouver dans mon fourniment ; à la première erreur que j'ai commise, mon caporal m'a mis son pied au derrière et y a mis tant d'ardeur que j'ai la certitude qu'il en avait envie depuis longtemps. Je me suis retrouvé aussi de corvée et en sentinelle de nuit plus souvent qu'à mon tour pendant mes premiers mois au sein de la troupe.

Évidemment, au début, on n'adressait pas la parole à l'ancien officier que j'étais, mais le supplice de la quarantaine a fini par finir. Les premiers mots que j'ai entendus ont été : « Non, mais qu'est-ce que t'es fou de t'être mis avec nous ! T'étais bien où t'étais, non ? On était aux petits oignons pour toi, on faisait tes quatre volontés, et maintenant tu t'imagines qu'on va t'admirer parce que tu marches dans le rang avec nous ? Mon cul ! » Celui qui s'adressait à moi ainsi était Rooney, mon ancienne ordonnance. Après, on s'est mis à m'accepter, et lorsque j'ai été exclu de l'effectif pour cause de syphilis, j'étais devenu membre à part entière de la bande.

Si au moins j'avais pu croiser le regard d'Essiambre de temps en temps pour lui faire connaître ma souffrance. Pas de chance : le jour de ma rétrogradation volontaire, il a été envoyé à l'école d'état-major impériale parce qu'il était l'officier le mieux noté du régiment. Quand nous nous sommes revus, pas un signe de tête, pas un sourire, rien, j'avais totalement disparu de son horizon.

Pas de danger non plus que le colonel se ravise et me rappelle auprès de lui comme il l'avait fait avec Garry, lui que les copains du rang avaient vu partir à regret. Il faut dire que c'était un bon soldat, qui a pris une vilaine blessure à Armentières et qui n'a été rapatrié qu'à son corps défendant. C'était un homme, Garry, un vrai.

N'empêche que j'ai bien fait de me joindre aux hommes et que j'ai éprouvé un certain plaisir à ma descension. D'abord parce que j'étais soulagé de ne plus avoir à commander à mes semblables. Si j'étais resté lieutenant au Princess Pat, j'aurais sacrifié plus de mes hommes que l'ennemi n'en aurait tué. Ensuite, parce que j'ai trouvé agréable de redevenir invisible. Auparavant, lorsque je m'approchais des hommes, ils se taisaient aussitôt et se mettaient au garde-à-vous. Désormais je pouvais circuler librement parmi eux, ce qui m'a permis d'en apprendre davantage sur eux et sur moi que si j'étais resté au haut de la pyramide.

J'ai ainsi cessé de vouloir me faire seigneur et maître de mon prochain, j'ai fait l'apprentissage de la démocratie au contact des hommes du rang. J'ai renoncé à tous mes rêves nobiliaires, ce qui aurait sûrement plu à Essiambre, et si j'ai repris mes galons d'officier en 1917, ce fut strictement l'effet de ces hasards meurtriers qui nous égalisaient si vite. Après m'être rengagé dans la compagnie de pionniers, je suis passé caporal au bout de deux semaines parce que j'étais le seul à pouvoir lire les ordres du jour. J'ai été nommé sergent parce que tous les autres sous-officiers avaient été tués, et je suis redevenu lieutenant pour la même raison.

Afin de punir Essiambre de son indifférence à mon égard, j'imaginais tous les jours quelque nouvelle bassesse susceptible de le blesser. Un jour, je me suis arrangé pour lui voler certaines de ses lettres dans sa cantine, espérant y trouver quelque renseignement compromettant qui le perdrait aux yeux de l'état-major. Je n'ai pris que celles qu'il n'avait pas encore décachetées. Elles provenaient toutes de la belle grande dame avec qui il bavardait à la gare, le jour où nous avions quitté Ottawa.

Je croyais que j'allais être jaloux d'elle, au contraire, elle m'a séduit. Elle n'était pas du tout sa fian-cée comme on me l'avait fait croire. Lui-même ne m'avait jamais parlé d'elle. Mais elle était dans sa vie, et, à ce titre, je me croyais un droit de propriété sur elle comme sur tout ce qui le concernait. Amalia Driscoll est son nom. C'est grâce à elle que je sais tout d'Essiambre aujourd'hui. Et je me félicite encore de lui avoir volé ce souvenir de femme dont il n'avait que faire.

Octobre 1914

Mon cher d'Argenteuil, mon ami pour la vie,

Avant de quitter Ottawa, vous disiez vouloir de ma personne un portrait de pied en cap, sans fard, sans complaisance. Le voici. J'espère que vous serez content de lire ce que je n'osais pas vous dire, vous qui m'avez donné quelques leçons de franchise dont le souvenir est encore brûlant dans mon esprit et ma chair.

Vous m'avez demandé un jour comment je gagnerais ma vie le jour où j'y serais obligée. J'ai la réponse depuis peu. Je peins mes souvenirs.

C'est la seule ressource qui reste à une vieille fille qui peut se vanter d'avoir eu un passé mais qui n'a plus d'avenir. Heureusement, je possède encore l'espérance, qui est une vertu théologale. Comme la charité et la foi d'ailleurs, autres vertus dont je suis bien pourvue. À part cela, je suis obligée d'avouer que le bilan n'est guère brillant.

Jamais, au grand jamais, je ne me serais crue autrefois capable de parler de moi-même, encore moins de monnayer mon passé. Je préférais faire parler de moi. Mais je n'ai plus le choix : je dois me dévoiler comme ces danseuses vénales des cabarets mal famés, ou mourir de faim. La famine me contraint à la pratique de l'art. Ce qui me peine infiniment, car j'ai trop lu pour ne pas savoir que les vrais artistes font normalement le chemin contraire : c'est l'art qui les mène à la faim.

Donc, j'exploite ma mémoire mondaine pour le compte de journaux et de revues qui paient assez bien, merci. Pour grossir mon revenu, je ne me contente pas de raconter ce que j'ai vu jadis du temps de ma splendeur et ce que je vois maintenant dans les soirées où l'on a la bonté de m'inviter, je fais aussi des croquis où j'embellis les uns et enlaidis les autres. Sous un pseudonyme, évidemment, celui qu'a choisi le rédacteur en chef du journal qui est mon premier client, le Citizen d'Ottawa. Il m'a baptisée Deirdre Hawthorne, mais il ne faudrait pas que cela se sache, autrement Amalia Driscoll ne serait plus invitée nulle part, et je perdrais ce petit gagne-pain dont j'ai un peu honte, moi qui avais juré jeune fille de ne jamais rien faire de mes dix doigts.

Naturellement, vous me promettez, Essiambre, de garder le secret sur l'activité clandestine de cette Deirdre Hawthorne, encre rose et plume de paon. Elle poursuit toujours sa carrière de billettiste des beaux salons, et c'est peut-être cela qui va me sauver de la misère un jour.

Mais quand je fais de la musique, je refuse toujours d'être payée, ce serait au-dessus de mes forces. Je chante dans les églises, j'y joue de l'orgue, et, croyez-le ou non, je suis très demandée. La musique devrait toujours être gratuite pour tout le monde : c'est ma seule concession à cette démocratie que j'abhorre.

J'ai hâte de voir la fin de la guerre, Essiambre, je rêve de retrouver ces jours dont je constate aujourd'hui qu'ils étaient heureux. La vie était facile, Ottawa regorgeait de beaux partis qui ne demandaient qu'à être pris, et si j'avais eu un peu plus de chance, je serais aujourd'hui la femme d'un ministre ou de quelque diplomate. Je vivrais dans une belle demeure de la Côte de Sable, j'aurais des serviteurs à qui je demanderais quoi mettre tel ou tel soir ;

c'est chez moi qu'on viendrait prendre le thé, et j'y accueillerais avec indulgence les pique-assiettes dans mon genre qui préfèrent le buffet aux charmes de la conversation. J'aurais peut-être une voiture comme ma sœur, sauf que je la conduirais moi-même. Enfin, je ne serais pas obligée de gagner ma croûte avec ma plume ou mon fusain.

Un beau mariage m'aurait peut-être permis aussi de quitter ce trou qu'est Ottawa. Je ne suis pas née ici et, je le sens dans la moelle de mes os, je serai toujours une étrangère dans cette bourgade qui se prend pour une capitale, et je m'en félicite. C'est à Dublin que je suis née, je ne vous l'avais jamais dit ; j'ai grandi à Montréal et je suis arrivée à Ottawa à l'adolescence. Je cherche à fuir cette petite ville depuis l'époque où ma famille s'y est fixée par nécessité.

On commence à l'oublier, mais le fait est que je suis comme vous d'une famille qui était dans le temps tout ce qu'il y avait de mieux. Nous étions en Irlande ce qu'on appelait avec un peu de mépris mêlé d'envie des « catholiques du Château », c'est-à-dire des papistes qui avaient la faveur de la cour vice-royale du fait de leur fortune. Ma famille n'était pas titrée comme telle, mais le lignage de ma mère comptait quelques gentilshommes oisifs, ce qui me suffit amplement. Mon arrière-grand-père paternel, à force d'industrie et de patience, s'était sorti du servage de la pomme de terre pour devenir l'intendant d'un propriétaire forain du comté de Cork. Son fils le plus doué a été placé comme apprenti dans une entreprise de fournitures navales, et l'opulence de la famille a com-

mencé avec lui. C'était mon grand-père. Il a fait l'acquisition de filatures de laine ou de coton. De laine ou de coton? Je ne sais plus, et je ne tiens pas à le savoir. Il faut rester dans l'ignorance de ce genre de détail si l'on veut qu'un peu de mystère subsiste autour de son nom. C'est meilleur pour le charme.

Maintenant, je vais vous dire tout ce que vous ne saviez pas déjà, je vous dois cette confession depuis le jour où vous vous êtes entièrement révélé à moi. Mon père était un savant. Jeune homme, dédaigneux de cette fortune familiale qu'il n'avait pas acquise lui-même, car on est rarement loyal à l'argent que l'on n'a pas gagné soi-même, et amoureux des sciences de la nature, il a fait de longues études qui l'ont mené de Dublin à Londres, et de là à Paris et à Munich. Il a connu Pasteur en France, et il a correspondu avec les plus grands scientifiques de son temps. Il a été admis très jeune à l'Académie royale des sciences de Hollande, sans avoir fait la moindre découverte, faut-il le préciser, strictement parce qu'on appréciait chez lui le dilettante amoureux de ces quêtes scientifiques rarement lucratives mais nécessaires au bien de l'humanité. Dans ces milieux soucieux d'investigation, il a longtemps passé pour un futur mécène qu'il convenait d'apprivoiser dans l'attente du riche héritage qu'il ferait sûrement un jour, et l'on se contentait en attendant de sa conversation passionnée et de ses avis gratuits.

Il a toujours brillé par la parole; en ce sens, c'est un authentique bonimenteur comme l'Irlande en a tant produit au fil des siècles; il aurait même fait bonne figure parmi ces moines hiberniens qui ont évangélisé la

Germanie jadis. Quand j'étais petite, je ne voyais pas le hâbleur irlandais en lui, je n'admirais que son vernis britannique. Il aimait dire des choses comme : « Un jour, la chimie triomphera de la nature ! » Propos que je trouvais profonds et dont la banalité me consterne aujourd'hui. Je dois mon indigence des jours présents à ses insuffisances, que je lui pardonne volontiers depuis que j'ai constaté les mêmes chez moi.

Il s'est marié au début de la trentaine, un peu distraitement sans doute, et c'est peut-être la seule chose de bien qu'il ait faite dans sa vie, un peu comme un magicien maladroit qui aurait eu pour une fois la main heureuse et qui invoquerait cet exploit toute sa vie durant pour faire oublier ses déconvenues. Jeune femme, il m'arrivait parfois de me demander avec angoisse si mes parents s'étaient vraiment aimés d'amour. Je n'ai plus la naïveté de me poser ces questions maintenant, et tout ce que je peux dire avec certitude, c'est que tous deux avaient les moyens de s'éprendre l'un de l'autre sans se soucier des conséquences.

Mon père n'était pas le seul de sa famille à n'avoir aucun goût pour le textile. L'aîné, qui était bien obligé de veiller sur l'entreprise familiale, était un doux incapable qui a toujours tout détesté de la comptabilité et des machines. Entre les rudes mains de mon grand-père, il n'était qu'un forçat élégamment vêtu, logé dans une prison de luxe. Il trouvait vulgaire entre autres de voir le nom de la famille écrit en grandes lettres blanches sur les murs de nos usines. Ça fait commun, disait-il. Aussitôt le grand-père décédé, il a fait gommer notre nom de la raison sociale de la maison et confié la gérance de celle-ci à un homme d'affaires réputé pour sa prudence. D'une si grande prudence qu'il n'a pas su voir venir les avancées techniques qui ont mis la famille sur la paille.

L'entreprise, comme l'a répété mon père mille fois, n'a jamais fait faillite à proprement parler. La vérité, c'est que l'honneur de la maison a été sauvé par des financiers qui ont racheté à vil prix les fabriques et les machines. La famille possède encore des métairies en Irlande ainsi qu'une maison de rapport à Dublin que je n'ai jamais vues, et ce sont les maigres loyers qu'elle tire de ces propriétés qui constituent maintenant le gros des revenus de ses membres. Ce qui n'est pas grand-chose, car ils sont encore cinq enfants à se partager ces rentes qui ont le don de diminuer d'année en année.

Mon père s'est établi au Canada à l'époque où la famille roulait encore carrosse. Il avait enfin fixé son attention sur l'entomologie, et sur l'invitation d'un professeur de l'université McGill, il était venu faire des recherches dans un laboratoire expérimental à Montréal. Son séjour ne devait durer qu'une petite année, et il a fini par devenir l'un de ces immigrants involontaires qui se comptent par milliers dans cette contrée. Dont moi.

Naturellement, mon père s'est vite plu dans ce pays où sa conversation passait aisément pour brillante. Au bout de deux ans, s'étant rappelé qu'il avait charge d'âmes, il a invité ma mère à traverser l'Atlantique avec les enfants. Cette aventure, qui devait être brève, dure toujours.

Il a vécu heureux longtemps entre ses insectes et sa petite famille, il ne voyait pas le temps passer, ni ses revenus fondre. *Nous habitions au début de notre vie à Montréal une superbe maison rue Sherbrooke, et c'est ma mère, un jour, qui a dû faire comprendre à son mari que, si la situation continuait de se dégrader, nous n'aurions bientôt plus les moyens d'y demeurer. Je n'ai pas assisté à la scène, mais j'imagine mon père retirant sa pipe de sa bouche et disant d'un air pénétré : « Voilà qui est fâcheux… » Brave homme comme il était, cependant, il n'en a pas voulu au sort qui l'avait privilégié si longtemps ; à quarante-cinq ans, il a cherché du travail pour la première fois de sa vie.*

Il avait pour lui la chance qui s'attache aux cœurs insouciants. Ma mère était d'une famille plus catholique que le pape, mais qui avait toujours été farouchement loyale aux souverains anglais ; en récompense de ce zèle, il lui était aisé d'obtenir de beaux emplois dans les colonies de l'empire. Nous avions ainsi des cousins qui étaient intendants en Égypte ou en Inde, officiers de marine ou professeurs de lettres classiques en Australie, et, parmi ces fidèles serviteurs de Sa Majesté, il y avait cet oncle qui avait été secrétaire du ministre de la justice sous le gouvernement de sir John A. Macdonald. L'oncle venait de décrocher la place de greffier de la Cour suprême, et il avait en réserve encore assez de relations pour « placer » mon père, comme on dit familièrement.

Mon père s'est donc retrouvé à la Chambre des communes à Ottawa, avec le titre ronflant de greffier adjoint de la Couronne auprès de la Chancellerie. Sinécure qui exigeait un sens aigu de l'étiquette, un style enclin à la pompe et une calligraphie soignée, qualités que mon père possé-

dait mais qui ne lui auraient été d'aucune utilité sans la protection de notre puissant parent. La fonction publique est ainsi faite : le mérite n'y compte pour rien et l'avancement est toujours affaire de faveur. Ma famille a profité de l'injustice de cette règle d'or. Un autre que mon père, plus méritant que lui sans doute, a peut-être été privé d'un gagne-pain nécessaire, et cette iniquité a nourri les miens.

Ma conscience me dit aujourd'hui que je dois payer pour cette faute, et je m'y résigne avec un stoïcisme qui tient un peu, vous le savez mieux que personne, d'une certaine coquetterie. Vous, Essiambre d'Argenteuil, jadis mon faux fiancé, l'aviez vu au premier coup d'œil. « Ne craignez pas d'afficher votre détresse, ma chère, mais mettez-y toute l'élégance que vous possédez en propre. On aime la souffrance ici, surtout quand elle a la dignité d'être muette. » Ce sont des mots comme ceux-là qui me font parfois détester votre souvenir ; je sais bien que vous ne cherchiez pas à me blesser avec votre perspicacité ardente, mais vos paroles avaient le don de me laisser comme nue devant un miroir peu flatteur.

La famille a donc pris la route d'Ottawa, et ma mère s'est chargée de notre installation avec l'enthousiasme qui convient à l'épouse d'un haut fonctionnaire. Elle n'a jamais aimé cette ville, mais elle n'en laissait rien paraître en dehors de la famille. Elle savait trop bien que l'emploi de mon père nous sauvait de la gêne, et elle n'aurait pas dit un seul mot qui aurait pu avoir pour effet de compromettre sa position. Nous venions ainsi d'entrer dans une phase de notre vie où le maintien des apparences allait devenir une loi inexorable.

Ma sœur et mon jeune frère se sont vite habitués à la ville d'Ottawa, moi jamais. Comme ma mère qui se plaisait à dire que Londres valait mieux que Dublin, et Dublin mieux que Montréal, et Montréal mieux qu'Ottawa, j'ai toujours cultivé la nostalgie de l'exilée pour imposer ma supériorité à mes contemporains. Longtemps, d'ailleurs, je me suis efforcée de fréquenter des déracinés comme moi, et nous nous plaisions ensemble à évoquer des charmes que ne pouvaient pas connaître les non-initiés. Je n'ai plus ce genre de fréquentations, je n'en ai pas les moyens.

J'ignore si l'on a déjà su autour de nous que notre famille était indigente. Sans doute que oui, mais jamais on ne m'en a fait la remarque, et vous, Essiambre, moins que tout autre, car vous savez aussi bien que moi ce que c'est qu'être déclassé. Vous avez peut-être eu une mère comme la mienne, qui savait masquer la pauvreté de sa famille. Lorsque notre gêne est devenue évidente et sans remède, elle s'est dotée d'une esthétique qui ne lui a jamais fait défaut : il fallait désormais habiller le laid et le nu de beauté, le bon goût nous servirait de bouclier contre la pénurie, un joli corsage cacherait une robe élimée. C'est moi qui dis ces choses aujourd'hui, ma mère elle-même n'a jamais voulu y mettre tant de clarté. Nous ne parlions pas d'argent chez nous ; nous ne disions jamais qu'il nous manquait ceci ou cela ; nous préférions nous enthousiasmer bruyamment devant la couleur des chiffons quand le prix nous en paraissait abordable.

Plus je m'approche moi-même du dénuement, plus j'admire cette mère qui a su si bien maîtriser l'adversité.

Elle qui ne savait ni coudre ni cuisiner ni épousseter, elle s'est initiée à toutes les pratiques ménagères, et jamais nous n'avons senti la blessure infligée à son orgueil.

Il y a des moments où j'aimerais posséder son art. Par exemple, les très rares fois où nous recevions, on se serait cru dans la meilleure maison bourgeoise du quartier, avec au moins quatre bonnes à notre disposition. Mais c'était ma mère qui avait fait le ménage et apprêté tous les plats, et elle n'engageait une servante que pour faire le service à table. Sitôt les invités partis, la reine du foyer reprenait le tablier de Cendrillon pour récurer les chaudrons.

Je ne l'aidais jamais. Il n'en a même jamais été question. C'était comme s'il avait été entendu entre nous que je devais conserver une distance salutaire face aux corvées ménagères pour maintenir le peu d'aristocratie que la famille était en droit de revendiquer. Ma mère entretenait sciemment le respect de ce code d'oisiveté pour que je conserve toutes mes chances d'épouser quelqu'un de bien un jour. S'il avait fallu qu'on me surprenne en train de laver la vaisselle ou de faire une tarte, on aurait pu me prendre pour une domestique, moi la fille à marier de la maison, dès lors je devais éviter de me salir les doigts.

Je ne vois plus les choses de la même façon. J'ai maintenant un peu honte de cette paresse qui alourdissait la tâche de ma mère, et je vois bien que toutes nos prétentions ont été vaines. Je suis demeurée une fille à marier à vie, d'autant plus que je serais bien incapable de diriger une maison. Pas un homme sensé ne voudrait de moi à moins d'être riche. Je ne sais pas faire cuire un œuf, je ne sais pas comment allumer un poêle à charbon, et en couture je ne vaux rien. Je n'ai dans le fond qu'une qualité : je sais me faire servir avec habileté. Vous le savez, vous, Essiambre, qui m'avez vue à l'œuvre. Quand je suis dans une maison où il y a des domestiques, personne ne sait s'adresser à eux avec plus de gentillesse que moi pour obtenir de menus services. Je veux qu'on se souvienne d'une maîtresse aimable ; je veux qu'on prenne plaisir à vernir mes chaussures ou à me faire un ourlet. Sur ce plan, je ne me connais pas d'égale : dans toutes les maisons où j'ai été reçue, les serviteurs étaient ravis d'être sous mes ordres.

Je soupçonne maintenant ma mère de m'avoir maintenue dans cette inutilité confortable afin de me garder auprès d'elle le plus longtemps possible. Un bâton de vieillesse qui serait strictement ornemental, quoi. Pensée bien peu charitable de ma part, mais qui vaut mieux que l'explication que vous en donniez, vous, d'Argenteuil, qui posiez sur ma situation un regard plus dérangeant.

Le jour où vous avez reçu votre brevet d'officier, vous vous souvenez, j'étais dans votre appartement de la rue King Edward avec quelques autres ; quelqu'un s'étant plaint d'avoir mangé trop légèrement chez le ministre de la milice, vous avez enfilé un tablier et fricoté un repas en règle pour tout le monde. On aurait juré que cela ne vous demandait aucun effort. Le repas achevé, votre ami officier ayant perdu un bouton à sa tunique, vous avez pris du fil et une aiguille et l'avez recousu avec dextérité, ne vous interrompant que pour prendre une gorgée de porto ou tirer une bouffée de votre cigare.

À la fin de la soirée, votre ami et vous nous avez raccompagnées chez nous, Leona McIntyre et moi. Nous longions le parc Strathcona en nous approchant de chez moi, rue Blackburn, et comme je vous félicitais pour vos prouesses culinaires, vous avez hasardé cette explication qui s'est tatouée dans ma mémoire.

« Vous vous vantez trop de votre inaptitude, ma très chère Amalia, pour qu'il n'y ait pas là quelque motivation trouble. Dans le fond, votre désintérêt actif masque peut-être le refus de la féminité ? Qu'en pensez-vous ? On dirait que vous craignez d'être prise pour une femme. Ou alors, c'est que vous tenez absolument à être considérée comme une princesse. En feignant la faiblesse ou l'incapacité, vous êtes toujours sûre d'être servie. Il ne faudrait pas, cependant, que vous confondiez ces services qu'on vous rend si gentiment avec des marques d'admiration et d'affection. Cela dit, vous jouez admirablement la comédie de l'inaptitude incurable. »

J'avais rougi de la tête aux pieds. Heureusement, les deux autres nous devançaient et n'avaient rien entendu, sinon j'aurais été capable de vous étrangler. Comme vous ne vous étiez adressé qu'à moi, je m'étais contentée de ce petit rire argentin que je fais retentir quand je suis à court d'arguments, et je vous avais signifié que je trouvais votre théorie bien fumeuse. Je vous avais rétorqué que c'était l'asservissement domestique que j'avais fui toute ma vie. En laissant à d'autres le soin de s'occuper de ma personne, j'avais acquis une indépendance dont les femmes sont trop souvent privées. Je vous avoue aujourd'hui, Essiambre, que vous aviez vu clair dans mon faux discours de suffragette, mais, bon gagnant comme vous l'êtes, vous aviez eu la galanterie de ne pas insister.

Oui, vous aviez dit vrai. Dans le fond, Essiambre, vous aurez été pour moi une sorte de mauvais ange qui connaît tous nos défauts et lit nos pensées les plus intimes. À cette différence près que vous n'avez jamais profité de ces intuitions fâcheusement exactes pour vous moquer de moi. Vous n'avez pas non plus cherché à me séduire en déployant des artifices vulgaires : vous m'avez laissée venir à vous de moi-même, et je n'ai jamais regretté ces moments d'intimité où vous m'avez enseigné des plaisirs que je n'avais su qu'imaginer avant vous. Je trouve encore singulier qu'il ne soit resté de notre aventure qu'un sentiment de fraternité, ou de complicité si vous préférez. Vos successeurs m'apprendront, j'espère, la tendresse et l'amour.

Vous me trouviez cultivée à votre goût, disiez-vous, mais je m'étais bien gardée de vous dire que je n'avais pas reçu une éducation en règle à cause du manque d'argent chez nous. Maintenant vous savez. Seul mon frère est allé au collège ; il est médecin aujourd'hui à Niagara Falls. Ma sœur et moi avons été à l'école à la maison. Ma mère nous a transmis le savoir qu'elle avait retenu de l'enseignement des religieuses de Dublin. Elle était excellente pédagogue d'ailleurs, et elle mettait toute sa douceur à nous former à l'arithmétique, à l'anglais, au chant, au piano. Un séminariste externe nous a enseigné le latin et un peu de grec ; un professeur à la retraite était chargé des sciences exactes, appuyé par mon père dont les cours de physique et de chimie, il faut le lui pardonner, dérivaient souvent vers ses coléoptères. Une amie de ma mère nous a appris le français, que je parle encore avec l'accent que doit avoir la reine d'Angleterre quand elle reçoit l'ambassadeur de France. Ç'a été, en somme, une éducation solide et tout à fait convenable pour une jeune fille moderne, et je n'ai que de bons souvenirs de ces jours où notre salon devenait une salle de classe quatre heures par jour.

Le reste, je l'ai appris seule par la lecture. Sur ce point, j'ai toujours été vorace. J'ai lu la Bible intégralement très jeune et, tout de suite après, Homère et Virgile en traduction, tout Shakespeare, tout Milton, Victor Hugo, Alexandre Dumas, Coleridge, Browning. J'ai appris par cœur au moins quinze mille vers, et je peux encore en réciter le quart sans hésiter. Il y avait aussi la musique dont je raffolais, et, par-dessus tout, le théâtre. Le chant était la matière où j'excellais. J'ai vu toutes les pièces et tous les opéras qui ont été montés à Ottawa sur une période de vingt ans, c'est-à-dire les rares spectacles qu'on a pu voir ici ; j'ai même joué la comédie un peu, j'ai chanté de l'opéra dans quelques trop rares productions d'amateurs, et j'aurais sûrement fait carrière sur les planches si j'avais été moins pudique.

Autre chose : mon éducation a fait de moi le double de ma mère. Moi qui lui ressemble déjà beaucoup physiquement, j'ai appris d'elle contre mon gré toutes ses histoires de la cour vice-royale de Dublin, les ragots qu'on y colportait, les manières qu'on y pratiquait, ce qu'on y mangeait et buvait, etc. Son passé d'aristocrate souriante s'est reproduit en moi pour s'y frigorifier à jamais. Encore aujourd'hui, dans mon esprit, la reine Victoria demeure mince et jolie, le prince consort Albert va à cheval tous les jours et l'électricité n'existe pas. Mise en présence d'un ami de jeunesse de ma mère — cela m'est arrivé maintes fois —, je peux lui raconter dans les moindres détails des scènes de la vie mondaine de Dublin qui se sont déroulées il y a plus de quarante ans, bien avant ma naissance. Je méduse mes auditeurs à coup sûr, et ils se demandent en se grattant la tête comment il se fait que leurs souvenirs sont devenus les miens. Je suis devenue elle, et c'est pour cela que j'appartiendrai éternellement à un autre lieu et à un autre temps. La femme que je vois dans mon miroir n'a pas trente-quatre ans, plutôt soixante-dix comme ma mère. Je serai donc centenaire avant mon temps, et mon siècle me restera toujours étranger.

Le plus étrange, c'est que ma sœur, la jolie Rose, qui a pourtant évolué dans le même milieu que moi, n'a aucun souvenir du genre. Elle est totalement indifférente à ce savoir qui n'intéresse que les vieux ou les historiens. Je ne la jalouse nullement d'ailleurs. Ce que je possédais en sensibilité, elle l'avait en énergie. Elle excellait au tennis dans sa jeunesse; c'est ainsi qu'elle a fait la connaissance du fils d'un grand industriel de la région, monsieur Devon, qui possède des fonderies. Vous l'avez connue, elle mène grand train, avec une belle maison à Rockliffe, des domestiques et toutes les commodités de la vie, même une auto avec un chauffeur.

Moi je vis encore chez mes parents, qui sont très âgés. Mon père est à la retraite. Il passe toutes ses journées le nez dans ses ouvrages d'entomologie, entre sa pipe et sa *loupe, et il rédige depuis vingt ans un article pour la Société royale du Canada. Il a l'air tellement heureux que je lui en veux un peu parfois. Ma mère vit toujours dans son Dublin de 1880, et elle commente encore avec sévérité certaines toilettes qui ont déplu à la cour dans ce temps-là. Elle répète les mêmes anecdotes sans se lasser, à tel point que je pourrais les lui raconter moi-même si elle me laissait placer un mot de temps en temps. Nous vivons chichement de la retraite paternelle, et nous devons nos rares luxes aux maigres rentes qui nous parviennent encore d'Irlande. Bref, nous vivotons comme nous avons toujours vivoté, et ces pauvres revenus se tariront avec la mort de mes parents ; je devrai me débrouiller seule après.*

Ma sœur et mon frère me disent de ne pas m'inquiéter. Rose a amplement les moyens de me prendre à sa charge, et mon riche beau-frère, avec qui je m'entends fort bien, dit qu'il ne demande pas mieux que de m'accueillir sous son toit. Quant à mon frère, le docteur Driscoll, et à sa femme, ils se sont toujours dits prêts à me recevoir. Mais je n'ai guère envie de finir mes jours en parente pauvre qui s'étiole dans la serre familiale au côté des autres plantes exotiques et qu'on exhibe aux visiteurs les jours de fête. Je ne veux pas de ce destin-là, non. Je crois que je vaux mieux que ça.

Vous disiez vouloir de votre amie Amalia un portrait qui fût vrai, maintenant vous l'avez. Je m'y suis efforcée de rivaliser d'impudeur avec vous, afin de vous rendre hommage à ma manière, vous qui m'avez habilement conduite à me découvrir totalement à un homme. Gardez ce portrait même si vous ne voulez plus de moi,

comme moi je ne voudrai plus jamais de vous un jour.
Nous demeurerons amis longtemps cependant. Et, bien
sûr, je compte sur vous pour me rendre mes lettres le jour
où vous rentrerez à Ottawa avec votre bâton de maréchal.

Écrivez-moi en français, s'il vous plaît. Avec tous les
secours qu'on organise ces jours-ci à Ottawa pour ces
pauvres réfugiés belges, c'est vraiment la langue à la
mode. Votre amie, etc.

J'ai renoué alors avec ma vocation première, artiste faussaire, et, imitant sans difficulté l'écriture d'Essiambre, j'ai adressé à miss Driscoll une petite lettre lyrique sur les beautés de la vallée de la Jacques-Cartier.

Il n'est malheureusement rien advenu de cette petite vilenie. Essiambre détestait écrire et ne lisait jamais son courrier, exception faite des lettres de sa mère à qui il répondait à peine. J'avais été indigne en pure perte. Ma seule consolation : Amalia Driscoll n'a plus jamais quitté ma vie depuis. Elle y est restée, inamovible, associée à jamais au souvenir tantôt heureux, tantôt malheureux d'Essiambre. Je la verrai un jour, c'est écrit.

J'ai dû dormir un peu. Je n'ai pas bougé de l'hôtel Couillard, chambre numéro 27, et la petite dort à côté de moi. Dans le sommeil, son visage est presque joli ; en tout cas, on ne voit pas son sourire édenté.

Elle vient de se retourner dans le lit en poussant un beau soupir de femme aimée. Ça me donne une idée : me lancer à la poursuite de cette Amalia Driscoll. Je vais me présenter chez elle, lui témoigner toute la galanterie dont je suis capable ; je vais demander à la revoir, la séduire, l'épouser et vivre à ses crochets le reste de mes jours. Ce ne sera pas bien compliqué. Et, comme je vivrai dans l'ombre de cette dame, Essiambre ne me quittera plus jamais. C'est ce que je désire avant toute chose.

Pour faire ma cour à miss Driscoll, il ne me reste que cet uniforme que je n'ai même plus le droit de porter. Je devrai faire attention, j'ai failli me faire prendre une fois.

Moi, j'étais sûr qu'on me traiterait en héros à Ottawa, même si j'ai fait une piètre guerre. Je pensais que je n'aurais qu'à choisir parmi les emplois de la haute fonction publique. Pas une porte ne s'est ouverte, rien. Même qu'un jour où, déguisé en lieutenant, je faisais la queue devant une entreprise qui embauchait, des chômeurs m'ont insulté : « Parce que tu reviens du front, tu t'imagines que tout t'est dû ! T'es pareil comme nous autres, t'as pas de droits qu'on n'a pas, ça fait qu'attends ton tour ! » J'ai regretté alors d'avoir été converti à la démocratie par la guerre, mes ambitions aristocratiques me manquaient tout à coup.

Cet épisode n'était rien à côté du reste. Je voulais rencontrer des gens influents pour me refaire. Ce serait bien, que je me disais, de rencontrer quelque vieille fille à marier dont le père magistrat ou ministre pourrait me placer dans un bureau. Mais je n'ai pas les moyens de faire du tennis ou de jouer au golf, et je ne connais pas un club en ville qui voudrait de moi comme membre. Donc, je me suis mis à aller à l'église, espérant m'y faire remarquer. À mon deuxième dimanche à l'église Sacré-Cœur de la Côte de Sable, un brave monsieur, visiblement intrigué par mon uniforme, m'a demandé si j'avais été en France. Je lui ai dit que oui, que j'étais nouveau dans la paroisse, etc. On a bavardé un peu, il m'a présenté à sa famille, et il m'a invité à souper chez lui le soir même. Le repas était quelconque mais nourrissant. Il avait une fille, Eugénie ou Hortense, je ne sais plus, qui a joué un petit quelque chose au piano pendant que le père était allé acheter du tabac et que la mère faisait la vaisselle ; les autres enfants étaient sortis jouer, je crois. La mise en scène classique pour piéger le futur gendre. Je ne demandais pas mieux.

On ne m'a pas réinvité. La mère a dû se méfier quand elle m'a vu prendre du ragoût trois fois et de la tarte deux fois. Ou c'est peut-être parce que j'ai fait un petit somme pendant le concert d'Eugénie ou d'Hortense. Je ronfle quand je fais la sieste, ça ne fait pas bonne impression.

Heureusement que j'ai l'hérésie facile. Le dimanche suivant, je me présentais à l'église anglicane Saint-Alban Martyr de la rue Daly en croyant qu'il y aurait là plus de gens riches qui me remarqueraient. J'y suis entré avec une migraine avinée qui m'avait rendu myope.

J'étais sorti avant tout le monde pour réprimer mon envie de vomir, et je faisais semblant d'admirer l'architecture de l'église quand un colosse endimanché m'a empoigné par le bras : « Je vais vous faire jeter en prison, moi ! Mais je vais vous casser la gueule avant, sale imposteur ! » Trois hommes à l'air menaçant nous ont entourés, mon affaire était mal partie. Ce qui m'a peut-être sauvé d'une belle raclée, c'est que je ne comprenais absolument rien à l'indignation du monsieur : difficile de lever la main sur un homme qui affiche une expression de sincérité authentique.

Il faut croire que j'étais en retard dans les nouvelles. Je savais que le richissime Gault de Montréal avait équipé mon régiment en l'honneur de la princesse Patricia, la fille du gouverneur général du Canada.

Mais j'ignorais que la fleur qui ornait notre étendard était un clin d'œil du fondateur à sa femme, Marguerite. Sur mon uniforme à moi, l'édition de 1914, la marguerite était tissée sur la manche droite, à la hauteur du poignet. Je n'avais pas porté cette tunique assez longtemps pour la remarquer, je l'avais oubliée chez madame Latendresse, ma logeuse à Ottawa, et comme j'avais dû rendre ma tenue d'officier de pionniers à ma démobilisation à Québec, j'avais été trop heureux de retrouver mon premier uniforme de lieutenant à mon retour ici. Madame Latendresse me l'avait rendu avec joie, et elle était surtout heureuse de me voir partir avec.

Ce que je ne savais décidément pas, c'est que Gault avait répudié sa femme après l'avoir faussement accusée d'adultère ; pour la punir, il avait fait retrancher la fleur de l'étendard et de l'uniforme en 1916 ou en 1917, après le divorce. La marguerite m'avait trahi.

Un attroupement s'est formé autour de nous. Parmi eux d'anciens combattants qui ne trouvaient pas très drôle qu'on déshonore le régiment et la dignité de son fondateur cocu. J'étais sûr qu'on allait me faire un mauvais parti et alerter la prévôté quand une voix a dit : « Lâchez-le ! » J'ai eu le temps de reconnaître le monsieur qui avait donné l'ordre. C'était l'ex-lieutenant Garry. Je n'ai pas vraiment eu le temps de le remercier, il fallait que je me sauve.

Ottawa, février 1915

J'ai un aveu à vous faire qui ne vous surprendra pas, bon ami d'Argenteuil : pour passer le temps, parfois, je me mire dans mon journal. J'allume une de ces cigarettes d'eucalyptus avec lesquelles je soigne mon asthme et je me redécouvre avec plaisir.

Tenez, cette note du 2 août 1914 : « Assassinat aujourd'hui de l'archiduc François-Ferdinand d'Autriche à Sarajevo. Le juge Cummings dit que la guerre avec l'Allemagne est imminente. Mais ces graves événements ne me disent pas ce que je vais mettre ce soir ! » La frivolité du propos me déconcerte et me charme en même temps. Je ne pouvais pas savoir que la guerre assassinerait autant de jeunes gens et aurait pu faire de moi une vraie veuve bien des fois. (Ce qui m'aurait valu à tout le moins une petite pension qui m'aurait mise à l'abri du besoin pour toujours ; je sais bien que c'est mal de dire cela, mais l'angoisse du manque fait surgir chez moi les pensées les plus basses. Je m'en confesserai au père McBride vendredi prochain, promis.) Mais je ne peux me retenir d'évoquer avec plaisir ces jours heureux où nous dansions au bord de l'abîme; et, dans la grisaille des jours présents, le prix de ces souvenirs s'accroît.

J'ai aussi un album de photos que je regarde quand je suis seule. Celle que je préfère a été prise par Trevor Carlisle au cours de notre séjour au lac des Écorces en juillet et août 1914, quelques jours avant notre rencontre. J'ai les cheveux noués autour d'une barrette d'ivoire, et je porte ce maillot bleu marine avec une ancre que je ne remettrai sans doute plus jamais parce que la femme qui le portait n'est plus la même. (J'ai voulu le donner l'autre jour à ma nièce, qui a ri aux éclats en s'écriant qu'il était bien trop démodé; si j'étais une vieille tante riche au bord de la tombe, elle n'hériterait pas d'un sou, celle-là, parce qu'en se moquant de mon maillot, c'était comme si elle avait ri de moi quand j'étais dedans autrefois; ces rires de la jeunesse me blessent, car je ne pourrai jamais m'empêcher d'habiter par la pensée les parures que j'ai aimées, surtout celles qui me faisaient belle; mais je lui pardonne, bon, c'est dit.)

La photo… Je porte des bas noirs, pour me protéger des moustiques et du vent frais qui soufflait toujours sur le lac. On ne voit pas grand-chose de moi, mais je sais ce qu'il y a sous cet accoutrement. Ma célèbre peau d'albâtre (vous vous en souvenez, vous le premier homme qui m'ait vue telle que je suis?), les épaules d'une nageuse aguerrie, les seins d'une femme capable d'allaiter tous les orphelins d'Irlande, des hanches faites pour me faire aimer du même homme toute une vie. Pardonnez-moi ces détails que vous connaissez, mais j'aime jouer à l'impudique avec vous, moi que le beau monde d'Ottawa a toujours prise pour la dernière des prudes. La veille du jour où la photo a été prise, je m'étais baignée nue dans le lac à la nuit tombée, comme je le faisais souvent. Dans ces moments-là, je me sentais si femme, si entière, si vraie; poétique aussi : j'étais l'ondine qui se porte à la rescousse du prince captif des méchantes fées. (Je vous entends rire d'ici; ne riez pas.)

Trevor Carlisle et sa femme avaient loué la maison de l'ancien ministre des finances Atkins. Je ne devais y séjourner qu'un week-end, mais je m'y plaisais tant que les Carlisle m'avaient invitée à y passer le reste de l'été.

Un mot sur Trevor, que vous ne connaissez pas aussi bien qu'il le mérite. Son père avait été ministre sous Macdonald, mais, ayant tout donné à la politique, il n'avait à peu près rien laissé à ses enfants, seulement un nom connu. Un peu comme vous. Reçu avocat, Trevor a fait de la politique, il a même été maire d'Ottawa. Quand les conservateurs ont repris le pouvoir, il a été nommé commissaire aux chemins de fer, poste très lucratif. Il avait été le répétiteur de mon jeune frère au collège, c'est comme ça que nous nous sommes connus. Nous avons flirté lui et moi, dans le temps, mais c'était bien innocent. Nous nous contentions d'échanger des regards complices lorsque nous nous voyions le dimanche, à l'église Saint-Joseph, rue Wilbrod. Nous adorions faire du patin et nous allions souvent au Minto Skating Club en épater de moins habiles que nous.

Je me serais laissée aller à l'aimer, mais j'avais l'intuition qu'un homme comme lui ne pouvait qu'épouser une fortune faite. C'est moi qui lui ai présenté mon amie Mabel Addison, qui chantait avec moi dans la chorale paroissiale. Sa famille était dans le commerce du bois, des gens à l'aise. Elle avait tout ce qu'il fallait pour plaire à Trevor, dont la beauté et l'intelligence. (Je me rappelle à ce propos avoir noté dans mon journal : « L'argent épouse l'argent. ») Trevor n'a pas tardé à demander sa main, et je l'ai fortement encouragé dans sa démarche. J'étais demoiselle d'honneur à leur mariage, et nous sommes encore amis tous les trois.

Dommage que je n'aie pas de photo de la maison. Elle est superbe, comme toutes les autres maisons de villégiature du lac des Écorces. Les grandes familles fortunées d'Ottawa s'y retrouvent l'été. Outre les Carlisle qui tirent leur prestige de la politique, il y a tous ces clans de l'industrie : les Rogers des chemins de fer, les Woods de l'acier, les Madison de la minoterie, les Johnson de l'électricité. La haute fonction publique y est représentée par la famille Saint-John Smithers, où l'on est de père en fils sergent d'armes de la Chambre des communes, et l'ineffable juge Cummings.

C'était une fête incessante, vous vous souvenez ? Chacun avait son jour pour inviter les autres, tous rivalisaient de raffinement. C'était le thé chez les Rogers, le dîner chez les Woods, le sherry chez les Carlisle ou le porto et le café chez les Cummings. Certaines de ces maisons, dont la nôtre, étaient tellement grandes qu'il y avait des numéros sur les portes des chambres. On trouvait dans chacune l'argenterie et la vaisselle de porcelaine indispensables dans toute bonne maison de ville ; même les bonnes et les valets étaient si bien vêtus qu'on les aurait pris pour des riches, et on ne reconnaissait leur domesticité qu'au fait qu'on ne les voyait jamais en tenue décontractée. Le négligé était l'apanage des nantis.

J'avais à mon service exclusif une petite bonne très gentille et très drôle qu'on m'avait attachée parce que j'étais la seule à comprendre son parler. Elle était incapable d'enfiler trois mots d'anglais, je lui servais donc d'interprète, et elle me vouait pour cela une reconnaissance de tous les instants. Elle n'était pas jolie, non, mais elle avait ce qu'on appelle une laideur sympathique. Le soir, dans ma chambre, quand tout le monde était couché, je m'amusais à lui enseigner des mots d'anglais et des règles d'étiquette, et elle n'oubliait rien de ce que je lui disais. J'ai commencé aussi à lui apprendre à lire et à écrire. Elle m'assistait à mon lever et au coucher, et je m'abandonnais à ses regards sans la moindre pudeur ; c'était comme se promener nue devant un chat, sensation exquise. Elle adorait se surpasser dans ses prévenances, et en sa présence je me sentais tour à tour reine et enfant. Nous redevenions cependant égales lorsque nous parlions en femmes : j'ai dû ainsi lui enseigner quelques rudiments de la toilette intime parce que la pauvre n'avait pas dû apprendre grand-chose sur ce point dans la campagne où elle était née.

Il m'arrivait de parler d'elle comme d'une petite sœur, habitude qui déplaisait au plus haut point au juge Cummings. « On ne fraternise pas avec les domestiques, voyons ! Ils risquent de prendre de mauvais plis, vous allez leur donner des idées de grandeur et ils exigeront d'être *mieux payés!* » Remontrances qui nous faisaient tous sourire, car on savait le brave juge très à cheval sur l'étiquette.

C'est lui qui m'a fait ce reproche qui est entré dans la légende du lac. Pour aller faire de la voile avec mon ami Trevor, j'avais enfilé mon chandail vert et ma jupe blanche, car il faisait frisquet sur le lac en cette belle journée de juillet. J'étais rentrée le visage hâlé et les cheveux fous, et Trevor et moi avions bien ri de sa manœuvre d'accostage digne d'un marin d'eau douce. Le juge Cummings nous avait observés de son perron, et lorsqu'il est venu prendre le sherry en fin d'après-midi, il a déclaré à la cantonade, sur ce ton bougon qu'il prenait pour nous faire la morale : « *Je trouve inconvenant qu'une femme vêtue d'un chandail vert aille faire de la voile avec un homme marié.* » Nous étions tous restés cois, ne sachant trop ce qu'il trouvait inconvenant au juste, le chandail vert ou l'homme marié ? Chacun avait semblé méditer la question, puis nous avions éclaté de rire sans égard pour son auguste présence. Le juge ne s'était d'ailleurs nullement formalisé de notre hilarité, il avait simplement demandé un autre sherry.

Le juge Cummings n'était pas si pharisien qu'il en avait l'air. Il aurait eu beaucoup de mal, j'imagine, à conserver cette posture de supériorité morale devant sa sœur Ophelia, qui avait été une actrice très connue et qui avait poussé l'impudeur jusqu'à faire carrière sous son vrai nom. Veuve et désargentée, elle acceptait l'hospitalité de son frère, l'été. Elle avait joué tous les grands rôles sur les scènes de New York et de Londres, elle avait été

Roxane, Médée, Cléopâtre, Antigone… J'avais pour elle une admiration sans bornes, non seulement parce que j'adore le théâtre, mais surtout parce qu'elle incarnait tous mes désirs de fuite. Ainsi, cette jeune fille de bonne famille avait réussi, à force de talent et de travail, à quitter cette sombre petite ville d'Ottawa et à charmer les auditoires les plus avertis du monde ? Il y avait donc une vraie justice en ce bas monde, elle en était la preuve.

Quand son frère recevait, elle interprétait pour nous des monologues de son répertoire avec un feu qui ne vient qu'avec le métier. Quand elle jouait, ses vingt ans lui revenaient, et sa jeunesse de scène lui restait longtemps après la représentation. C'est elle, Ophelia Cummings, qui m'a convaincue pour la vie que le salut est dans l'art.

Ça a été un été sportif. Je nageais plusieurs heures par jour, et j'ai perfectionné ma technique de pagayeuse ; j'adorais les courses de canoë que nous organisions le dimanche. Le soir, nous faisions de la musique, et je chantais plus volontiers qu'en ville, car l'air du lac semblait donner plus de fraîcheur à ma voix. Je passe sur le bridge et autres jeux de société qui m'attiraient moins, je préférais les plaisirs de la lecture. J'ai relu ainsi Le Paradis perdu *de Milton et, sous l'influence d'Ophelia Cummings, j'ai conquis Sophocle, Euripide et le* Britannicus *de Racine. Cette dernière lecture, que j'aimais faire à voix haute devant mon miroir, avait grandement étonné la petite bonne : « Par chez nous, il y a une famille Racine dans le rang le plus pauvre de la paroisse. Les garçons sont des paresseux, les filles sont des crottées. Je pense pas qu'ils soient parents avec le monsieur que vous lisez là. C'est pas* du monde qui parle bien de même, oh non ! » Elle m'avait demandé de lui enseigner quelques vers de la pièce. « Si jamais je revois un des Racine de chez nous, je vas y répéter ces mots-là en pleine face. Il va être surpris… » Je me demande ce qui est advenu de sa résolution.

Un soir où nous dînions chez les Saint-John Smithers, il est arrivé un convive que personne n'attendait, un certain Essiambre d'Argenteuil. Vous vous souvenez ? Vous ne m'aviez pas impressionnée outre mesure, pardonnez-moi de vous le dire, je vous avais même trouvé plutôt modeste, pas du tout le genre à étaler ses mérites pour nous en mettre plein la vue. Bel homme, oui, mais comme j'hésitais à cette époque entre plusieurs beaux partis, je ne m'étais pas attardée à votre physique. Je n'avais retenu de vous que votre érudition littéraire, qui est supérieure à la moyenne, et vos manières, impeccables en toutes circonstances.

J'ai bien été la seule à ne pas tomber sous votre charme. Pourtant, il vous a suffi de quelques heures au lac des Écorces pour envoûter toutes les autres dames. Surtout les mères de famille qui avaient des filles à marier. Même les hommes vous adoraient : les jeunes garçons que vous étonniez avec vos prouesses à la nage ou au tennis, les pères de famille qui admiraient vos talents d'avocat, et les snobs comme le juge Cummings qui n'en avaient que pour votre titre de seigneur d'Argenteuil. J'aimais écouter ces concerts de louanges, mais sans y participer, indifférence qui agaçait ma bonne amie Mabel Carlisle : « Mais qu'est-ce que tu as à lever le nez sur lui comme ça ? Il est beau, il est bien élevé, il sera riche un jour, on lui prédit le plus bel avenir en politique! Trevor dit qu'il n'a qu'à faire une bonne guerre, et il sera premier ministre un jour. Qu'est-ce qu'il te faut de plus? Tu fais la fine bouche... » Même ma petite bonne l'avait remarqué : « Madame, ce monsieur d'Argenteuil-là, c'est le plus beau gars de la terre. Si j'étais vous, je me marierais avec lui tout de suite! »

Je ne me suis pas trop approchée de vous malgré les efforts de mes amis Carlisle et Woods. Frances Woods, qui se piquait d'être bonne marieuse, avait décidé qu'on se reverrait à Ottawa, vous et moi. Au thé qu'elle a donné en votre honneur le jour de votre départ, elle a dit bien fort pour être entendue de tous et me compromettre un peu : « Vous cherchez à vous engager, monsieur d'Argenteuil. Il vous faut alors le concours de notre amie ici présente! Amalia Driscoll connaît tout le monde à Ottawa. C'est une familière de Rideau Hall, le gouverneur général pense le plus grand bien d'elle. Elle n'a qu'à ouvrir la bouche, votre affaire est faite. Mais elle est modeste, elle n'aime pas faire étalage de ses relations. Je suis sûre que si vous la courtisez un peu, vos démarches porteront fruit plus vite que vous ne croyez. » Toute la compagnie avait fait chorus, j'avais rougi. Nous avons alors convenu de nous revoir, promesse publique dont nous ne pouvions pas nous dégager ni vous ni moi. Le regrettez-vous? Moi parfois un peu, j'avoue. Cela dépend des jours.

L'été se rafraîchissait, les vacanciers commençaient à se faire moins nombreux. J'ai sans doute été la dernière à quitter le lac des Écorces, bien après les Carlisle qui m'avaient laissé la jouissance de la maison. Il n'y avait plus avec moi que la cuisinière, le jardinier et la petite bonne. Le séjour n'était pas moins agréable pour autant. Je lisais goulûment devant le feu de cheminée, et les promenades dans les bois s'étaient substituées aux baignades. Dans mes moments de rêverie, je songeais à ces hommes que j'avais connus à Rideau Hall et ailleurs, et je me demandais lequel d'entre eux trouverait en lui l'audace de me demander ma main. Serait-ce le grand Gillespie, le chambellan de la résidence du gouverneur général, qui était promis à une belle carrière d'administrateur colonial ? Bien sûr que non, je ne pourrais jamais épouser un anglican ! Alors ce serait Richmond, l'aide de camp de Son Excellence, anglican lui aussi mais qui se plaisait à dire que, pour m'épouser, il irait à Rome se faire baptiser par le pape. Propos badin, on le conçoit, mais qui s'était assez répandu pour qu'on y prête foi. Vous qui êtes catholique comme moi, d'Argenteuil, sachez que c'était le seul avantage que je vous concédais dans le temps.

Mes amis exagéraient mon influence, qui était nulle, mais ils avaient raison de dire que j'avais mes entrées à Rideau Hall. C'était d'ailleurs le cas depuis que j'étais enfant. Mon père, du fait de ses hautes fonctions, était régulièrement invité à toutes les mondanités de la cour vice-royale et du Parlement. À la fin du siècle, la famille allait souvent aux fêtes que donnait le gouverneur général, lord Aberdeen, et mon imaginaire de fillette a été tôt nourri par ce genre de faste. Mais, la fortune familiale se dégradant sans espoir de rémission, ma mère s'est mise à refuser plus d'invitations que nous n'en recevions étant donné que nous n'avions rien d'élégant à nous mettre. Dès que nous avions épuisé notre garde-robe, nous devions rester à la maison. Pourtant, ma mère était capable des plus grands prodiges d'inventivité pour nous donner un peu d'allure, mais il y avait des limites à mêler les corsages et à teindre nos robes.

L'hiver me sauvait. La comtesse de Minto, que j'ai rencontrée souvent quand j'étais petite, adorait le patin. Elle avait donné son nom à la patinoire de la Côte de Sable, et l'intrépide patineuse que j'étais, habituée aux longues randonnées sur la rivière des Outaouais, n'a pas tardé à faire sa marque au Minto Skating Club ; je ne ratais aucune invitation du gouverneur général lorsque sa cour y allait. Ma mère me permettait ces sorties puisqu'on ne pouvait pas deviner ma mise modeste sous mon épais manteau, et j'arrivais à me faire une mine coquette avec un petit bonnet et un foulard blancs. Les joues rougies par le froid piquant, je me passais aisément de fard.

Je savais tout faire sur la patinoire, et je n'avais pas mon pareil pour tracer des trois et des huit sur la glace. J'étais aussi une partenaire recherchée pour les valses en patins lorsque le petit orchestre de la Garde à pied du vice-roi était de la partie, ce qui arrivait assez souvent au temps du comte de Grey.

Quand le prince Arthur, duc de Connaught, le benjamin chéri de la reine Victoria, a remplacé le comte de Grey, il s'est épris de ce sport pour mon plus grand bonheur. C'est à moi qu'on a demandé de l'initier à la valse sur patins, et il m'avait longuement complimentée pour la grâce que j'y mettais. À compter de ce jour-là, je me suis mise à recevoir des invitations à Rideau Hall à mon nom. J'ai cru alors ma fortune faite.

C'était l'époque où ma sœur venait de faire son riche mariage, et comme elle avait une garde-robe très fournie, je pouvais lui emprunter toutes les toilettes que je voulais et paraître dans le monde sans avoir à me creuser les méninges.

La faveur du prince Arthur a illuminé bien des années de ma vie. Il m'invitait souvent à prendre le thé chez lui, et il nous arrivait même de bavarder seuls tous les deux. Il aimait ma conversation, cela s'est vite su à Ottawa, et cela m'a valu d'autres invitations sans nombre. Si j'avais eu de quoi m'habiller à mon goût, je serais sortie tous les soirs.

Le prince disait aimer en moi mon sens moral. Un dimanche de mars où nous prenions le thé ensemble, il avait fait servir un magnifique gâteau aux noix et aux abricots nappé d'une crème vanillée. J'avais refusé la part qu'on m'offrait, et il s'en était étonné. « Son Altesse Royale pardonnera sûrement à sa loyale sujette d'être catholique. Je fais carême. Dans les quarante jours qui précèdent Pâques, je m'abstiens de toutes gâteries de ce genre pour me mortifier. » Le prince n'avait rien dit, et j'avais craint de lui avoir déplu en montrant plus de fidélité au pape qu'au roi. Mais le jour de Pâques, soit exactement trois semaines plus tard, un valet de Rideau Hall livrait chez moi un gâteau identique en tous points à celui que j'avais refusé, avec un mot du prince : « À sa loyale sujette catholique, ce témoignage de respect. Connaught. » Inutile de dire que cette attention du prince avait fait beaucoup jaser dans les salons de la capitale.

J'étais devenue une célébrité. Me plaire, c'était plaire

à Son Altesse. Les hommes faisaient la queue pour m'inviter à danser aux bals du vice-roi. J'ai ainsi connu tous les aides de camp qui se sont succédé à Rideau Hall pendant le séjour que le prince y a fait. À tous les dîners, j'en trouvais un assis à côté de moi. Quand l'un de ces messieurs me faisait la cour, je sentais se multiplier les regards des autres hommes en ma direction. Plaisant aux hommes, je me suis mise à plaire aux femmes aussi. C'est ainsi que je me suis liée avec Dorothée de Villers, la dame de compagnie de la princesse Patricia, fille du duc. Je suis devenue sa confidente, et grâce à elle j'ai connu tous les secrets de la maison vice-royale.

Il n'y avait pas que Rideau Hall, les thés, les dîners. Il y avait aussi cette passion que je n'ai jamais affichée, le cinéma. J'aimais tellement les films avec Mary Pickford qu'il m'arrivait d'aller aux séances seule, même si ce n'était guère convenable. Je sortais de ces films toute retournée, et je me disais que si je devais choisir un travail au monde, un seul, je serais pianiste de cinéma. Je joue assez bien pour cela, et comme il s'agit d'un emploi grassement rémunéré, je ne manquerais de rien, et j'aurais l'immense plaisir de participer à la facture d'une œuvre d'art, dans un immédiat toujours renouvelé. Mais j'aurais révélé ma pauvreté en acceptant un tel travail, et mon statut mondain en aurait irrémédiablement souffert.

Ma nostalgie de ces beaux jours est tempérée par le souvenir de l'angoisse qui m'étreignait chaque fois que je m'intéressais à un homme qui avait du bien. Que dira-t-il le jour où il constatera l'état véritable de ma fortune? Voudra-t-il encore de moi? Je m'attendais bien sûr à ce

qu'il se conduise en parfait gentleman et qu'il ne dise rien!
Je pensais encore qu'il devait se trouver en ce bas monde
des messieurs qui ne demanderaient pas mieux que
d'épouser une femme démunie, de préférence à une autre
qui serait indépendante de fortune et peut-être plus rétive
à l'autorité de son mari. Sans doute que, pour certains
hommes, une belle éducation et une sensibilité artistique
à fleur de peau étaient des attributs qui valaient bien des
actions dans les chemins de fer ou de grandes entreprises
lucratives. Il fallait qu'il y eût encore des hommes riches,
comme mon propre père autrefois, pour qui les qualités
de l'esprit comptaient plus que l'avoir en banque. Non?

Eh bien, non. L'esprit n'attire que l'esprit, et lorsqu'il
s'agit de gros sous, les mariages morganatiques sont des
exceptions romanesques. Lorsqu'ils ont de l'esprit, les
hommes sont pauvres, ou alors ils s'appauvrissent comme
mon père parce qu'ils n'ont pas l'âpreté voulue pour
défendre ou accroître leur bien. La seule exception que
j'aie connue, c'est vous, Essiambre d'Argenteuil, mais je
ne m'en étais pas rendu compte à l'époque de nos fré-
quentations.

J'étais déjà une feuille d'automne quand le prince
de Connaught m'a ouvert les portes de Rideau Hall, mais
je devais bien être la seule à ne pas le savoir. Des feuilles
d'automne, c'est ainsi qu'on appelle les débutantes fanées
en mon genre qui n'ont jamais trouvé preneur. Je ne m'af-
flige pas de ce qualificatif, nullement. Surtout depuis que
vous, Essiambre, m'avez fait admettre mes désirs char-
nels; en me mettant à votre école, j'ai perdu tous mes
complexes d'ingénue attardée: depuis que vous m'avez

initiée avec tant de grâce et de délicatesse, je ne crains plus mes envies, et j'aime ce corps que vous disiez trouver attirant. Je sais bien qu'on m'estimait dans les salons d'Ottawa pour mon instinct de l'esthétique, le courage que j'avais d'afficher mes convictions morales, mais il y a des jours où je me rends compte que tout cela était bien peu.

Mon désarroi est tel maintenant que l'idée d'une mésalliance ne me déplaît plus comme avant. Après tout, l'exemple vient d'en haut. On dit que la princesse Patricia elle-même, la fille de Connaught, compte épouser un homme qui n'est pas de sang royal. Il s'agit d'Alexander Ramsay, qui était attaché naval du vice-roi à Ottawa, je l'ai bien connu. Pour l'épouser, elle va devoir renoncer à son titre d'Altesse Royale, elle ne sera plus princesse, seulement lady Ramsay.

J'ai d'ailleurs désapprouvé ce possible mariage quand j'en ai entendu parler, et je l'ai bien fait savoir à qui voulait l'entendre. Pourtant, je donnerais tout pour vivre le conte de fées qui attend ce Ramsay, et aujourd'hui, pour me démarquer de la roture, il ne me reste plus que ce fameux sens moral qui impressionnait tant le prince Arthur. C'est bien maigre.

Je n'ai pas le choix, je me suis enfermée dans cette posture pour la vie, je ne peux plus en dévier. J'ai tourné le dos à trop de beaux partis protestants pour y déroger. Mes sacrifices d'autrefois m'ont raidie dans une âpreté que je suis parfois la première à déplorer. J'ai toujours tiré gloire des interdits de ma religion, comme si ma foi catholique avait fortifié mon originalité dans ces salons où j'étais forcément presque seule de ma confession. Pour voir certains films ou lire des livres à l'Index, je n'ai jamais manqué de demander la permission à l'évêque par l'entremise de mon confesseur, et rien ne me faisait plus plaisir que de parler de ces contraintes avec mes amis protestants. J'avoue maintenant que je m'en faisais un attrait de plus, et je m'imaginais que cette armure religieuse devait me rendre plus désirable. J'étais la catholique inaccessible, ma religion m'embellissait.

Je vais à la messe tous les dimanches, je communie au moins une fois par mois, je me confesse tous les premiers vendredis du mois, je suis de toutes les bonnes œuvres catholiques. Et je n'hésite nullement à imposer à mes semblables la règle de vie que je me suis forgée. Quand mon amie d'enfance Adélaïde Johns a épousé l'Écossais calviniste Hamish Robertson, je lui ai écrit pour lui faire savoir que je rompais avec elle pour toujours. Elle n'a pas répondu, elle n'a pas osé. Je l'ai revue dernièrement au marché By en train d'acheter des fleurs coupées, et je me suis assurée qu'elle m'avait bien vue pour lui tourner le dos juste au moment où elle a voulu me tendre la main.

J'ai manqué de charité, me dit ma sœur, qui a bien raison, mais je ne peux pas faire autrement, cet instinct de l'ostracisme est tout ce qui me reste de l'aristocrate que j'ai failli devenir.

Et voilà, mon cher Essiambre, vous qui savez mieux que quiconque que je ne fais que jouer la comédie de la morale pour intimider mes contemporains. Vous savez aussi que le monde dans lequel je vis ne me donne guère le choix. Piètre excuse, oui, je sais, mon ami.

Je pense à vous souvent, vous qui m'avez appris tant de choses sur moi. Je me prenais pour un cygne, je n'étais qu'une oie. Merci de m'avoir détrompée.

Je n'ai aucun droit sur cette femme, ni sur aucune autre, mais il y a des moments où je me fais croire qu'Essiambre me l'a léguée, ou qu'il me l'aurait présentée de toute façon afin de me dédommager de son absence. L'instant d'après, je me rends compte que je me mens comme toujours, mais je me pardonne aisément.

La petite… Elle vient de se réveiller et me regarde comme si elle allait me manger des yeux. Moi, à sa place, je prendrais quelqu'un de mieux.

Je dis « la petite » mais elle n'est pas petite du tout. Elle a de gros seins d'une belle blancheur, beaucoup de ventre avec des bourrelets, un derrière ample aussi avec une petite touffe de poils à la naissance des fesses, mais sa bonté me fait oublier sa corpulence. Son franc-parler me charme aussi. Elle n'a qu'un petit défaut : pour retrouver le sommeil, elle babille sans arrêt.

Je ne l'écoute que d'un œil, mais j'ai tort. Ce qu'elle dit passionnerait Essiambre, j'en suis sûr, lui qui aimait tant la guerre parce qu'elle le rapprochait de la plèbe dont je suis, tout comme elle. D'ailleurs, son plus grand plaisir à l'armée était de prendre part à ces fêtes saturnales où les officiers servaient les simples soldats à table, et je me souviens qu'il y mettait tout son savoir comique. Les hommes aimaient beaucoup. Tiens, mon bel Essiambre, je vais te faire écouter la petite, tu vas adorer ça. Écoute à ma place, mon beau…

Elle est de Nazareth, une paroisse miséreuse de l'île aux Allumettes, sur la rivière des Outaouais, à deux jours de route d'ici, une journée en bateau. « Il y avait pas d'avenir pour une fille comme moi à l'île, qu'elle dit. J'aurais même pas trouvé à me marier, à moins de me contenter d'un trou-de-cul, d'un pas-bon, ou d'un mélange des deux. Il y a pas d'ouvrage non plus par là-bas, pas de manufactures, pas de bureaux, rien que des fermes qui font même pas vivre le monde comme il faut. » Elle n'y remettra plus jamais les pieds, elle l'a juré sur la tête des enfants qu'elle ne peut pas avoir parce que le médecin lui a dit qu'elle était stérile.

Elle s'est sauvée de l'île quelques années avant la guerre. Son père avait pour son dire qu'une fille qui quitte sa famille sans permission est une bonne à rien. Elle est partie quand même vu qu'elle se sentait déjà bonne à rien. Sa mère disait qu'elle ne savait rien faire dans une maison, même pas faire à manger ; son père disait aussi qu'elle était même pas bonne à fourrer parce qu'il ne la trouvait pas jolie. Sa mère n'était pas d'accord, elle disait que leur fille n'était justement bonne qu'à ça, fourrer. « C'est une petite putain, celle-là. Faite en peau de cul ! » La petite, elle n'était d'accord avec personne, heureusement, parce qu'elle ne serait jamais partie de là, et moi, celui qu'elle appelle « mon beau capitaine », je serais peut-être mort d'inanition aujourd'hui.

Elle ne sait pas d'où sont ses parents ; ils sont nés sur l'île, elle ne peut pas en dire plus. Son monde a commencé avec eux et, avant, il n'y avait rien. Le père bûchait dans les bois l'hiver et cultivait sa terre l'été. Ils étaient seize enfants chez elle; elle est la neuvième. Il n'y a plus personne de sa famille sur l'île. Tous les garçons ont abandonné la terre paternelle; quelques-uns sont allés chercher fortune dans l'Ouest, d'autres sont bûcherons dans le nord de l'Ontario. Où? Elle l'ignore et ne tient pas à le savoir non plus. Les filles ont pris pays ailleurs, comme elle. Sa mère est morte, son père aussi. « S'ils étaient encore vivants, qu'elle dit, ça me ferait une autre bonne raison de jamais retourner à Nazareth. »

C'est cela qui me trouble et me ravit chez elle : cette faculté qu'elle a de dire les pires horreurs mine de rien. « Quand mes trois petites sœurs sont mortes de la grippe espagnole, ma mère s'est tuée en se jetant dans le puits. C'est comme ça chez nous : les hommes se pendent dans la grange ou se pètent la cervelle d'un coup de fusil de chasse dans la bouche; les femmes se jettent dans le puits ou dans la rivière. Mais c'est moins compliqué de les repêcher dans le puits que dans la rivière. Mon père s'est pas suicidé. Il est mort du cancer du rectum : ça faisait trente ans qu'il était assis dessus, tu comprends… » Sa voix reste mélodieuse, enjouée.

Il ne faut surtout pas commettre l'erreur de lui dire que l'île aux Allumettes est un nom qui a quelque chose d'idyllique. La fois où je lui ai dit que Samuel de Champlain y avait hiverné avec les Algonquins en 1610, elle a répondu : « Je connais pas de Champlain chez nous, juste un Samuel, un gros gars qui avait mauvaise haleine; ça doit pas être le même que le tien. Nos voisins étaient des Salvail, des Pellerin, des Métivier. Il a peut-être hiverné chez nous, ton Champlain, mais il est pas resté, autrement, je saurais qui c'est. » L'île aux Allumettes n'a rien d'historique pour elle, c'est juste son histoire.

Il y avait une école à Nazareth, mais personne n'y allait. Il y avait une église, mais les habitants de son rang y mettaient les pieds juste à Pâques, à Noël, pour les baptêmes et les enterrements. « Les seules fois qu'on priait chez nous, dit-elle, c'était devant la statue de la Sainte Vierge qu'on avait installée dans le potager pour faire pousser les patates.

« Comme y avait rien à faire chez nous, le monde avait rien qu'une idée en tête : se poigner le cul, ou poigner celui des autres. Dans quasiment toutes les familles, les pères essayaient de fourrer leurs filles les plus belles ; les frères les ramassaient après. C'était tout le temps de même. J'ai commencé à avoir honte de ça seulement quand j'ai rencontré des familles où on faisait pas ça. Là j'ai vu que ma famille était pas meilleure que les autres, pis ça, ça m'a fait de la peine, parce que j'ai bien vu qu'on n'avait pas plus de classe que les autres.

« Le premier qui m'a essayée, c'était mon grand-père. Il m'avait dit qu'il me donnerait des bonbons si je lui faisais plaisir, mais j'ai pas voulu. Je savais qu'il avait pas de bonbons dans sa poche. Mes autres sœurs, Anna et Thérèse, qui étaient pas fines dans la tête, s'étaient déjà fait avoir par lui, ça fait que je savais à quoi m'attendre. Mon père, lui, il m'a jamais touchée ; il préférait Jeanne, la plus vieille, et Henriette, que ma mère jalousait parce qu'elle avait de beaux grands cheveux. Mes autres sœurs disaient que j'étais trop laide pour qu'il me touche. C'est à cause qu'une fois, mes deux frères, Viatime et Ermille, m'ont fait monter dans un pommier. Ils m'avaient laissée accrochée les deux bras après une branche, j'avais peur de redescendre, ça fait qu'ils en ont profité pour me baisser les culottes. Je suis tombée la face à terre et je suis restée le nez croche après. Moi qui louchais déjà, c'est vrai que ça faisait pas beau. En tout cas…

« Par chez nous, les filles commençaient à se mettre à douze ans. Treize, pas plus. Moi j'ai commencé tard, j'avais quatorze, pis je l'ai même pas fait exprès.

« Le premier homme de ma vie a été mon cousin, Anselme, le gars le plus beau et le plus fort de l'île. Il avait appris à faire des tours de force avec un artiste de cirque des États-Unis, et on le respectait aussi parce qu'il gagnait beaucoup d'argent comme pilote de bateau sur la rivière. Mais il fallait pas le taquiner long-temps parce qu'il pouvait être méchant. Quand il était petit, son père battait sa mère quand il était soûl et l'envoyait coucher dans la grange, même l'hiver. Devenu grand, Anselme s'était mis à battre son père pour qu'il arrête de maltraiter sa mère. Après qu'elle était morte de maladie, le père avait voulu se pendre. Anselme l'avait dépendu à temps, et le père était resté infirme dans la tête et paralysé. Dans la famille, on disait qu'Anselme avait fait exprès pour le sauver, pour que le vieux reste fou. Le bonhomme passait toutes ses journées assis dans la cuisine, avec sa fille qui le nourrissait à la becquée et le torchait. Son seul plaisir, c'était quand son engagé faisait avancer devant la fenêtre la jument qu'il avait beaucoup aimée et que la famille refusait de faire tuer même si elle était vieille. L'engagé faisait faire trois ou quatre tours à la jument dans la cour, et là, le vieux souriait parce qu'il se souvenait du temps où il avait été heureux avec ses animaux.

« Pour faire de la peine à son père, Anselme se vengeait des fois avec la jument. Quand il revenait de ses courses en bateau, il allait chercher la jument dans le pré, il la plaçait sous les yeux du père, et là, il la battait à grands coups de fouet jusqu'à ce qu'elle se couche à terre. Le bonhomme pleurait, sans rien dire parce qu'il pouvait plus parler. Quand Anselme racontait ce qu'il faisait, il disait : "Pis là, papa braille pis moé je ris!" Il riait deux fois plus fort quand on lui disait que c'était mal de faire ça. »

La petite raconte que ça s'est passé un soir d'août, sur la terre de ses parents, après une épluchette de blé d'Inde à laquelle toute la paroisse était invitée. Elle n'avait pas tellement envie d'être là parce que tous les hommes qui étaient soûls s'étaient mis à poigner le cul des filles qui n'étaient pas mariées, même le sien. Tout à coup, Anselme l'avait invitée à danser. Elle n'en revenait pas de sa chance! Pour la première fois de sa vie, les femmes de la paroisse seraient jalouses d'elle. Elle n'avait pas dit non, évidemment.

Après, il l'avait emmenée derrière la grange et il lui avait donné une gorgée de sa bouteille de whisky blanc ; elle n'avait pas aimé le goût de l'alcool, mais elle n'en avait rien dit pour ne pas déplaire à Anselme, qui avait l'air content de la voir boire. Puis il lui avait confié que quatre ou cinq malfrats voulaient la forcer pour qu'elle arrête de faire sa fraîche vu qu'elle disait tout le temps non à tous les gars qui l'essayaient. Ils voulaient la fourrer, qu'ils disaient, pour la mettre à leur niveau. « Si tu veux, je connais une cachette où ils viendront pas t'achaler. Pis je serai avec toi, ils oseront pas. » Elle l'avait suivi en pensant qu'il avait peut-être une autre idée derrière la tête ; mais parce qu'il était trop beau pour elle et qu'elle avait pris un petit coup, elle n'avait pas eu peur.

Sa cachette, c'était un petit hangar sur le bord de la rivière qui sentait le fumier de poule. Elle n'avait pas été longue à comprendre qu'elle avait été niaiseuse de le suivre. « Envoye, enlève ta robe, mademoiselle Meilleure-que-les-autres. Pis baisse tes culottes, j'ai envie de cul à soir. On va voir si c'est vrai que tu veux pas faire ça avec personne… » Ils avaient fait ça sur deux poches d'avoine oubliées là. Il avait été gentil après, il lui avait même prêté son mouchoir pour qu'elle s'essuie. Il lui avait demandé si elle avait aimé ça ; elle avait répondu que oui parce qu'elle avait eu peur qu'il la frappe si elle disait non. Il lui avait dit de garder le mouchoir en souvenir. Avant de partir, elle avait demandé à prendre une autre gorgée de whisky, et elle avait bu quasiment tout le reste de la bouteille. Ça l'avait aidée à oublier qu'elle avait mal entre les jambes, mais surtout au cœur.

Elle n'était pas au bout de sa malchance ce soir-là. Une fois tout le monde parti, elle a voulu aller à la chiotte. Mais un de ses frères avait enfermé le chien dans la bécosse parce qu'il était trop excité à cause de la femelle du voisin. Lorsqu'elle a ouvert la porte, le chien lui a sauté dans la face et l'a mordue. Elle a encore la cicatrice au-dessus de la bouche. « Ça m'a fait tellement mal, qu'elle dit, pis ça saignait tellement, que j'ai pissé dans mes culottes. Comme je criais en même temps, tout le monde est sorti, pis ils se sont mis à rire. » Comme on rit de bon cœur d'un sale tour qu'on a joué à quelqu'un de méchant.

On a ri d'elle pendant longtemps avec cette histoire-là. Elle a entendu des centaines de fois : « Elle est pas chanceuse, la grosse ! Comme si c'était pas assez de se faire mordre dans la face par le chien, il a fallu qu'elle pisse dans ses culottes ! » Chaque fois qu'il entrait quelqu'un de nouveau dans la maison, sa mère racontait l'histoire de la fille qui s'était fait mordre, et tout le monde riait comme si on la racontait pour la première fois. Elle est sûre que si les gens avaient su ce qui s'était passé avant, ils auraient ri deux fois plus fort.

Mais on dirait qu'elle ignore ce que c'est que la rancune, comme si l'histoire de sa vie était celle d'un peu tout le monde. Non, elle n'en veut à personne. Surtout pas au chien qui l'a mordue au visage, parce que c'est lui qui lui a donné l'idée de se sauver de l'île.

Elle me demande si elle peut continuer. Je lui dis qu'elle raconte bien. Elle sourit dans le noir.

« Pas longtemps après que je me suis fait mordre, le chien a disparu. Il était peut-être tombé amoureux de quelque femelle retournée à l'état sauvage avec une des meutes de chiens errants qui traversaient la paroisse de Nazareth de temps en temps.

« Il s'appelait Ti-Cot, le chien. Il a réapparu sur le perron un beau matin, les flancs déchirés, boiteux, une oreille en moins. Il avait l'air d'avoir trouvé la vie dure loin de la ferme. On l'a soigné dans la grange quelque temps, pis, quand il s'est remis sur pattes, il a repris sa place chez nous comme avant.

« Ç'a pas été long qu'on s'est rendu compte qu'il nous manquait des poules. Pis quand on l'a vu qui tuait aussi des chatons qu'il enterrait un peu partout pour les manger plus tard, mon père l'a attaché un beau soir à un poteau de la clôture et il lui a tiré une balle derrière l'oreille avec son fusil de chasse. Je regardais par la fenêtre, j'ai tout vu. Au moment où mon père a armé son fusil, Ti-Cot lui a tendu la patte. Il regardait mon père d'un air attendri, comme pour lui demander pardon de sa trahison.

« Cette nuit-là, j'ai rêvé que Ti-Cot était venu me réveiller pour que je le suive avec sa meute de chiens ensauvagés. Il me parlait dans une langue que j'étais surprise de comprendre vu que je l'avais jamais apprise. Je m'étais réveillée tout en sueur, et c'est cette fois-là que j'ai décidé de partir de chez nous. Je voulais pas finir comme Ti-Cot.

« Quelques jours après, quand Anselme m'a offert de monter sur son bateau pour descendre jusqu'à Ottawa pour la journée, j'ai pas pensé deux fois à mon affaire. *Good-bye*, Nazareth. »

Ç'a été le plus beau voyage de sa vie. Le seul aussi, parce qu'elle n'est jamais allée plus loin. Anselme a été un peu surpris quand ils sont arrivés à Ottawa et qu'elle lui a dit qu'elle ne retournerait pas chez elle le soir, ni ce jour-là ni jamais. Il a fallu qu'elle insiste : « Anselme, t'as pas le choix, faut que tu m'aides. Après tout, t'as été mon premier. » Mais lui, il ne se souvenait même plus de leur histoire. « J'étais soûl ce soir-là, pis s'il fallait que je me rappelle de toutes les femmes que j'ai eues… » Finalement, il s'est rappelé qu'il avait une ancienne blonde à Ottawa qui pourrait peut-être l'aider, Virginie, une fille qui avait réussi dans la vie et qui était serveuse de restaurant.

« Après qu'ils ont eu fini de décharger le bateau, Anselme m'a emmenée manger quelque chose au restaurant. De la tarte aux pommes pis du thé, je me rappelle. J'avais jamais mangé quelque chose d'aussi bon. C'était ma première fois en ville, la première fois qu'on me servait à table, tout avait l'air grand et beau, je riais toutes les deux minutes. J'ai dû rester comme ça un bon trois ou quatre ans.

« Anselme m'a expliqué que l'endroit où ils étaient s'appelait le Flatte et que Virginie habitait pas loin. Il est allé la trouver. Il a fallu que j'attende dehors toute la nuit, mais ça me faisait rien, il faisait beau, il pleuvait pas, et j'étais mieux dehors dans la rue qu'à l'île aux Allumettes. Quand Anselme est ressorti le lendemain, il m'a présentée à Virginie qui avait pas l'air plus contente que ça de faire ma connaissance. Mais Anselme avait été convaincant : Virginie avait accepté de me prendre chez elle quelque temps et de me trouver une place de bonne chez des gens riches, les Lamothe-Frémont, des gens de Québec, des gens très bien.

« J'ai changé de nom en changeant de vie. Avant Ottawa, je m'appelais Philomène, mais comme les Lamothe-Frémont avaient une fille qui s'appelait pareil, ils m'ont demandé gentiment si ça me dérangeait pas trop… Ils voulaient pas que la visite mêle la bonne et la fille… Pas de problème, ça me faisait rien. J'aurais même changé de religion pour devenir servante et plus jamais revoir l'île aux Allumettes. Les enfants de la famille m'ont rebaptisée Concorde : c'était le nom d'une vieille tante du côté Frémont qu'ils avaient beaucoup aimée même si elle leur avait rien laissé en héritage. »

J'ai sursauté en l'entendant prononcer son prénom. Concorde… Il est vrai que je ne la connais que depuis trois jours, mais quand même, j'avais un peu honte d'avoir déjà oublié son prénom. Je promets que je ne l'oublierai plus jamais.

« J'aime ma vie », qu'elle me dit. Elle a été servante dans de grandes maisons : pas seulement chez les Lamothe-Frémont, qui prenaient plaisir à corriger sa diction, chez les Atkins aussi, qui lui ont montré comment on fait le service à table et chez qui elle a appris un peu d'anglais. Il y a des jours où elle rêve d'entrer comme lingère chez le gouverneur général du Canada, parce qu'elle croit maintenant avoir assez de classe pour entrer à Rideau Hall comme domestique.

Elle est fière aussi des hommes qu'elle a connus. « Il y en a eu beaucoup, m'assure-t-elle, parce qu'ici, à Ottawa, j'ai arrêté d'être laide pis grosse. Mais c'est justement parce que je suis pas belle — en tout cas, je suis moins belle que mon amie Virginie —, que je sais me faire aimer des hommes. Faut que je leur fasse plus de façons que les belles femmes, qui ont rien qu'à se laisser désirer. Moi, il faut que je travaille un peu plus fort, mais ça me force pas. J'ai le tour avec les hommes maintenant, il y en a pas un qui me résiste, même pas toi, mon beau capitaine. »

La petite me rappelle quelqu'un, mais qui ? Quand je lui pose la question, elle me répond : « Je peux ressembler à qui tu veux. Si ça te fait plaisir, t'as qu'à choisir. » Ça y est, ça me revient, elle ressemble à Flavie. Flavie… Je n'en dirai rien à la petite, la comparaison pourrait la froisser, on ne sait jamais.

Je dors déjà depuis quelques minutes, je crois. Sa dernière phrase ressemble à quelque chose comme ceci : « J'étais venue à Ottawa pour me fabriquer des souvenirs. Maintenant, j'en ai tellement que je commence à en oublier. » Elle me caresse le front comme une mère qui aime son enfant et s'enroule autour de moi.

Bon, assez tardé. Ça fait cinq jours que je traîne ici. Au revoir, jeune fille, et merci pour tout.

Je m'habille sans bruit, dans le noir, pour éviter les explications inutiles.

Mais si j'étais un homme, un vrai, un homme qui sait aimer, j'épouserais cette jeune personne demain matin et je me rangerais. Je suis sûr qu'elle est un être d'exception qui vaut cent fois mieux que moi, mais son enthousiasme amoureux ne m'arrachera pas à mes pérégrinations hallucinées. Sans sa charité qui m'attendrit, je n'aurais pas un regard pour cette pauvre fille dont toute la beauté est faite de bonté. Un peu par lâcheté aussi, je me laisse arrêter par mon fatalisme : je n'ai jamais su aimer les femmes qui m'aimaient, et celles que je désirais ne voulaient pas de moi. Pour compliquer les choses, quand deux êtres s'aiment, ce n'est jamais pour les mêmes raisons ni au même moment. L'amour est un malentendu sublime… Tiens, c'est ce que je vais lui dire si je la revois un de ces jours. Elle est intelligente, elle comprendra.

En refermant la porte derrière moi, j'entends la voix enjouée de la petite qui me dit : « À la prochaine, mon beau capitaine ! » Je m'en vais comme si je n'avais pas entendu.

Il fait un vrai froid d'octobre dans la nuit trop noire du Flatte. Tant mieux, je suis plus lucide quand la froidure m'étreint. Devant moi, l'escalier qui mène à la haute-ville ; je l'escalade sans peine, ma valise ne pèse plus rien et mon fantôme ivre s'est volatilisé.

J'ai marché le reste de la nuit : je suis en pleine forme.

Tiens, je vais aller prendre un café au restaurant de la gare. Je vais y mûrir mon plan de redressement. Il faudra agir vite, l'hiver s'en vient. Un abri, une situation, un peu d'argent, n'importe quoi, je dois m'en sortir. Amalia Driscoll doit tomber amoureuse de moi, il le faut.

Attablé devant mon café, dans le va-et-vient bruyant des arrivées et des départs qui m'enchante toujours, je dois me retenir de rire à la pensée des derniers mois.

Rentré à Ottawa, je me suis rendu chez madame Latendresse pour y prendre mes affaires. Elle s'est dite heureuse de me revoir vivant, mais j'ai senti que c'était pour être polie qu'elle m'a offert une tasse de thé. J'ai accepté pour être poli moi aussi, et je me suis attardé exprès parce qu'il pleuvait et que je n'avais nulle part où aller.

Son mari est arrivé à la fin de la journée, il m'a proposé de boire un verre avant de partir. Ce n'était pas de refus ; avec la prohibition, il est très difficile de se procurer un réconfortant aujourd'hui. Il avait caché à la cave une bouteille de whisky de provenance douteuse. Je lui ai raconté à ce propos que l'Angleterre me manquait, car là-bas même les femmes avaient le droit de boire dans les pubs. Il n'en revenait pas. J'ai ajouté que les femmes fumaient dans les rues aussi et qu'elles occupaient les emplois de tous les hommes partis au combat ; j'en avais même vu qui conduisaient des tramways. Le bonhomme trouvait ma conversation de plus en plus passionnante. Un verre, deux verres, trois verres, je suis resté à souper, et pendant le repas nous avons bu lui et moi un gallon de vin infect sous le regard furieux de sa femme. Ce n'est pas que nous faisions semblant de ne pas remarquer sa colère, le fait est que nous ne nous apercevions plus de rien. Le mari et moi nous sommes endormis côte à côte sur le divan : on aurait dit deux ivrognes adossés au premier mur qui aurait bien voulu d'eux.

Pour s'assurer que je ne remette plus les pieds chez elle, madame Latendresse m'a conduit le lendemain chez une loueuse de chambres qu'elle n'aimait pas, et elle lui a avancé la première semaine elle-même. Je n'avais pas de quoi payer la deuxième, et la logeuse m'a fait chasser par son gros fils en jurant que c'était bien la dernière fois de sa vie qu'elle prenait un pensionnaire de madame Latendresse, la vieille salope !

J'ai trouvé une autre chambre le jour même dans la Côte de Sable et j'ai dû redéménager la semaine suivante parce que la dame ne m'a pas cru quand je lui ai dit que j'allais toucher ma pension d'ancien combattant d'un jour à l'autre. J'attends encore ma pension, et je n'ai toujours pas payé de loyer depuis mon retour ici. Mais je suis passé maître dans l'art de déménager à la cloche de bois.

Il y a une maison où j'ai pu tenir trois semaines, mon record. Il y avait là une pensionnaire avec qui je faisais le galant, mademoiselle Dumoulin, célibataire et secrétaire de député. Elle voyait clair dans mon jeu, c'était évident, mais j'ai quand même pu lui emprunter cinq dollars que je voulais envoyer, lui ai-je dit, à mon frère missionnaire en Afrique. La quatrième fois que la logeuse m'a demandé le loyer, j'ai jeté ma valise par la fenêtre pendant la nuit du samedi au dimanche; le matin venu, je me suis mis sur le dos tous les vêtements que j'avais et je suis sorti enveloppé dans mon grand manteau militaire. J'avais du mal à marcher avec mes trois chemises, mes deux pantalons, mes six paires de bas, mais c'est avec le plus grand naturel que j'ai dit à ma voisine en sortant : « À tantôt, mademoiselle Dumoulin. » Deux heures plus tard, j'ai récupéré ma valise dans la cour quand toute la maisonnée était à la messe.

Le plus dur, c'était de se nourrir. Les Indiens d'autrefois jeûnaient pour s'éclaircir les idées; ce doit être pour ça que j'ai l'esprit si clair et que je rêve éveillé tout le temps. Ma dernière logeuse, madame Simoneau, rue Cathcart dans la basse-ville, avait fait cuire un rôti de lard pour le repas du samedi soir. Elle l'avait laissé refroidir sur le rebord de la fenêtre de la cuisine. Je faisais semblant de lire dans le salon, et l'odeur du porc piqué d'ail me donnait des visions de loup aux chasses heureuses ; j'étais redevenu indien. La dame m'a dit tout à coup : « Faut que j'aille faire un tour chez la voisine. Voulez-vous surveiller la maison ? » Mais bien sûr que oui, madame…

Elle n'avait pas mis le pied dehors que je me suis jeté sur le rôti que j'ai avalé en quatre minutes. Je suis allé me rasseoir au salon. Un quart d'heure après, la dame est rentrée et a poussé un cri de mort. « Mon rôti ! Quelqu'un m'a pris mon rôti ! » En faisant l'étonné, je lui ai juré que personne n'était entré dans la maison, et comme elle ne pouvait même pas imaginer qu'un homme puisse gober si vite un rôti de trois livres encore brûlant, elle ne m'a jamais soupçonné. Je lui ai dit que j'avais vu un jeune homme coiffé d'une casquette rouge passer devant la fenêtre. « Le petit Robitaille ! C'est sûrement lui ! — Il faudra faire enquête », ai-je ajouté pour nourrir ses doutes.

Comme j'avais compati à son malheur, elle m'a invité à souper pour me remercier. Il lui restait des macaronis. J'ai accepté pour donner le change. J'ai repris du dessert aussi pour lui faire plaisir. Cette nuit-là, j'ai failli mourir d'indigestion.

En repensant à la tête de madame Simoneau, je me suis mis à rire tellement fort qu'un agent de police m'a tapé sur l'épaule : « Écoutez, le patron dit que vous traînez là depuis huit heures. Il faudrait vous en aller maintenant. Vous allez manquer votre train… » J'aurais voulu lui lancer une réponse méprisante, mais les mots m'ont manqué. Une autre fois…

Heureusement qu'il y a des églises où l'on peut aller se réchauffer. Celle que je préfère, c'est l'église Saint-François-d'Assise, dans le Flatte, qui appartient aux capucins. Mais je n'y vais pas que pour me protéger du mauvais temps. Je prie aussi. J'ai gardé la foi de mon cœur d'enfant, et mes prières me reviennent intégralement sans le moindre effort. Aujourd'hui, je vais prier pour que Flavie soit toujours de ce monde.

Essiambre ne l'a pas connue. Il a manqué quelque chose.

Quand je me souviens de la petite chambre d'hôtel que nous occupions elle et moi, toujours trop froide ou surchauffée, j'ai la certitude d'exister. J'ai encore dans la bouche le parfum des cornets de frites blondes que nous livrait le cantinier belge quand la faim nous prenait; de sa bière, blonde elle aussi, qu'il nous servait dans de grands bols de faïence bleue et blanche.

J'étais sergent dans les Pionniers. L'unité ambulancière de Flavie était venue chercher des tirailleurs sénégalais qui s'étaient égarés dans notre secteur et qui étaient plutôt mal en point. On avait laissé Flavie chez nous parce que nous manquions d'infirmières auxiliaires, et lorsque est venu le moment de la raccompagner, mon chef m'a porté volontaire.

Rien chez elle ne m'avait frappé au départ, sa féminité avait disparu sous son uniforme de petite sœur de la Croix-Rouge française comme mon humanité sous le mien. Son accent pointu m'intimidait, évidemment, et pour nous mettre tous deux sur un pied d'égalité, j'avais emporté l'exemplaire des *Misérables* que je m'étais procuré à Paris ; à la première occasion, chemin faisant, j'ai décidé de lui montrer que j'avais des lettres. En guise d'entrée en matière, j'ai dit : « Vous savez, je viens d'apprendre la mort de Jean Valjean. » Elle a répondu : « Vous m'en voyez sincèrement désolée. C'était un camarade à vous ? » L'aveu spontané de son ignorance m'a charmé. Toute ma vie, j'avais prêté aux Français de mon imagination les vertus de finesse et d'érudition dont je rêvais de me parer. Un peu comme ma mère pour qui les seigneurs et les curés de chez nous devaient manger comme tout le monde, et mieux même, mais sans jamais chier par après.

Je la croyais de Paris, bien sûr, comme ses quarante millions de compatriotes. Je lui ai dit que j'y étais allé très souvent et que j'avais beaucoup aimé Notre-Dame et le château de Versailles. Moi qui craignais qu'elle ne me fasse en guise de réponse un cours d'architecture complet, auquel cas j'étais prêt à lui dire au premier mot que je n'étais pas d'accord, je l'ai entendue me répondre : « Paris ? Ah bon. Il paraît que c'est

joli, Paris. Moi je n'en sais rien, je n'y suis jamais allée. »
C'était trop, cette femme avait été mise sur terre pour
m'enseigner l'honnêteté.

C'est quand elle m'a dit d'où elle était que je me
suis abandonné complètement à elle. La Vendée… la
Vendée… « Flavie, je pense que Dieu m'aime vraiment,
vous savez… » Et je me suis mis à remuer mes lectures
anciennes comme un avare sénescent qui vient de se
rappeler où il a caché son or. La Vendée, Cathelineau,
le paradoxe sublime de l'insoumission catholique et de
la jacquerie royaliste ; la République fraternelle qui
égorgeait les hommes, violait les paysannes et tuait les
enfants en leur fracassant le crâne sur le mur. Enfin
quelqu'un à qui expliquer les idées qui m'obsédaient !
Pourquoi des Canadiens français traités injustement
dans leur pays se mettaient-ils au service de la couronne anglaise, et avec eux tous ces Indiens et ces Métis,
comme ce Patrick Riel dont j'avais entendu parler, qui
combattait dans une unité de francs-tireurs avec les
petits-fils des bourreaux de son grand-père ? Et ces
Gurkhas de l'armée britannique, ces tirailleurs algé-
riens, sénégalais et canaques qui se faisaient tuer pour
leurs conquérants ? « Hein, pourquoi, Flavic ? Parce
qu'en mêlant son sang au maître, le serviteur s'élève
jusqu'à lui, pour s'en affranchir peut-être ? Le dépasser
même ? Pour le dominer à son tour ? Qu'en pensez-
vous, Flavie, vous la Vendéenne ? — Écoutez, c'est intéressant tout ce que vous dites, mais tout ça, vous savez,
c'est de la politique… Il faut que je vous avoue que ça
ne m'intéresse pas tellement. Je soigne des blessés, moi,

vous comprenez ? Je les aide à vivre, c'est déjà beaucoup. Mais vous allez bien prendre un café avant de repartir ? » Je l'aurais préférée plus savante afin qu'elle comprenne bien que c'était la Vendée de l'Histoire que je désirais en son corps, mais son charme naïf compensait largement.

Je me suis attardé exprès, et le couvre-feu est tombé, Dieu merci ; elle m'a fait manger un morceau et j'ai accepté le lit de sangles de l'infirmerie. J'avais compris que mes idées l'indifféraient totalement, alors j'ai tenté le tout pour le tout. N'ayant aucune blessure pour l'attendrir, je lui ai dit que j'avais été syphilitique. « Montrez-moi ça », qu'elle a dit sur un ton sérieux. Nous sommes passés derrière un rideau, elle a constaté ma guérison complète. En remettant mon pantalon, je lui ai dit que je la désirais. « Oui, j'ai vu, qu'elle a dit avec un sourire qui disait tout. On peut se revoir si vous avez une permission. À Droucy. Je connais un petit hôtel. » Pour obtenir cette permission, je me suis aussitôt écrit une lettre pour m'annoncer la mort de ma mère.

J'aurais aimé la voir déshabillée. Mais le ciel était tellement gris, la terre si brune, l'air si refroidi par tous ces cadavres qui gisaient sous nos pas qu'elle n'arrivait même pas à ôter ses bas de laine, alors le reste… Amant médiocre comme je l'avais toujours été, je ne connaissais que mon plaisir, et je ne l'avais jamais vu écrit sur le visage d'une femme. Flavie avait un masque de sphinx que la jouissance défaisait. Dès que je me glissais entre ses cuisses, elle était saisie de spasmes et poussait des soupirs de contentement qui me faisaient deux fois plus viril. J'en étais très flatté, bien sûr, mais c'était elle qui était douée et non moi. « Je suis comme ça avec tous les hommes », qu'elle a dit comme pour s'excuser. Moi, le niais, je m'étais cru en droit de faire le froissé.

Il y a eu aussi ce petit matin, bleuâtre pour une fois, où je la regardais dormir encore tout ébahi de ma chance, et où je lui ai caressé la joue en lui disant, avec le faux accent français de ma mère : « Flavie, mon amour, mon seul amour… » Elle s'est réveillée en riant de bon cœur : « Dis pas de bêtises, mon beau Canadien. Va me chercher le pot de chambre, j'ai une envie de pisser sensationnelle… » Là aussi, j'avais feint d'être offusqué par la verdeur de son propos, mais je ne pouvais jamais jouer ce genre de comédie bien longtemps en sa présence.

Je suis quand même allé jusqu'au bout de ma sincérité nouvelle en lui proposant le mariage le jour où je suis redevenu lieutenant. Alors là, elle qui riait tout le temps, son visage s'est assombri. « Non, franchement, on ne dit pas des choses pareilles, quand même ! Mon fiancé est pharmacien, il est à l'armée d'Orient, c'est un type bien et je tiens à lui ! Son père est un commerçant très en vue de Nantes, j'ai juré à maman sur son lit de mort d'épouser ce garçon. Nos deux familles sont liées depuis longtemps, les Koch et les Rosenthal, et nous sommes promis l'un à l'autre depuis notre plus tendre enfance. Alors non, s'il te plaît, ne plaisante pas avec ça, tu me fais de la peine… » Son unité a quitté le secteur dans le mois qui a suivi, je ne l'ai jamais revue. Mais j'ai béni son passage dans ma vie plusieurs fois depuis, car, à son école, j'ai appris un peu ce que c'est que la vérité qu'on a le droit de dire.

Flavie m'avait fait migrer de nouveau. Si je ne l'avais pas connue, je n'aurais pas su comment me comporter envers Essiambre d'Argenteuil le jour où nous nous sommes revus. Il avait beaucoup fait parler de lui depuis qu'on s'était quittés. J'avais surtout retenu ce geste de sympathie qui l'avait tant fait aimer de ses hommes : un sergent de sa compagnie, orphelin de naissance, ayant eu le crâne ouvert par une balle allemande à deux pas de lui, il avait porté sa casquette trouée pendant un mois en signe de deuil. Après avoir décroché la Croix de guerre et deux ou trois autres distinctions pour bravoure, il avait obtenu un congé du Princess Pat pour se joindre à une unité de propagande chargée de stimuler l'enrôlement au Canada. Promu major, il roulait en Daimler avec chauffeur et tournait des films sur le front ; il s'était installé dans un château réquisitionné lorsque son équipe avait abouti dans mon secteur. Il avait entendu parler de ma résurrection et m'avait invité à passer le voir.

Je tremblais comme une feuille quand j'ai débarqué chez lui. Personne n'a répondu quand j'ai frappé, alors je suis entré dans un grand salon, toujours personne. J'ai ouvert la porte d'une chambre, et une belle femme nue d'un certain âge a poussé un grand cri. J'ai su après que c'était la propriétaire du château. Essiambre est apparu aussitôt et s'est avancé vers moi en souriant, les bras grands ouverts, un verre de champagne dans une main, son porte-cigarettes dans l'autre. Comme si de rien n'était, il m'a présenté fort longuement à la dame qui se rhabillait. Sans y penser, je lui ai serré la main pendant qu'elle remettait ses bas de soie. Mes compliments, madame la baronne…

Nous sommes passés dans son bureau. Il parlait très vite, allumant cigarette sur cigarette, sans cesser d'écrire tout en lisant une dépêche du coin de l'œil : il était clair qu'il voulait m'empêcher de prendre la parole en s'agitant de la sorte. De fait je n'ai presque rien dit. Je l'ai écouté comme on écoute un être autrefois aimé et rendu à l'anonymat : on comprend la langue qu'il parle mais on ne la parle plus soi-même ; on hoche la tête quand le sens de certains mots se ranime, et on sourit quand on ne saisit pas. Voilà ce qu'a été notre dialogue ; il parlait, je l'écoutais.

« J'ai entendu parler de tes petits malheurs, qu'il m'a dit en substance, mais tu t'es remis, alors n'en parlons plus. Et tu es repassé lieutenant sans qu'un sénateur soit passé par là pour te pistonner, félicitations ! Maintenant écoute, j'ai besoin de toi. J'ai du mal à écrire en français, je suis plus à l'aise en anglais, et j'ai besoin d'un secrétaire. Tu écrirais des lettres, des discours pour les troupes, des messages à nos compatriotes pour qu'ils s'engagent en masse. Tu vois le truc ? Je compte sur toi ! »

J'ai refusé. Il n'a pas bronché mais il a cessé son manège fébrile. En faisant chauffer de l'eau pour le thé, il s'est mis à me parler de la baronne dans des termes tellement crus que je me suis mis à l'aimer moins tout à coup. Il a enchaîné en me racontant une orgie à laquelle il s'était prêté à l'occasion d'une permission en 1915. C'était dans un manoir écossais où les convives s'étaient déguisés en petits enfants. Déguisé en petit matelot circulant sur un tricycle, il avait fini par botter debout une veuve de guerre en crinoline avec un ruban dans les cheveux et une houlette de bergère à la main. J'ai contre-attaqué en lui parlant de Flavie, « celle qui m'a rapatrié », lui ai-je dit. Il n'a pas lâché prise. Exhibant une croix de fer prussienne, il m'a chanté la louange d'un officier allemand prisonnier, le comte-capitaine von Wille, qui avait pleuré sa mère morte dans ses bras. Je lui ai répondu que son thé était vraiment très bon.

Dans la pénombre de l'église capucine, je repense à Flavie qui faisait ses besoins devant moi sous sa chemise, avec l'impudeur qu'acquièrent les combattants dans l'imminence de la mort. Tout mon corps se souvient d'elle. Encore suant de désir au souvenir de l'odeur de transpiration qui suivait partout son uniforme trop gris, je fixe le chemin de croix du Christ pour chasser ma bandaison, autrement je ne pourrai jamais me lever et m'en aller d'ici. Une dame au chapeau fleuri s'arrête devant moi et dépose une pièce dans ma main. Je la remercierais bien, mais je lui en veux un peu de m'avoir pris pour un clochard dévot. Je laisserais volontiers la pièce dans le tronc des pauvres en sortant, mais j'ai trop soif.

Essiambre a fini par avoir gain de cause tout de même quand ma compagnie de pionniers a été greffée à son régiment. Ayant renoncé au confort du service de propagande, il avait demandé à réintégrer le Princess Pat quelque temps auparavant en disant : « Mieux vaut faire l'histoire que de l'écrire. » Formule qui lui ressemblait bien.

Il a fait en sorte que je lui sois adjoint comme secrétaire, je n'ai pas eu le choix. Je dis ça mais j'étais ravi : à force de le fréquenter de nouveau, j'étais de nouveau attiré par lui. Je ne le désirais plus, je voulais seulement me remémorer à son contact l'intensité de l'éblouissement qu'il m'avait causé un certain jour d'été tardif. J'avais fini par me laisser intoxiquer par ce souvenir pour anesthésier l'horreur ambiante. De même, j'avais l'impression que l'affection que la troupe lui portait, et qui était tout entière le fait de son courage et de son intégrité, débordait un peu sur moi et me nimbait ; rien que d'être à côté de lui, j'avais l'illusion d'être un peu aimé des autres.

Je rédigeais des dépêches, des ordres du jour, des lettres aux autorités françaises. Et j'exerçais surtout cette fonction que le major Essiambre avait en aversion : je devais lire toutes les lettres des hommes à leurs familles et les censurer au besoin. Moi, j'adorais le faire à sa place, et je gardais même plus longtemps que de raison celles qui m'en apprenaient de bonnes.

Cher maman,

Nous avons un nouveau lieuttenan, il s'apelle Luzignan. Un gars qui a pa lair dêtre à sa plasse avec nous autres. Je panse quil a du licher le cu du major Esiambre pour être placer ici. Ce que je comprens pas, c'est quon dit quil a une amie fransaise. Un troudecu comme lui, jen reviens pas. Mais quesse-tu veux, l'amour, comme disais mononcle Alfonse, c'est plu fort qune envie de chier.

Tu dira a Octave quil peut prendre mes patins, ji donne. Hier, on a tuer trois allemans, et on a été felliciter par le major. Lui, c'est un vrai. Le café des fransais goute méchant, je mennui de ton thé. Prie pour ton gars qui a hate a la paie.

Je laissais tout passer, évidemment, et je me demandais parfois avec inquiétude si les Allemands d'en face faisaient autant de fautes d'orthographe que ce pauvre garçon de Gaspésie.

J'écrivais aussi aux familles qui avaient perdu l'un des leurs parmi nous. Exercice de style qui mobilisait toutes mes facultés, car je devais m'inventer de la compassion pour des gars que je n'avais jamais vus de ma vie, ou alors dont le trépas ne causait aucun regret dans la troupe. Pour gagner du temps, je recopiais les mêmes lettres que j'envoyais à diverses familles en m'assurant qu'elles étaient assez éloignées les unes des autres pour ne pas avoir connaissance de ma pitié de commande. J'ai retenu entre autres celle du soldat Blondeau parce que je l'ai recopiée au moins cinquante fois.

Madame, Monsieur,

Ma charge de major au Régiment d'infanterie légère de la Princesse Patricia m'impose un devoir pénible. Celle de vous annoncer le décès de votre fils, le soldat Jean-Baptiste Blondeau. Engagé volontaire, il était des nôtres depuis le 6 janvier 1916, car il avait compris avant nombre de ses compatriotes que l'armée canadienne défend en Europe ces valeurs sacrées que sont la justice et la démocratie. Son zèle à l'entraînement l'avait fait remarquer très tôt par ses supérieurs. Gai compagnon, il n'avait que des amis, et il savait s'en faire de nouveaux quand la mort les lui prenait. D'un courage sans égal au combat, il était promis à toutes les distinctions et à un avancement sûr.

Il a connu une fin exemplaire à l'image de sa vie, et j'ai eu le triste honneur d'être témoin de ses derniers instants. Nous avions reçu l'ordre de prendre la tranchée d'assaut, et il avait exigé d'être le premier à partir. Il s'est battu comme un ours traqué, et lorsque nous sommes rentrés de mission, c'était lui qui fermait la marche comme d'habitude. Toujours le premier parti, le dernier rentré. Nous étions tous revenus à l'abri quand une dernière balle allemande, traîtresse et assassine comme les autres, lui est entrée dans l'oreille et s'est tapie dans son cerveau. Nous avons mis quelque temps à nous rendre compte qu'il avait rendu son âme à Dieu. Il s'était simplement assis par terre, nous ne pouvions pas voir le filet de sang qui sortait de son oreille, et il avait le regard distant, comme un homme qui cherche dans sa mémoire un souvenir très cher. Sa dernière pensée devait être pour vous, ses bons parents, dont il ne disait que du bien.

Je vous prie d'accepter, Madame, Monsieur, les condoléances d'un régiment qui se sent désormais orphelin. Bien à vous, etc.

Le soldat Blondeau était encore plus voleur que mon ami Tard, et il trichait aux cartes en plus. La troisième fois qu'il a été repris après avoir déserté, les sous-officiers se sont disputés pour savoir qui commanderait le peloton d'exécution. Ils ont fait un petit poker, et le gagnant a eu l'honneur de crier feu.

Essiambre ne relisait jamais mes compositions, il me faisait confiance. En fouillant dans ses papiers, un jour, j'ai retrouvé les autres lettres d'Amalia Driscoll ; aucune n'était décachetée, comme la fois d'avant. J'ai alors recommencé à écrire à cette dame, et c'est véritablement avec elle que j'ai gagné mes galons d'officier de plume : il me fallait feindre pour elle une tendresse qu'Essiambre n'avait jamais eue pour personne. Ainsi, pour lui écrire avec sincérité, je n'avais qu'à penser à Flavie, et l'encre coulait de source. Ses réponses me ravissaient.

Novembre 1915

Essiambre, au secours !

Je deviens ridicule.

Mes prétentions à l'état nobiliaire m'interdisent les gestes les plus simples. Si je monte dans un ascenseur et que je ne suis pas seule, je me ferais tuer plutôt que d'appuyer sur le bouton de l'étage où je vais. S'il n'y a pas de liftier, j'attends que quelqu'un me demande quelle est ma destination, je réponds, et je laisse l'autre personne appuyer à ma place. Je profite de la moindre occasion que la vie me donne pour éprouver ma puissance. Quand je suis seule dans l'ascenseur, j'appuie moi-même, mais c'est bien seulement parce que je n'ai pas envie d'y passer la journée, quand même…

Même chose pour le tramway. Je ne cours jamais après la voiture, il n'y a rien de plus vulgaire que ces gens qui montent en haletant, tout échevelés de leur course ; je préfère fondre de chaleur l'été ou geler l'hiver à attendre le tramway suivant. Jamais je ne tire la sonnette pour descendre : je trouve ça laid. Et ces gens qui vous exposent

173

à leur odeur corporelle en faisant ce geste… C'est dégoûtant! Non, si on ne tire pas pour moi, c'est simple, je ne descends pas, je préfère marcher. Cela me vaut certains désagréments : ainsi, samedi dernier, quand je me rendais au magasin A. L. Greene où je n'aime pas être vue mais où l'on trouve tant de jolies choses à bon prix, personne n'a tiré la sonnette à la hauteur de la rue Cumberland, et j'ai été forcée de faire quatre arrêts de plus, jusqu'au Château Laurier. Heureusement, il faisait beau, et la petite promenade involontaire m'a fait du bien. Au moins, je n'ai pas dérogé à mes principes.

Tous ces stratagèmes commencent à ressembler à une immense sottise. Pour l'instant, je crois bien être la seule à la voir, mais tôt ou tard, je devrai me résigner à vivre comme tout le monde, sinon je vais finir à l'asile. De plus en plus, je suis isolée. Du temps de ma splendeur, il m'en coûtait peu de rompre avec une Adélaïde à cause d'une histoire de religion, ou d'exclure quelqu'un de mon cercle pour adultère, mais le fait est que ces exclusions m'ont valu d'être considérée comme une sorte de pimbêche pharisienne. Après avoir fui les pécheurs que je croyais dominer de ma supériorité morale, dont je suis la première à voir qu'elle était fausse, je suis la bienpensante qu'on fuit désormais.

On dirait que tous mes secrets sont éventés. Je vois tous ces sourires qui glissent sur mes robes avariées par le temps. J'ai moins bonne mine qu'avant, je pâlis, et mes boutons de jeunesse reparaissent, m'obligeant à me plâtrer les joues certains jours du mois.

La pauvreté me bâillonne aussi. L'autre jour, chez madame Gibbon, la veuve du sénateur, avec qui je fais de la musique et qui m'invite régulièrement à ses thés, j'ai été incapable de lui clouer le bec lorsqu'elle m'a complimentée sur la blancheur de ma peau. « Vous avez encore une peau de jeune fille. Tenez, vous me faites penser à ces religieuses qui conservent une peau lisse toute leur vie. N'ayant pas connu d'homme, leur visage ignore tout des grimaces du plaisir ou de la douleur d'aimer sans retour. Voilà pourquoi ces bienheureuses n'ont jamais les rides des femmes mariées. Vous avez bien de la chance, chère amie ! » L'espace d'un instant, j'ai pensé qu'elle se moquait de la virginité vieillissante qu'on me prête, mais je me suis mordu la langue. J'ai pensé à temps : si je lui lance un de ces mots cruels dont je suis capable, ou si je romps avec elle, cela se saura et je serai la risée de toutes mes amies. J'ai préféré mettre son propos sur le compte de sa légèreté coutumière et lui pardonner en chrétienne que je suis. J'en suis réduite à cela : je me suis tue, car rompre avec madame Gibbon, ç'aurait été me priver à jamais de ma sortie du mercredi et du seul bon repas que je fais chez elle le premier dimanche du mois. (La cuisine de ma mère est toujours aussi fade.) Ces silences intéressés me coûtent.

Même mon talent de comédienne commence à me déserter. Autrefois, si j'avais soif, je n'avais qu'à prendre la mine d'une assoiffée, et il se présentait tout de suite quelqu'un pour m'offrir à boire. C'est fini. Mes soupirs sont désormais inopérants. Mes amies ne me proposent plus de venir me chercher quand nous sortons, alors qu'avant j'avais toujours un fiacre à ma disposition, même une auto parfois. Il faut que je demande maintenant, autrement je n'ai rien. Heureusement qu'il y a le téléphone, c'est moins gênant.

Plus personne ne s'émeut non plus de votre trop longue absence, mon cher Essiambre. Longtemps, on m'a prise en pitié pour cela, et cela m'a valu bien des marques d'amitié. Je les ai acceptées avec gratitude, n'en ayant plus d'autres.

Ce n'était pas vous qu'il fallait regretter, plutôt d'autres hommes, mais je ne pouvais pas parler de ces chagrins secrets. À vous, mon initiateur, je peux tout dire. Quand Hilton a été tué à Cambrai, j'ai pleuré en silence. Je ne voulais pas qu'on sache que j'avais déjà eu un faible pour lui, d'autant plus qu'il s'était marié en Angleterre trois semaines avant d'aller rejoindre son régiment de grenadiers. Même chose lorsque Richmond a perdu la vie aux Dardanelles. Je n'ai rien dit, j'ai seulement relu avec émotion les deux cartes postales qu'il m'avait envoyées de là-bas. Heureusement que vous êtes vivant, Essiambre, autrement je n'aurais plus que des morts à aimer.

S'il m'est permis de parler plus librement de vous dans ce qui me reste de mon cercle d'amis, d'Argenteuil, c'est parce que vous vous êtes remis à m'écrire régulièrement depuis quelque temps, et je me suis arrangée pour que cela se sache. C'est aussi parce que nous avions accepté d'un commun accord de jouer cette comédie des fiançailles. Quand je vous ai connu, je m'intéressais au major Camden, l'un des aides de camp du prince Arthur. Pour me faire remarquer de lui, j'avais voulu me faire inviter à une réception que donnait le ministre de la milice, Sam Hughes. *Je venais de rentrer du lac des Écorces, et je devais ranimer mon réseau de contacts mondains. Vous ayant revu chez ma sœur et ayant appris que vous seriez de cette soirée, j'ai accepté de vous y accompagner. Je savais d'instinct que vous accepteriez d'être mon partenaire dans ces jeux mondains.*

Soirée très réussie pour vous qui étiez sorti du salon du ministre avec votre brevet de lieutenant en poche. Beaucoup moins pour moi : Camden ne m'avait pas accordé un regard, tous mes soupirs étaient tombés dans une oreille sourde.

À la vue de ma mine déconfite, vous avez tout compris, et c'est à ce moment que j'ai mesuré votre sensibilité toute féminine. En me raccompagnant ce soir-là, vous avez excusé la conduite de Camden en disant que lui aussi se désespérait de ne pas trouver de régiment, que cela expliquait son indifférence à mon égard. « Si vous voulez, je peux lui parler de vous. Nous avons des amis communs lui et moi. Vous n'avez qu'à faire un geste, je m'occupe de tout... » Pour prix de votre collaboration, vous vouliez que je vous présente à Sarah Cummings, la fille du juge, cavalière intrépide et poétesse accomplie. Marché conclu, vous avais-je dit en souriant pour bien marquer que je prenais tout cela un peu à la blague.

Forts de cette alliance, vous vous rappelez, nous sommes allés ensemble partout pendant trois semaines, et c'est cela sans doute qui a accrédité les bruits qui ont couru sur notre liaison. C'était très bien, d'ailleurs. Je n'avais rien à perdre : dans quelques semaines, vous seriez parti pour le front avec le Régiment de la Princesse

Patricia, j'aurais peut-être ce rendez-vous galant avec Camden, et vous aviez de votre côté une chance de faire la cour à Sarah Cummings. Nous nous amusions beaucoup des rumeurs qui couraient sur notre compte, et j'avoue que j'aimais être vue à votre bras. Avec votre aisance en société et votre conversation érudite, vous ajoutiez beaucoup à mon propre charme, et il me plaisait d'être jalousée de ces dames mes rivales.

Le chasseur et la chasseresse faisaient une belle équipe, mais nos résultats ne furent guère brillants. Camden, je l'ai bien vu, préférait votre compagnie à la mienne, et je sais que, en dépit de tout le mal que vous vous êtes donné, c'est à peine si j'ai obtenu deux valses avec lui en ces semaines festives. Il était loin de me témoigner la froideur de notre première rencontre, mais il ne retenait aucun de mes regards langoureux. Je sais que vous n'avez pas eu plus de chance avec Sarah qui, vous croyant avec moi, n'a pas osé s'approcher de vous. Vous n'avez pas semblé vous offusquer de son désintérêt.

Notre compagnonnage nous a quand même permis de mieux nous connaître. On n'aurait pas pu imaginer couple plus contrasté que le nôtre, et vous m'avez laissée avec plus d'interrogations sur votre compte que de certitudes. Il faudra que vous m'expliquiez certaines choses un jour. Ainsi, autant je cherche à m'élever dans la noblesse, autant vous aimez vous vautrer dans la roture. Vous n'avez qu'indifférence pour ce sang bleu qui me fascine. Je m'extasiais sur la noblesse de vos compagnons officiers, le colonel James, le grand chirurgien, le médecin-major Stephenson qui avait renoncé à son siège de député pour s'engager; mais vous, Essiambre, vous préfériez parler des cow-boys, des agents d'assurances et des ferblantiers qui servaient dans le rang. Vous auriez pu me parler de temps en temps de votre seigneurie d'Argenteuil, une des plus considérables du Québec, pas un mot là-dessus.

Même dédain pour vos ancêtres illustres. Moi, l'Irlandaise amoureuse des souffrances de mes aïeux, j'aurais aimé vous entendre parler de votre grand-père, le célèbre orateur patriote qui a payé son combat pour la liberté d'un long exil en Australie. Non, le seul de vos devanciers dont vous parliez avec enthousiasme était cette Anne Dupuy dont je n'avais jamais entendu parler. Si je me souviens bien, c'était la fille d'un tanneur compagnon de Champlain et d'une servante, et elle avait été enlevée à l'âge de neuf ans par les Iroquois chez qui elle avait vécu près de dix ans. Adoptée par les Onontagués, elle avait pris mari plusieurs fois chez eux et presque oublié sa langue maternelle. Elle avait été retrouvée lors de l'expédition de monsieur de Tracy chez les Iroquois. Mais elle était devenue indienne à ce point qu'elle n'avait pas voulu rentrer avec les Français et s'était cachée dans les bois. Elle n'était sortie de sa retraite que parce qu'elle avait entrevu en rêve mère Marie de Saint-Joseph, l'une des vestales catholiques de Québec, et elle désirait la rencontrer, autrement elle n'aurait jamais suivi ses rédempteurs à Québec; chez les Indiens, elle avait appris à croire en la vérité du rêve. Peu après, monsieur de Tracy l'avait dotée, et elle avait accepté la main d'un de ses soldats, le sergent Essiambre, premier du nom en Nouvelle-France. Elle a eu de lui quinze enfants et, devenue veuve, elle s'est remariée à cinquante ans. Elle est morte à quatre-vingts ans passés dans les bras de son quatrième mari. C'est cette femme à l'appétit insatiable que vous admiriez? Moi je n'aurais jamais avoué l'existence de cette aïeule iroquoisée : vous, vous vous en vantiez partout. Dans le fond, Essiambre, vous me demeurez toujours aussi incompréhensible : vous qui parlez le français avec un accent pointu et l'anglais avec celui d'Oxford, mais qui êtes animé des pires furies égalitaires! C'était surtout cela qui m'éloignait de vous.

Vous étiez même capable de taquineries inconvenantes sur ce point. Comme la fois où vous avez amené chez les Addison ce magnifique officier des Grenadiers écossais de Montréal qui avait les manières d'un jeune premier du cinéma. Il était beau comme un cœur, ce garçon, et même en kilt il avait l'air viril pour trois. Les femmes se pâmaient devant lui, les hommes voulaient lui serrer la main. Ce n'est qu'une fois la soirée bien engagée que vous avez porté un toast à la santé de votre ami, le lieutenant Jude Cohen. Un silence glacé est tombé sur nous tous, et vous, Essiambre, vous étiez tout sourire.

Le lendemain, je vous ai fait des reproches appuyés dont je vous demande pardon aujourd'hui, et je vous ai dit que si vous persistiez à traîner ce monsieur partout, je ne vous verrais plus. Habile comme vous l'êtes, vous n'avez rien dit, mais dans votre silence, j'ai mesuré l'épaisseur de mes vilains préjugés de race, et je me suis sentie bien sotte.

Lorsque le Régiment d'infanterie légère de la Princesse Patricia a quitté Ottawa, j'ai accepté de vous accompagner pour me moquer un peu de notre bonne société qui me jugeait incapable de trouver mari. Je portais ce jour-là ma robe de taffetas mauve, l'étole de vison de ma mère et une toque de feutre gris perle qui m'avait coûté des mois de privations. Vous, vous aviez l'air d'un général dans votre uniforme de lieutenant. Nous faisions un beau couple, il faut le dire, et lorsque le train est parti, je vous ai envoyé un baiser de la main; j'ai même agité mon mouchoir, comme une vraie fiancée de guerre. Mais la vérité, c'est que j'ai pleuré d'autres hommes, même Camden qui n'a pas voulu de moi, vous, jamais.

Je ne suis pas fâché d'avoir quitté la petite de l'hôtel Couillard. Au train où allaient les choses, elle aurait fini par me démasquer.

Elle m'avait dit qu'elle avait des dons. Je la croyais un peu, elle me rappelait d'ailleurs Flavie sur ce point, et c'était bien ce qui me faisait peur chez elle. « J'ai le don d'arrêter la grêle. C'est un don que les pères transmettent aux filles dans ma famille. Ça nous vient des Indiens, il paraît. C'est la seule chose que mon père m'ait donnée. J'ai aussi le don de guérir les brûlures. Celui-là, je le tiens de ma mère. Je peux même guérir les brûlures rien qu'en parlant au téléphone à la personne qui s'est brûlée. Je sais aussi faire passer les enfants que les mères veulent pas. C'est mon amie Virginie qui m'a montré comment. Quand une femme du Flatte veut pas d'un enfant, on m'appelle. Mais je demande pas d'argent pour ça, autrement, je perdrais mon don, tu comprends?… » Elle a aussi le don de se faire aimer des hommes qui ne veulent pas d'elle, et ça, je peux le certifier.

Avant la guerre, son amie Virginie et elle rencontraient des hommes à la procession du Saint-Sacrement ou à l'euchre mensuel des zouaves. Mais jamais d'hommes mariés, car les femmes qui habitent le Flatte ne leur auraient jamais pardonné autant d'immoralité. Puis, un jour, Virginie a rencontré un homme qui l'a engrossée. Elle l'a épousé, et la petite a ainsi perdu sa compagne d'aventures. Heureusement, la guerre est arrivée, et Ottawa s'est rempli d'hommes nouveaux en transit.

Elle s'en est donné à cœur joie pendant longtemps. Trop même. Un jour, elle s'est retrouvée avec une maladie qui aurait pu la faire jeter en prison si son médecin avait été moins compréhensif. C'est à cause de cette maladie qu'elle ne pourra jamais avoir d'enfants. Elle ne croit pas que Dieu ait voulu la punir ainsi d'avoir fait la folle. « Non, le bon Dieu est trop bon pour punir comme ça une femme qui a le don de se faire aimer des hommes qui voudraient pas d'elle autrement. C'est juste la faute à la nature. » Elle s'est tenue tranquille pendant un bout de temps après cela, puis l'envie lui est revenue avec la santé.

Je lui ai demandé une fois comment elle avait fait pour me rencontrer.

Elle a éclaté de rire.

« J'ai fait avec toi comme avec les autres. Pour ramasser des hommes, j'allais à la gare. Je prenais un air perdu, je me promenais à gauche et à droite dans la salle d'attente comme une fille qui vient de débarquer en ville et qui sait pas où aller. Ça manquait jamais :

un homme m'accostait et me demandait s'il pouvait m'aider. Je lui demandais l'adresse d'un hôtel que je connaissais, le Couillard, ici, dans le Flatte; s'il s'offrait à m'accompagner, j'acceptais, et pour le remercier je l'invitais à visiter ma chambre. Trois fois sur quatre, l'homme me demandait si j'avais de quoi payer la chambre; je répondais que j'étais pas sûre d'en avoir assez; s'il proposait de payer, j'étais certaine qu'on allait passer la nuit ensemble. Ce qui était drôle, c'était que personne me demandait où j'avais laissé ma valise, comme si une fille pouvait voyager sans ça. Je sais pas combien de fois j'ai fait le coup de la fille perdue à la gare. Il y avait tellement de militaires à Ottawa qui cherchaient à se mettre avec la première venue que je pouvais même choisir. Et j'aimais tellement les uniformes que je trouvais presque tous les hommes beaux.

« Des fois, ça marchait pas. Oui, parce que je tombais sur des hommes honnêtes ou des pères de famille qui croyaient vraiment mon histoire de fille pauvre de la campagne perdue dans la grande ville. Ils m'accompagnaient très galamment, ils payaient même pour la chambre, pis ils s'en allaient, tout contents d'avoir fait une bonne action. Ça me fâchait un peu, surtout s'ils étaient beaux, mais je pouvais pas vraiment leur en vouloir.

« Quand je t'ai rencontré, toi, je venais justement de tomber sur un bon Samaritain de même. Il avait payé la chambre d'hôtel, et il était reparti aussi vite comme s'il s'était senti gêné de se trouver là et d'avoir eu de mauvaises pensées. Le réceptionniste de l'hôtel, un gros tas à face de rat que j'aimais pas, avait ri de moi. "Comme ça, t'as pas été chanceuse à soir…" Là j'étais fâchée! "Va donc chier, toé! que j'y ai répondu. Je vas aller m'en chercher un autre tout de suite, ça sera pas long! Regarde-moé faire!" Je suis repartie pour la gare par le premier tramway.

« Quand je t'ai vu qui marchais au milieu de la gare comme un gars qui arrive pas à décider quel train prendre, je suis allée directement à toi, pis c'est moi qui t'ai demandé si tu étais perdu et si je pouvais t'aider. La chambre était déjà payée, je pouvais te rendre le service qu'on me rendait d'habitude. Tu m'as répondu que tu avais faim. Ça fait que je t'ai emmené au restaurant de la gare. C'est en te regardant manger que je suis venue tout attendrie et que j'ai commencé à te vouloir. Tu me faisais pitié, pis tout d'un coup, j'ai eu envie d'être ta mère. C'est pas en me lisant les lignes de la main que tu m'as séduite. Ce coup-là, un autre me l'avait déjà fait, je le connaissais. J'avais envie d'un homme depuis des semaines, j'aurais pris n'importe qui, mais toi sûrement le premier. »

Elle s'est interrompue dans son récit. Son visage s'était assombri. On aurait dit qu'elle voulait changer de sujet. « Tu as été à la guerre, toi. Tu as peut-être connu Anselme? » Je lui ai répondu que non. Elle a eu l'air déçue. Anselme avait été tué en 1917 mais elle ignorait où; elle savait seulement qu'il avait beau être un trou-de-cul, il était mort en héros quand même. C'est son amie Virginie qui a reçu la lettre de condo-léances d'usage, mais c'est la petite qui a dû la lui lire à

186

voix haute. Une très belle lettre, m'a-t-elle assuré. Tellement belle que Virginie lui a donné la lettre et qu'elle a attendu un mois au moins avant de la jeter. Elle la connaissait encore par cœur : *Nous étions tous revenus à l'abri quand une dernière balle allemande, traîtresse et assassine comme les autres, lui est entrée dans l'oreille et s'est tapie dans son cerveau. Nous avons mis quelque temps à nous rendre compte qu'il avait rendu son âme à Dieu. Il s'était simplement assis par terre, nous ne pouvions pas voir le filet de sang qui sortait de son oreille, et il avait le regard distant, comme un homme qui cherche dans sa mémoire un souvenir très cher.* Je ne lui ai pas dit que j'avais écrit la même lettre à une centaine de mères éplorées, mais j'avoue que la coïncidence m'a mis un peu mal à l'aise.

Pour changer de sujet à mon tour, j'ai voulu savoir comment elle avait appris à lire. « Au lac des Écorces, a-t-elle répondu. — Pardon ? — Au lac des Écorces, l'été avant la guerre », a-t-elle précisé. Dans le noir, elle n'a pas remarqué que je rougissais. « J'étais bonne chez les Atkins, qui avaient prêté leur maison de vacances à un couple, et parmi les amis de ce couple, il y avait une dame très bien, miss Driscoll, qui a fait une vraie femme de moi. » Je n'ai pas eu besoin de lui demander de détails, elle m'a tout raconté avec l'enthousiasme de la reconnaissance.

« Cet été-là, j'étais pas contente d'avoir été envoyée au lac des Écorces parce que ça me rappelait trop la forêt qui entourait Nazareth à l'île aux Allumettes. J'avais peur de m'ennuyer de la ville, de Virginie, de mes autres amies du Flatte et de mes sorties. Mais ç'a pas été long que j'ai été mise avec miss Driscoll, et plus rien a été pareil après ça. Là, j'étais vraiment avec une grande dame.

« J'avais une belle petite chambre au grenier, avec un miroir. La première chose que je devais faire le matin, c'était de passer dans toutes les chambres pour ramasser les seaux de pisse pis de marde et les vider dans un grand bac dehors. C'était normal, j'étais la dernière arrivée du personnel de la maison. Ensuite, je rangeais les chambres, je faisais les lits. La dernière chambre que je faisais était celle de miss Driscoll. Elle était la seule qui sortait pas quand j'entrais, et elle m'invitait toujours à me reposer un peu. Pis là elle me parlait en se maquillant et en se peignant devant son miroir. J'aimais sa peau blonde, ses longs cheveux, et pour rester plus longtemps avec elle, je m'offrais à l'aider.

« Elle m'a dégênée tout de suite en me parlant français. Dans ce temps-là, j'avais pas encore pratiqué mon anglais avec les soldats, et souvent, je comprenais pas les ordres qu'on me donnait ; je m'arrangeais en faisant des sourires niaiseux pour donner l'impression que je comprenais. Des fois, ça fâchait mes patrons, qui auraient préféré que je leur dise que je comprenais rien. Un jour, on m'a envoyée chercher des fleurs, je suis revenue avec des choux-fleurs. Miss Driscoll a eu pitié de moi, et c'est comme ça qu'elle est devenue mon interprète.

« J'ai jamais su où qu'elle avait appris son français. Dans des livres peut-être. En tout cas, quand elle me parlait, ça sortait tout seul. Faut dire que c'est une femme très, très instruite, ça se sentait. Encore aujourd'hui, j'aimerais parler bien comme elle, mais pas de danger que ça arrive, j'ai commencé trop tard à me corriger. Elle, je sais pas pourquoi, elle aimait m'entendre aussi. Je la faisais rire, je pense.

« Elle me demandait des fois de lui raconter des histoires de chez nous. Elle riait aux larmes, même si elle comprenait pas tout ce que je lui disais parce qu'on avait pas appris le français à la même école. Une fois, j'y ai dit que la bonne des voisins m'aimait pas parce qu'elle haïssait déjà madame Atkins avant de me connaître. "Qu'est-ce que vous voulez, mademoiselle ? Quand il mouille sur le curé, il dégoutte sur le bedeau. C'est comme ça..." Celle-là, elle l'a rie pendant trois jours ; moi je la trouvais pas drôle, mais j'ai ri avec elle pour pas qu'elle pense que je pensais qu'elle riait de moi. Mais je me surveillais quand même avec elle. Jamais de mots cochons : pet, cul, marde, chier, fourrer, se mettre, rien de même. J'aurais pas voulu qu'elle pense que je suis vulgaire.

« Tout ce qu'elle m'a appris, je le sais encore aujourd'hui. Avant de la connaître, je savais pas faire ma toilette intime, comme elle disait. J'ai trouvé le tour avec elle de laver mes linges de menstruation et de les faire sécher à des moments de la journée où les hommes les verraient pas. C'est grâce à elle que je sais comment manger des cerises comme du monde : mettre la main devant la bouche quand on enlève le noyau et le poser délicatement dans l'assiette avec la cuiller, au lieu de le cracher le plus loin possible comme on aurait fait chez nous. Des choses très utiles comme ça qui montrent qu'on est distingué même si on est pauvre comme la gale.

« Surtout, surtout, elle m'a montré à lire. Presque tous les soirs, quand j'avais fini ma journée, elle me faisait monter dans sa chambre pour l'aider à se dévêtir, et là elle sortait son grand livre d'images et me demandait si je voulais apprendre de quoi de neuf. Je disais tout le temps oui. On aurait dit que ça lui faisait plaisir de jouer à la maîtresse d'école avec moi. Mais pas autant qu'à moi parce que, dans ces moments-là, j'aimais devenir avec elle la petite fille que j'avais jamais été.

« Elle m'aimait, moi, aussi, c'est sûr, pis ça me faisait tout drôle parce que j'étais pas habituée. Même qu'elle a eu l'air contente quand j'y ai avoué que je savais pas lire. On aurait dit qu'elle voulait me rendre service pour me payer de mon admiration pour elle. Ce soir-là, elle m'a montré la lettre A, comme de raison. La première fois que j'ai lu un mot que j'avais écrit moi-même, ç'a été comme si Jésus-Christ en personne était redescendu sur terre pour faire un miracle devant moi : A-R-B-R-E. Je suis partie à brailler, pis elle avec. J'en ai pas dormi de la nuit. Le lendemain, quand j'ai relu le mot, j'ai été étonnée que ça me soye restée dans la tête, parce que je pensais que j'étais pas intelligente. J'aurais tellement aimé que ma famille me voye en train de lire ma première phrase : "Jean-ne ai-me les pa-ta-tes." Surtout Viatime et Ermille. Après leur avoir lu ma phrase, je leur aurais fourré les patates dans le cul. En tout cas…

« À la fin de l'été, je signais mon nom, je lisais des pages entières dans le grand livre qui appartenait aux enfants de la maison, je lisais même les étiquettes sur les conserves. Depuis ce temps-là, j'ai jamais arrêté de lire, pis c'est grâce à ça que je me suis trouvé un emploi à la boulangerie dernièrement. Je serai plus jamais bonne chez les gens, plus jamais.

« J'avais tellement pas hâte que cet été-là s'achève. La semaine avant que tout le monde parte, un soir que miss Driscoll était toute seule dans la maison, il a fait un orage terrible avec du tonnerre, des éclairs sur le lac, on aurait dit qu'il pissait des clous sur le toit. Miss Driscoll avait peur mais pas moi, j'étais habituée aux orages de la campagne. Elle m'a demandé de dormir avec elle comme si c'était une grosse faveur que je lui ferais. J'étais très honorée, moi qui avais couché avec mes deux sœurs toute mon enfance, dont Thérèse qui pétait au lit comme un homme.

« Je pense que ç'a été la plus belle nuit de ma vie. Elle s'était endormie tout de suite, et elle se collait contre moi comme un petit qui a froid. Ç'a été la seule fois que je me suis sentie plus forte qu'elle. Là, c'était moi qui la protégeais, j'étais sa mère, sa meilleure amie sur la terre, elle mourrait pas avec moi. »

Je ne l'écoutais plus depuis un bon moment. C'en était trop. Elle a fait semblant de ne pas remarquer mon désintérêt. Je n'avais plus qu'une idée en tête : m'en aller, car je craignais de lui avouer que je connaissais moi aussi à ma façon cette miss Driscoll qu'elle admirait tant. J'ai décidé d'attendre qu'elle dorme pour filer à l'anglaise. Elle a deviné mon intention, on aurait dit. « Veux-tu m'en donner encore, s'il te plaît ? J'ai encore envie, moi. » Je n'étais pas sûr de vouloir d'elle de nouveau, mais elle a été très convaincante, et je n'ai même pas eu besoin de penser à Flavie pour lui donner ce qu'elle voulait.

Elle a dit aussi : « Tu sais pourquoi j'aime tellement ça être avec toi ? C'est parce que t'as de la classe. Avant toi, j'en ai connu juste un autre dans ton genre. Qui parlait bien, qui avait de l'instruction pour deux. J'ai toujours rêvé d'en rencontrer un autre comme lui. Un gars tellement bien, a-t-elle précisé, que mon amie Virginie a jamais voulu me croire quand je lui ai dit que j'avais couché avec lui. »

« C'était l'année avant la guerre. Je me promenais dans le bout de la Côte de Sable pis je m'étais arrêtée devant une maison où il y avait du monde qui faisait de la musique. C'était tellement beau que je m'étais mise à rêver au jour où je m'installerais pour de bon dans le Flatte, que je serais plus bonne chez les gens, que j'aurais un travail dans une usine et que j'aurais un appartement rien qu'à moi. Pis là je m'achèterais un beau piano automatique pour faire de la musique avec, et j'inviterais des gens chez moi et je leur servirais un beau gâteau avec du thé. Comme le monde qui a de la classe.

« Un beau monsieur s'est arrêté à côté de moi et m'a demandé si j'étais invitée dans la maison où on faisait de la musique. J'y ai dit que non mais j'ai pas rougi parce que j'étais habillée ce jour-là pour aller à la messe, ça fait que j'avais pas trop l'air d'une bonne. Il m'a demandé si j'avais envie de me promener avec lui. J'ai pas dit non, pis on a fini dans son lit, chez un de ses amis qui était pas là. C'est lui le monsieur qui a été le premier à me lire les lignes de la main. C'était la première fois aussi que je couchais avec un gars qui me disait "vous". Le lendemain matin, je me suis sauvée avant qu'il se réveille parce que j'avais peur que mon beau rêve s'arrête. Je voulais garder le goût de notre rencontre, pis pour ça fallait pas qu'il sache que j'étais rien qu'une servante. Lui, il était avocat, qu'il m'a dit.

« Crois-moi, crois-moi pas, cet homme-là, je l'ai revu une fois. C'était au lac des Écorces. Il est arrivé un beau soir pour souper, encore plus beau pis plus fier que quand je l'avais connu. Il a passé quatre jours dans le coin, pis pas une fois il a même eu l'air de se souvenir de moi. Des fois, il me regardait en pleine face, pis il bronchait pas. Comme si j'avais été une pure étrangère. Moi, bien entendu, j'ai fait pareil comme lui.

« Cette fois-là, j'ai compris ce que c'est vraiment que d'avoir de la classe. C'est sûr qu'il devait se rappeler de moi, mais il a rien voulu montrer pour pas que je perde ma place. Si ça s'était su aux Écorces qu'on se connaissait, on m'aurait traitée de guidoune, pis j'aurais été renvoyée tout de suite.

« J'ai d'autant mieux fait de rien dire que je me suis aperçue tout de suite que ma patronne, miss Driscoll, le trouvait de son goût, le bel avocat. Ça fait que j'étais mieux de pas me vanter de le connaître. Pis comme je suis pas jalouse pas une miette, j'ai encouragé ma patronne à sortir avec lui. Il y a rien que je disais pas pour louanger le monsieur. Je sais pas s'ils sont sortis ensemble après le lac aux Écorces, mais j'aurais voulu que ça arrive. Je les voyais tellement bien ensemble, ces deux-là.

« J'ai jamais dit à Virginie que j'avais revu cet homme-là au lac des Écorces parce que j'avais peur qu'elle me dise : "Il t'a pas reconnue pour pas mal paraître lui-même, pauvre niaiseuse ! Il y a pas un homme qui a couché avec toi qui te reconnaît après de toute façon, ça fait que fais pas la fière !" C'est peut-être vrai qu'il m'a pas reconnue, mais ça m'arrange pas de croire ça. »

J'ai eu envie de lui demander si cet homme avait la peau douce comme celle d'une femme, moelleuse même, tapissée de taches de rousseur ; il en avait même sur le membre. Pas la peine, elle me l'a dit elle-même. « Je me souviens de lui parce qu'il avait des taches de rousseur sur son bijou… » Aucun doute, c'était bien Essiambre. Je lui ai dit que je croyais avoir connu cet homme à la guerre. Elle a sursauté, toute contente. « Est-ce qu'il est encore vivant au moins ? Je veux pas qu'il soye mort, il était tellement gentil ! » Elle voulait savoir son nom ; je lui ai dit qu'il s'appelait Latré-mouille, comme tout le monde. J'ai ajouté qu'il avait été horriblement mutilé et qu'il vivait dans un monas-tère depuis.

Elle a baissé la tête un moment, puis elle s'est res-saisie aussi vite. « Ça fait rien, qu'elle a dit. De toute façon c'est toi que je veux maintenant. » Je l'ai crue sans peine. Tous ses gestes me disaient combien elle tenait à moi, mais je la craignais tout à coup parce qu'elle avait été trop près de cette Amalia Driscoll que je convoitais et de mon Essiambre que j'avais aimé pour vrai.

Elle m'a souvent dit qu'elle était un peu sorcière. Elle ne croyait pas si bien dire. Une sorcière qui m'aurait volé des bouts de ma vie et qui, par-dessus le marché, les aurait mieux vécus que moi. Tout à coup, même sa bonté a cessé de me charmer. Je n'avais plus qu'une envie : me sauver de sa vie.

« Adieu, Concorde », que je me suis dit.

Je sors de prison.

Le juge de paix m'a condamné à huit jours d'incarcération pour ivresse publique et vagabondage. J'étais en train de me disputer avec mon fantôme ivre quand je lui ai trouvé tout à coup dans le regard cette lueur de lassitude inquiétante qu'aurait un lanceur de poignards fatigué. Je lui ai demandé de pencher la tête vers moi pour que je puisse le lui dire à l'oreille, mais c'était en vérité pour lui donner un coup de poing au visage qu'il n'avait que trop mérité, j'en avais assez de l'entendre me faire la morale. Il s'est baissé, j'ai frappé dans le vide et j'ai atterri dans une flaque de vomi. Un agent de police qui passait par là m'a conduit au poste, et il paraît que je n'aurais pas été poli avec lui. On m'a jeté dans une cellule qu'occupaient déjà deux réfractaires à la conscription, des malheureux qu'on pourchasse encore même si le pays est en paix.

Ç'aurait pu être pire. Il s'est trouvé que l'huissier de la cour était un ancien du Princess Pat. Il est venu me voir le lendemain de mon arrestation et m'a conseillé de faire le mort. « Écoute, si tu plaides non coupable, t'auras un procès en règle. J'ai parlé à l'agent qui t'a arrêté, et il va témoigner que t'étais en grande conversation avec un lampadaire quand il t'a embarqué. Si le juge pense que t'es rendu fou, il va faire de toi un pupille du lieutenant-gouverneur de l'Ontario. Tu comprends ce que ça veut dire ? Tu vas être enfermé à l'asile, tu risques de jamais sortir de là. Alors, fais pas d'histoires, plaide coupable et débarrasse le plancher ! Va-t'en d'ici, parce que si on te reprend, t'es fait à l'os. Moi je sais bien que t'es pas fou, rien qu'à moitié, mais eux, ils le savent pas. Ça fait que… » Même un gars encore à moitié soûl peut suivre un bon conseil. J'ai plaidé coupable, j'ai fait valoir mes états de service au combat, et j'ai écopé d'une petite peine.

C'est quand même dommage, ce léger incident de parcours, moi qui allais si bien depuis quelque temps. La petite Concorde m'avait redonné des forces, et avec les sous qu'elle m'avait prêtés, j'avais envoyé un télégramme à la maîtresse de poste de mon village pour que mon père me fasse parvenir un peu d'argent. Il m'a répondu trois jours plus tard : vingt dollars et un mot, « Reviens. » Je lui ai écrit après pour lui expliquer ma situation. Au lieu de m'acharner à obtenir une pension ou un emploi, j'avais décidé de profiter de ce nouveau programme du gouvernement fédéral destiné aux anciens combattants. Tout ancien soldat capable de montrer qu'il possédait un certain métier agricole avait droit à une terre dans l'Ouest et à une subvention pour l'achat du matériel aratoire. L'Ouest, fermier, je m'y voyais très bien! Pour apprendre le métier de la terre, je n'avais qu'à m'engager comme manœuvre dans une ferme là-bas; on cherchait du monde justement, pourquoi pas moi? Un petit prêt, avais-je expliqué à mon père, m'aiderait à vivre en attendant le départ pour les Prairies. Sûrement que la maîtresse de poste, la pire des cancanières, a dû dire à mon père que je mentais. Qu'importe, dans mes jours de pénurie, je croyais tellement à mon nouveau projet que je ne pensais plus à aller faire ma cour à miss Driscoll.

J'ai loué une chambre rue Preston, un coin où j'étais sûr d'être inconnu. Ma vie était exemplaire : quand je buvais une bière, c'était juste une, et encore, il fallait que je traverse la rivière pour aller la boire à Hull, et je rentrais tout de suite après comme un gros mari fidèle. Je mangeais bien. La logeuse m'avait interdit de faire la cuisine dans ma chambre, et pour économiser j'avais décidé de ne pas prendre les repas qu'elle offrait à sa table moyennant supplément. Mais je m'étais arrangé. Je mettais des aliments au frais dans une petite boîte que j'avais fixée à ma fenêtre, avec une brique dessus pour décourager les oiseaux, ça ne dérangeait personne. Pour manger chaud, j'empruntais le fer à repasser électrique de la dame, merveilleuse invention, je le plaçais en équilibre entre deux appuis-livres de marbre et je le branchais dans la prise. Comme ça, je pouvais faire réchauffer les conserves que j'introduisais en contrebande dans la maison. Bon, parfois, la dame n'avait pas l'air contente. « Ça sent le manger, on dirait?… » Je n'avais qu'à prendre un air offensé pour qu'elle s'en aille.

Preuve de ma moralité nouvelle, je suis même allé à l'Odéon voir une pièce propre à me maintenir dans mes résolutions, *Le Doigt de Dieu,* avec Léonard Beaulne en vedette, mise en scène de Wilfred Sanche. Je m'en souviens parce que j'ai envoyé le programme à la maîtresse de poste pour qu'elle le lise à mon père ; juste pour la faire enrager, la vieille chipie.

Le reste, c'est la faute au cirque. Le cirque Robinson qui se produisait sur un terrain vague à l'angle de Somerset et Preston. Mais, avant la grande première, il a défilé dans ma rue. C'était très beau, bien mieux que le théâtre : je voyais enfin de vrais lions en cage, des léopards, des singes géants, des clowns, des hommes forts, des femmes à barbe et des nains. Il y avait même un chariot portant un orgue à vapeur dont la musique est arrivée à me faire croire que la guerre était vraiment finie.

J'avais le cœur tellement à la fête que j'ai accepté l'invitation d'un voisin au *blind pig* du coin, l'un de ces bars illégaux qui existaient même avant la prohibition et qui prennent le nom de *speakeasies* dans le beau monde. On y vend des spiritueux qu'on nous encourage à boire chez nous, mais quand la patronne est de bonne humeur, on peut en consommer sur place. Moi j'étais juste curieux, et quand on m'a offert un petit verre de whisky de seigle, j'ai dit oui, mais seulement pour goûter, pas plus, merci.

J'ai goûté toute la bouteille. La patronne s'est impatientée quand un monsieur à canotier s'est mis à parler de la guerre. « Ah non ! Arrêtez-moi ça ! Ça finit toujours en chicane, ces discussions-là, pis c'est pas bon pour le commerce ! » La minute d'après, deux gars se sont mis à se tapocher dans un coin. Moi je n'ai rien fait. Je ne sais pas comment c'est arrivé, mais je me suis retrouvé dehors tout seul.

J'ai dû marcher une petite heure parce que je n'arrivais plus à me souvenir où j'habitais. Tout à coup, quelqu'un m'a pris le bras. C'était Concorde. J'étais un peu gêné de la revoir, je ne savais pas trop quoi lui dire, surtout que je n'étais plus tout à fait lucide. Elle m'a ramené au Couillard, où je me suis reposé un peu avec elle.

Je me souviens seulement que je me suis retrouvé tout à coup dans la rue avec mon fantôme ivre, et j'étais dans une telle confusion que j'ai bien failli ne pas me reconnaître. Il me faisait des reproches, ça s'est terminé en prison. Je n'ai plus de nouvelles de mon double ivrogne. Jamais là quand on a besoin de lui, évidemment.

J'ai mal choisi mon moment pour sortir de prison. La vie est dure à Ottawa.

Hier encore, je me suis fait mettre à la porte de la gare. Le policier de service m'a averti que c'était la dernière fois qu'on me prenait à traîner là. J'y étais pourtant allé avec les meilleures intentions. J'avais lu dans le journal en juillet qu'on cherchait quinze cents hommes pour faire la moisson dans l'Ouest, et je voulais y aller pour m'engager. « On est rendu en novembre, ça fait longtemps que la récolte est rentrée ! Dehors ! » C'en est au point aussi où je ne suis plus le bienvenu dans les églises : les bedeaux me mettent à la porte sans merci parce qu'il paraît que je mendie, ce qui est faux. Je prie, c'est tout. La seule place où l'on me tolère, c'est au *blind pig* d'Adrienne parce que j'y suis un client très respecté. J'achète ma bouteille de whisky et je m'en vais tout de suite.

L'autre matin, nous étions seuls, Adrienne et moi. Elle devait s'ennuyer parce qu'elle m'a offert un verre, chose qu'elle ne fait qu'avec la clientèle distinguée.

Le souvenir ardent d'Essiambre m'est revenu chez elle, dans son salon, au moment où je m'y attendais le moins. Je crois bien que c'est en caressant le chat d'Adrienne que j'ai eu cet accident de mémoire.

La veille de la bataille de Passchendaele, j'ai imité pour la dernière fois l'écriture d'Essiambre pour donner de ses nouvelles à Amalia Driscoll.

Ma chère amie,

Désolé d'apprendre que le petit chien de madame Fitzjames est mort. Il est vrai que le deuil d'un animal de compagnie est une douleur muette que seule une âme philanthrope comme la vôtre peut comprendre.

J'ai moi aussi à mes côtés un fidèle compagnon que je ne saurais trop vous recommander si jamais il a le bonheur de rentrer à Ottawa. C'est le lieutenant Lusignan de notre compagnie de pionniers. Un fossoyeur lettré, chose rare, également un aristocrate au sens nietzschéen du terme, c'est-à-dire affranchi de toutes les idées communes et possédant au plus haut point l'art de dire des choses d'une vérité révoltante. Vous l'aimerez. Je vous aime aussi, mais plus.

C'était la première fois que je lui parlais de moi. J'avais ajouté trois ou quatre pages sur le froid, la boue, le sang dans les tranchées, des choses dont je suis encore incapable de parler mais que j'arrivais à écrire sans peine.

J'en aurais mis bien plus, mais il fallait que cette lettre parte tout de suite : Essiambre d'Argenteuil était déjà porté disparu.

J'avais été renvoyé à l'arrière, et lui il était monté au front avec la certitude qu'il ne s'en sortirait pas cette fois-là. J'ai deviné qu'il le pressentait à la ferveur de sa dernière étreinte. S'il était resté une seconde de plus dans mes bras, j'aurais été pris de spasmes comme Flavie.

On a mis des jours à le retrouver, et je n'y étais pas quand c'est arrivé. Les hommes avaient montré plus de zèle que d'habitude dans leurs recherches parce qu'ils l'aimaient. Il lui manquait la moitié du corps, mais on l'a reconnu à ses guêtres qu'il ne portait pas comme les autres. Fidèle à lui-même, Essiambre m'avait dit un jour qu'il souhaitait des funérailles démotiques, et que, s'il se faisait tuer, il voulait qu'on le jette dans une fosse commune avec les autres. Je lui ai désobéi : je l'ai fait enterrer par mes hommes avec tous les honneurs dus à son rang, ce qui a fait de lui l'un des rares combattants à avoir son tombeau et sa croix à lui. Je ne pouvais pas faire autrement.

Je n'ai pas versé une larme pendant ces jours-là, je n'ai pas bu une goutte non plus. J'ai regardé mes hommes recueillir ses affaires avec respect, comme s'il s'agissait des reliques d'un saint. On en a fait un colis que j'ai expédié à sa mère ; je n'ai gardé que les lettres d'Amalia Driscoll. J'ai écrit toutes les lettres de circonstance à ses parents et amis, pas une larme, rien.

J'ai flanché huit mois plus tard. Essiambre avait une chatte, Jézabel, qu'un homme à moi avait recueillie. Un jour, elle a eu une portée, et on l'a laissée seule dans la casemate pour la journée. Quand nous sommes rentrés, elle avait disparu, et ses chatons avaient été dévorés par les rats.

Je ne me souviens plus de ce qui s'est passé après. La dernière fois que mes hommes m'ont vu, je venais de boire plus que ma ration de rhum et je m'éloignais sans armes vers les lignes ennemies. Quand on m'a retrouvé, j'étais prisonnier des Allemands, une sacrée chance, autrement j'étais bon pour la cour martiale et le peloton d'exécution. Mes hommes m'ont couvert, en souvenir d'Essiambre.

Je râlais tellement qu'Adrienne m'a demandé de partir. « Raconte-moi une autre histoire la prochaine fois. Celle-là, ça fait six fois que je l'entends. » En sortant de chez elle, mon fantôme ivre et moi avons décidé que c'était la dernière fois que nous mettions les pieds dans ce lieu de perdition.

Je sais maintenant ce qui me reste à faire.

Depuis mon retour à Ottawa, je n'ai fait aucun effort pour retrouver Amalia Driscoll, je me contentais de penser à elle. Mais là, il faut agir avec résolution, d'autant plus que l'hiver s'en vient. Non que je craigne cette saison, j'aime même ce froid qui nous nivelle tous, comme le désir. Cela dit, je préfère dormir au chaud. De ce côté, j'ai de la chance parce qu'il fait encore beau ces temps-ci, même si le mois de novembre est déjà avancé.

Pour me nourrir, la nuit, je me sers de la catapulte que je vais fabriquer un jour pour abattre en rêve des pigeons et des mouettes dans les parcs, et je les fais mijoter ensuite au-dessus d'un petit feu dans des boîtes de conserve vides. C'est délicieux, surtout quand la boîte de conserve a contenu autrefois de la tomate, on ne goûte même pas la rouille. Ce matin, au moment où j'allais me mettre à table, j'ai été réveillé brutalement par deux authentiques alcooliques qui avaient dormi à côté de moi sous le pont Pretoria. Ils en voulaient sûrement à mon déjeuner. Je ne leur ai pas laissé le temps de me souhaiter bon appétit.

Heureusement, ils étaient encore plus ivres que moi, j'ai pu les semer aisément. Au bout de ma course, je me suis assis sur un banc de parc. À quelques pas de moi, une buse qui déchiquetait un rat crevé m'a rappelé que j'avais faim. Quelqu'un avait laissé son journal sur le banc. Pour me donner une contenance, je me suis mis à le feuilleter. C'était le journal *Le Droit*; et sous la rubrique des mondanités, j'ai lu une invitation au public qui m'a fortifié dans la certitude que Dieu le Père en personne veille sur moi.

Demain 11 novembre il y aura kermesse dans les jardins de l'église Saint-Jean-Baptiste pour fêter le premier anniversaire de l'armistice. Les bons pères dominicains comptent bien faire les choses. Les zouaves pontificaux seront de la fête. Leur fanfare jouera quelques morceaux pour régaler les convives, et les meilleurs éléments du bataillon se prêteront à des exercices d'escrime et à des mouvements de baïonnette pour les amateurs de spectacles martiaux. Le caporal Beaulieu récitera La Croix du soldat mourant, *et le sergent Daoust chantera* La Chanson de la prohibition, *une composition de l'aumônier Pelletier.*

Figurent aussi au programme des cartomanciennes, quelques jeux d'adresse et de hasard, et une tombola. On y trouvera également un comptoir où l'on pourra se procurer à prix modique tabac, bonbons et limonade, et même de la crème glacée si le temps doux se maintient.

La vedette du programme sera comme d'habitude la cantatrice Amalia Driscoll, qui interprétera des extraits de la Messe en do *de Gounod, accompagnée de la chorale des Enfants de Marie. Bienvenue à tous.*

« Ça y est, je la tiens, que je me suis dit. Il faut que je retrouve cette femme pour renouer avec Essiambre pour toujours. »

Je vais passer chez Liebermann, le prêteur sur gages du Flatte. Je lui laisserai ma montre, ma bague d'officier, tout ce que j'ai de précieux, même mes vêtements et la valise qui contient les quelques lettres de miss Driscoll. Je ne garderai que l'uniforme et le linge de corps nécessaire. Avec l'argent, je vais m'offrir un bon repas et une chambre à l'hôtel Couillard. Je vais prendre un bon bain chaud, brosser mon uniforme, et quand j'arriverai à la kermesse, je serai au sommet de ma forme, toutes mes facultés aiguisées pour la prise de la tranchée. Je vais écouter chanter miss Driscoll, et dès qu'elle se sera éloignée de ses admirateurs, j'irai à elle. Je sais ce que je vais lui dire pour l'attendrir, elle ne me résistera pas. Je prendrai l'air qu'il faut pour lui adresser mes condoléances, et tout de suite après, je l'attirerai à moi pour la vie.

Pour être sûr de ne pas dire de sottises, je vais répéter ce que je dois éviter de lui dire : « Mademoiselle, excusez-moi d'exister, mais j'ai deux mots à vous dire. Je suis l'ex-lieutenant Lusignan, l'ancien amant de l'homme que vous aimiez. Oui, le même qui a aspiré ma substantifique moelle un certain midi devant Québec qui brûlait. C'est encore à lui que je pense quand je jouis seul la nuit. Il vous aimait beaucoup, et moi je vous aimerais encore plus si vous m'obteniez la pension qui me permettra de vivre dans l'oisiveté jusqu'à ma mort. Ou alors, si cette démarche vous répugne, j'accepterai un emploi à ne rien faire au Parlement. Si je ne vous plais pas, vous n'êtes nullement obligée de m'aimer, et encore moins de coucher avec moi. À bien vous regarder, d'ailleurs, vous ne me tentez pas beaucoup vous non plus. Je me contenterai donc d'un petit prêt, de quoi tenir l'hiver à l'hôtel. Disons, une centaine de dollars. Ou vingt ou dix. Ou ce que vous avez sur vous. J'accepte aussi les vêtements qu'on met de côté pour les pauvres, ceux de feu votre faux fiancé ou de monsieur votre père, je ne suis pas regardant. Donnez-moi quelque chose, n'importe quoi, j'irai ensuite dévorer la moitié de ce qui reste au buffet, et pour boisson, l'eau des fleurs dans le vase qu'il y a là me suffira amplement. J'irai vous attendre après, dans quelque lieu mal famé du Flatte, jusqu'à mon dernier souffle, ma chérie d'amour. Enfin, rendez-moi mes lettres, celles que j'ai écrites avec la main d'Essiambre, et qui sont à moi, pas à vous. »

Voilà, j'ai fait sortir le méchant afin d'être bon. Et pour être sûr de mon coup, je n'ai qu'à m'abstenir de la moindre goutte d'alcool.

C'était pourtant un très bon plan.

Je suis entré dans le jardin dominicain la main gauche refermée sur mon poignet droit pour masquer la marguerite proscrite. Cela me donnait une pose martiale assez séduisante, je crois. Mais j'avais tellement soif que j'avais la langue collée au palais.

La Driscoll a chanté, et dès qu'elle a quitté l'estrade, je me suis planté sur son chemin, j'étais incontournable. Elle avait un porte-cigarettes à la main, je me souviens. Une jeune femme grassouillette en tablier de servante la suivait comme un petit chien, portant un plateau plus grand qu'elle. À côté de moi, il y avait une sorte d'ecclésiastique qui cherchait à me parler en faisant de grands gestes avec les bras, mais je ne comprenais rien à son sermon muet.

Quand miss Driscoll est parvenue à ma hauteur, je songeais au lieutenant Jude Cohen, cet officier des Grenadiers écossais de Montréal tellement courageux au combat que ses compagnons d'armes l'avaient rebaptisé Mac Cohen. Il m'avait appris comment on dit « baise-moi le cul » en yiddish. Ce sont les seuls mots que j'ai pu prononcer lorsque miss Driscoll m'a demandé ce que je lui voulais : « *Kisch mir'en tokhes !* » Je n'y peux rien, ma mémoire fait ce qu'elle veut, je lui obéis.

Là-dessus, la servante s'est évanouie et les verres qu'il y avait sur son plateau se sont cassés avec un grand bruit. La Driscoll a reculé en poussant un hurlement de vraie cantatrice, comme au théâtre, et le prêtre s'est aussitôt agenouillé pour bénir la fille. Quand je suis revenu à moi après la commotion, les trois personnages avaient disparu et la kermesse avait repris son bourdonnement festif. Il y avait dans l'air un parfum d'eucalyptus dont je ne saisissais pas la provenance. J'étais seul.

Je ne sais plus très bien ce qui est arrivé ensuite.

Le seul souvenir qui m'en reste est celui de mon fantôme ivre qui m'est réapparu tout à coup au beau milieu du Flatte, où j'étais redescendu, j'ignore comment. J'ai eu beaucoup de mal à le reconnaître : il avait le crâne rasé en imitation de la couronne d'épines du Christ, il était barbu, vêtu d'une bure brune et chaussé de sandales. Je lui ai demandé ce qu'il faisait là déguisé en capucin. Je n'ai même pas reconnu ma propre voix lorsqu'il s'est mis à me parler : « Mais je ne suis pas votre fantôme ivre. Je suis le père Mathurin. Venez. » Je l'ai reconnu avec difficulté : c'était le petit prêtre que j'avais entrevu à la kermesse. La fausse chaleur de novembre avait disparu, le vent était froid, il faisait noir.

Le père Mathurin m'a raconté la suite. Il m'a emmené à son monastère non loin de l'église Saint-François-d'Assise. J'étais très docile, m'a-t-il dit. Il m'a fait servir du thé et des biscuits au parloir, puis il m'a fait emménager dans la petite chambre du sous-sol où je suis toujours. J'ai dormi quatre jours de suite. C'était il y a un an. Ça va mieux, beaucoup mieux.

Le père Mathurin est le doyen du monastère, il est ici depuis qu'il a été ordonné à la fin du siècle dernier. Il a tout fait : vicaire à l'église Saint-François-d'Assise, professeur d'écriture sainte à l'École séraphique d'Ottawa, économe du monastère. Il y occupe la chambre la plus modeste parce qu'il demeure convaincu que le jour viendra où son ordre l'enverra en pays de mission. Peut-être qu'alors, si Dieu le veut, il connaîtra la gloire du martyre. Il attend depuis vingt-deux ans.

Il avait été mon premier professeur d'histoire au séminaire de Nicolet. C'est à cause de lui que je me suis pris pendant longtemps pour le descendant de la fée Mélusine et du roi de Jérusalem. Il n'était resté qu'un trimestre au collège de Nicolet, et il nous avait quittés pour prendre la vêture capucine. J'avais tout oublié de son apparence. Lui, il se souvenait de moi comme si nous nous étions quittés la veille.

Après que j'ai eu repris des forces, il m'a fait engager comme bedeau à cette église du bon saint François d'où j'avais été chassé plus tôt pour mendicité. C'était désormais à mon tour de chasser les mendiants de l'église, mais je n'étais pas un très bon bedeau ; il m'arrivait de sauter l'angélus, et j'avoue que je préférais mes discussions théologiques avec le père Mathurin à mes tâches ménagères. Le printemps venu, on m'a gardé comme jardinier du monastère et concierge de l'École séraphique. Je touche un salaire tout ce qu'il y a de plus symbolique, mais j'ai mon coin à moi, un lit et trois repas par jour.

Ma captivité volontaire chez les pères capucins m'est bénéfique. Je ne fais jamais un pas dehors sans être accompagné de l'un d'eux, parfois le père Céleste, parfois le père Candide, souvent le père Fidèle, tous de braves apôtres qui parlent avec l'accent toulousain. Mathurin m'apporte lui-même mes repas dans mon réduit au sous-sol. L'ordinaire est frugal, mais je ne m'en plains pas : pain et café le matin, du ragoût et du fromage le midi, de la soupe et un fruit le soir. Parfois, je me fais cuire des spaghettis sur le réchaud au pied de mon lit ; Mathurin m'apporte alors une petite carafe de vin et nous discutons presque toute la nuit. Ma seule fenêtre, qui donne sur le jardin, est opaque, je ne vois jamais le temps qu'il fait et, dans mes premiers mois au monastère, ce n'est que le jour où Mathurin m'a apporté une orange pour dessert que j'ai deviné l'approche de l'hiver.

Mathurin est mon ambassadeur dans le monde, et les récits qu'il m'en rapporte me distraient avantageusement des lectures pieuses qu'il m'impose.

L'autre jour, il m'a dit : « Toi qui as été homme de lettres, tu vas comprendre ce qui m'est arrivé.

« Avant de faire ta connaissance, je menais une vie tellement morne que tous mes souvenirs appartenaient aux livres.

« Encore aujourd'hui, cependant, c'est là que je préfère les prendre, les miens ne sont pas assez intéressants, je suis si peu de chose : j'incarne l'humilité propre à mon ordre, et l'humanité future se souviendra davantage du parfum d'une fleur morte que de mon passage sur terre.

« Il ne m'est pas facile pour autant de rester effacé comme je le voudrais. Mon habit suscite parfois des rires protestants, même catholiques. Dans ces moments, je me dis que j'aurais dû entrer à la Trappe afin de vivre à l'abri des regards du monde. Je veux bien rester discret comme le veut la règle capucine, mais il y a des moments dans la vie où il est impossible de ne pas se faire remarquer. Ainsi, l'autre soir, mon supérieur, le père Céleste, m'a députe chez madame Vaillancourt, une bienfaitrice de la paroisse qui avait organisé un récital de poésie pieuse. "Allez, une petite sortie vous fera du bien, père Mathurin. Moi, ces cérémonies-là m'assomment. Vous me raconterez après…" J'ai obéi.

« Le récitant était Y…, le poète marial des Trois-Rivières qui aurait écrit plus de deux cent mille vers dédiés à la Vierge ; il n'a rien fait d'autre de sa vie. Il était accompagné d'une violoniste dont le jeu était parfait au dire des deux dames qui étaient assises derrière moi. Moi, je n'ai jamais d'opinion à moi.

« La poésie du chantre de Marie était en tous points conformes aux dogmes de Notre Mère l'Église, je peux le certifier, mais elle avait un je ne sais quoi de répétitif, et je me suis mis à trouver la soirée un peu longue. Comme on avait servi des choux au réfectoire, le plat habituel du vendredi soir, l'envie m'a pris brusquement d'aller faire une petite promenade digestive dehors. Alors je me suis levé et, tout en restant courbé, je me suis glissé vers la première porte que j'ai vue, je l'ai ouverte et l'ai refermée aussitôt derrière moi. Mais cette porte ne donnait pas du tout sur la rue comme je l'avais cru : j'avais abouti dans un débarras noir comme un four. Seul le rayon de lumière qui se glissait sous la porte m'a permis de deviner avec peine le contour des objets qu'on range ordinairement dans ces lieux-là. Balais, seaux, torchons.

« Le premier mouvement de nervosité passé, je me suis reproché d'avoir si mal préparé ma fuite. Puis j'ai pensé aux spectateurs, surtout à madame Vaillancourt, qui devaient bien se demander quelle idée stupide m'avait pris de m'enfermer là.

« On a bien raison de dire qu'un malheur ne vient jamais seul. Plus je songeais au ridicule de ma sortie ratée, plus j'avais envie de rire, et je me suis accroupi pour porter à ma bouche un pan de ma soutane et ainsi étouffer mon fou rire. Mouvement mal inspiré qui n'a fait qu'accentuer le mouvement de la digestion ; et il a fallu que je me colle l'autre main sur le derrière pour atténuer le bruit que je sentais venir. J'ai été finalement contraint de me blottir contre le mur pour me dessouffler discrètement ; l'odeur des choux fermentés n'a fait qu'accroître mon hilarité puérile. Impossible de reprendre contenance après cela. Sitôt que j'arrivais à retrouver mon sérieux, j'étais saisi de nouvelles quintes de rire à l'idée du spectacle que je devais donner. (J'ai toujours ri de mes flatulences — perversion que j'ai eu beau confesser bien des fois, je n'arrive toujours pas à l'expliquer.)

« J'ai échafaudé cent plans en quatre minutes pour sortir de là sans trop éveiller la curiosité des paroissiens. Aucun n'était bon. Mais il fallait agir ! Le récital allait s'achever, on viendrait sûrement frapper à la porte, on me demanderait ce que je faisais là, on découvrirait l'odeur nauséabonde, et on dirait ensuite dans toute la paroisse que je suis ce père capucin qui se cache dans le noir pour rire de ses pets pendant qu'on célèbre la Vierge et l'art à côté. Ah non, pas ça ! Alors, je me suis secoué pour chasser la mauvaise odeur, je me suis redressé de toute ma petite taille, et j'ai ouvert la porte d'un coup sec pour aller reprendre ma place avec le plus grand naturel. Il me fallait me composer une mine sérieuse, alors j'ai pensé très fort à ma petite sœur, Sophranie, qui est morte de consomption il y a trente ans.

« Tous les regards se sont portés vers moi mais je n'ai pas bronché : j'avais pris l'air que j'aurais eu si j'avais administré l'extrême-onction à une sainte femme. Je me faisais même l'effet d'un grand acteur qui fait sa première entrée sur scène, sauf que personne n'applaudissait. Mais quand mon regard a croisé celui, furieux, du mariologue qui braillait que le fruit de ses entrailles est béni, mon rire trop longtemps contenu s'est arraché à moi comme le gémissement d'un fou de Dieu. Le récitant s'est tu, la violoniste a cessé de jouer, les spectateurs m'ont dévisagé, et j'ai dû fuir la tête inclinée, la main sur la bouche pour refouler ce rire que la honte n'arrivait pas à étouffer. (Je ris fort, un autre de mes grands défauts. Mon supérieur dit que je brais comme un âne, et je ne peux même pas le contredire, n'ayant jamais vu d'âne de ma vie.)

« J'ai raconté tout cela le lendemain au père Céleste. Il a mis un bon cinq minutes à retrouver son sérieux avant de me pardonner. J'étais tout de même honteux en sortant de son cabinet, pour la bonne raison que cette histoire n'était pas tout à fait la mienne. Et ça, mon bon Lusignan, tu es le seul à le savoir maintenant : la vérité vraie, c'est que j'ai eu envie de me soulager et que je me suis trompé de porte deux fois avant de m'enfuir, mais le reste, je l'ai emprunté à O…, un grand poète que j'admire mais que je n'ai pas le droit de lire, n'en ayant pas reçu la permission de mon supérieur. J'ignore pourquoi j'ai servi ce plagiat au père Céleste. C'est peut-être parce que je lis trop ? Qu'est-ce que tu en penses, Lusignan ? »

Je n'ai rien dit, j'avais trop envie d'un verre de bière cette fois-là pour penser à autre chose. Avant de quitter ma cellule, Mathurin m'a embrassé et m'a dit : « Tu ne ris jamais de moi. C'est ça, un ami. Sans toi je périrais d'ennui ici. » C'est vrai que je ne ris jamais de lui, et je me garde bien de lui dire que je me retiens tout le temps. Des fois, c'est dur.

Trois ans maintenant que je vis au monastère.

On m'y traite fort bien. Les pères me laissent sortir seul maintenant. Je ne quitte jamais le Flatte, je ne reconnais personne et personne ne me connaît. Avec mon habit de concierge d'église sur le dos et mon râteau à la main, j'adresse des bonjours muets avec la tête aux gens que je croise. Ils me sourient avec la bienveillance à laquelle a droit l'immigrant inoffensif qui ne parle pas la langue du lieu, et ça ne va jamais plus loin. C'est mieux ainsi. S'ils m'adressaient la parole, je ne saurais que dire.

Mathurin est toujours aussi bon envers moi. Je reste son confident indulgent. Parfois, je le soupçonne de me raconter sa vie parce qu'il veut de faire de moi son biographe. Ça ne fait rien, je l'écoute quand même, je n'ai que ça à faire le soir.

Je m'estime enfin délivré de l'avenir. La vie que j'ai me suffit. On a peut-être changé de gouvernement depuis que je suis ici. En tout cas, je ne pourrais pas dire qui est le premier ministre du Canada. C'est agréable de ne plus savoir ce genre de chose.

Au cours de ces années de vie exemplaire, j'ai presque cessé de penser à miss Driscoll. J'en conclus que je ne l'aimerai jamais, je n'aimais qu'une femme de papier : celle qui se découvrait dans les lettres qu'elle écrivait à Argenteuil.

Le père Mathurin les a récupérées pour moi chez le prêteur sur gages. En lisant et relisant sans cesse Amalia Driscoll, je résiste mieux à la tentation de migrer de nouveau.

Mars 1916
Ami d'Argenteuil,
Tenez-vous bien : c'est jour de reproche aujourd'hui. Je parle de vos lettres, bien sûr.

Oh, vous m'écrivez, d'accord ! Mais votre correspondance tient beaucoup plus du bulletin des armées que du badinage affectueux auquel une amie a droit. Je devine déjà la prochaine que je vais recevoir : « Réveil brutal ce matin. L'Allemand n'est pas loin. Un obus a tué vingt de nos hommes hier. Je pense quand même à vous avec le sourire. » Voilà. Ce n'est pas très riche. Faites attention : je vais finir par lire avec indifférence le billet m'annonçant votre mort. Aimez-moi un peu, mon bon ami, car vous me manquez tout de même en ce pays où il n'y a plus d'hommes à aimer.

Je vous avoue que je regrette maintenant d'avoir fait durer trop longtemps la petite plaisanterie de nos fiançailles factices. Dans les salons où j'étais encore très fêtée, les concupiscentes me pressaient de leur faire des confidences, et je m'arrangeais pour les émoustiller tout en les laissant sur leur faim. Les vertueuses tenaient à être rassurées sur la moralité de nos rapports, je les rassurais. Vous, Essiambre, qui êtes meilleur comédien que moi, auriez sûrement apprécié mes répliques.

Tout compte fait, la dernière année s'est bien passée pour moi, malgré les nouvelles toujours mauvaises que nous recevions du front. Les morts qui se comptaient par dizaines de milliers de chaque côté s'effaçaient malheureusement devant les noms des quelques-uns que nous avions eu le bonheur de connaître. Le lieutenant Curtis, qui avait été l'attaché militaire du gouverneur général Connaught et qui servait d'aboyeur à Rideau Hall, office dont il s'acquittait fort bien avec sa voix de stentor : tué aux commandes de son avion dans un duel contre un aviateur allemand. J'ai mieux connu les autres. Le capitaine Newton du Princess Pat, dont nous nous plaisions à imiter le zézaiement : tué par sa propre sentinelle avant la bataille d'Ypres. Votre régiment, vous me l'avez dit, a perdu quatre-vingts hommes dans cet engagement, j'en ai eu le cœur serré pendant des jours, car il me semblait en connaître au moins la moitié. Prendergast, tué par ce gaz que vous appelez l'ypérite ; Johnston, pulvérisé par un obus avec quatre de ses hommes : on n'a jamais retrouvé leurs restes ; Simmonds, qui se serait noyé dans un cratère d'obus. Le premier était le meilleur joueur de tennis de son club, le second un as du bridge, et le troisième un flûtiste talentueux.

J'ai moi-même essuyé de lourdes pertes quand le prince Arthur a été rapatrié. C'était bien normal, le fils de la reine Victoria devait être avec son armée, mais moi, je perdais le premier de mes protecteurs. Quand j'ai su que lord Devonshire allait le remplacer, je me suis demandé avec angoisse s'il aimait le patin lui aussi. Eh bien non, il n'aimait pas, je venais de perdre mon principal attrait auprès de la cour.

C'est mon amie Dorothée de Villers, la dame de compagnie de la princesse Patricia, qui m'avait avertie en secret du rappel de Connaught. Naïvement, j'ai pensé que cette confidence cachait quelque heureux augure pour moi. Le prince voudrait peut-être me prendre dans sa suite et m'emmener à Buckingham. Et pourquoi m'arrêter en si bon chemin dans la rêverie? Une série de hasards malheureux, fréquents pendant une guerre, bousculerait l'ordre de succession à la couronne, Connaught se retrouverait roi, et moi gouvernante de ses petits-enfants. De là, un riche parti demanderait ma main, je serais duchesse, ma fortune serait faite, et je régnerais un peu sur l'empire à ma manière… Je vous aurais moi-même adoubé un jour. L'Histoire, on le sait, compte des destins fabuleux comme celui-là, alors pourquoi pas moi?…

J'ai été de toutes les fêtes qui ont précédé le départ de Son Altesse Royale, j'y ai épuisé la garde-robe de ma sœur et toutes mes économies. Je lui ai fait ma dernière révérence au cours d'un entretien particulier, il m'a baisé la main du bout des lèvres et adressé quelques paroles fort aimables; c'est la dernière fois que je l'ai vu. Personne ne m'a téléphoné à la dernière minute pour me dire que j'étais du voyage. J'avais rêvé pour rien. J'ai ressenti le départ de Connaught comme une disgrâce.

Je ne reçois plus jamais d'invitation à Rideau Hall,

je n'ai laissé des souvenirs qu'aux domestiques. Ce qui me sauve, ce sont les relations que j'ai gardées parmi les attachés militaires. Tous de beaux jeunes gens dont le seul tort est cette ambition qu'ils ont d'aller se faire tuer pour le roi. S'il ne leur est pas loisible de me convier à Rideau Hall, par contre ils se font un plaisir de m'emmener dîner en ville ou pique-niquer à la campagne. Je dois leurs invitations à leurs prédécesseurs comme Hilton et Richmond, qui leur avaient dit que j'étais une « incontournable » des beaux salons d'Ottawa, et ils comptent sur moi pour les initier aux us et coutumes de notre petite société coloniale. Je leur rends volontiers ce service; pendant un certain temps, j'ai pensé que mon retour en grâce à la cour était imminent et qu'on m'appellerait encore la « favorite royale » comme du temps de Connaught. Espoir déçu, celui-là comme bien d'autres.

Parmi ces aides de camp, il y a eu Porter. Je tiens à vous parler de lui. C'était un jeune colonel qui avait fait Oxford et Sandhurst; sa famille possédait des mines ainsi qu'un vaste domaine dans le nord de l'Angleterre. Il était ici pour se reposer. Dès le début de la guerre, décoré deux fois pour son courage au feu, il a été fait prisonnier; après quatre mois de forteresse à Cologne, il a été libéré à la faveur d'un échange de prisonniers de haut rang. Il ne brûlait pas de retourner au combat, il me le disait d'ailleurs sans détour. Il a été le premier que j'aie entendu parler en mal de la guerre. Une horreur, une guerre civile, un carnage immonde où l'homme moderne asservit la technique au meurtre organisé : sa révulsion était totale. En ces temps où il n'était question que de gloire martiale *et d'abnégation suicidaire, de tels propos étaient rares, aussi ne s'exprimait-il ainsi que dans la plus stricte intimité.*

Comme il souffrait encore de ses blessures de guerre, il ne lui était pas possible de s'adonner à tous les sports d'hiver que je pratiquais, mais je l'ai quand même initié à la descente en traîneau. J'ai encore en mémoire le rire enfantin qu'il avait lorsque notre traîneau chavirait au bout de sa course; sa joie me donnait des envies maternelles, je me rappelle. Il y a eu aussi ce bal à l'hôtel Roxborough où il a failli glisser et, pour l'empêcher de tomber, j'ai dû le retenir par la taille, geste intime qui m'avait emplie d'un trouble profond.

Il est le premier homme que j'aie désiré en vraie femme. Comme disait la petite bonne du lac des Écorces qui n'avait pas peur des mots comme moi, pour avoir cet homme, j'aurais fait la cochonne. Je savais qu'il était marié, mais je l'aimais tellement que je n'éprouvais aucune jalousie à l'égard de sa femme. Je lui demandais même fréquemment de ses nouvelles. C'était simple, je voulais m'approprier tout ce qui le touchait, et quand il me parlait d'elle, je retenais toutes ses paroles pour mieux les analyser plus tard. Je cherchais des indices d'éloignement, des marques de désintérêt, et quand ma quête était vaine, j'aimais même les larmes que sa fidélité m'arrachait.

Pour tout vous dire, ce fut un coup de foudre lent, que n'a suivi aucun orage. Je n'ai aucune photo de lui, seulement un mot à mon intention qu'il avait rédigé sur le programme de l'opéra auquel nous avions assisté au théâtre Russell, La Bohème. *Il avait écrit : « L'art est un ami qui ne déçoit jamais. » Le mot manque d'originalité, je sais, mais pendant longtemps j'aurais voulu me faire enterrer avec ce bout de papier entre les mains.*

Après s'être initié à la diplomatie à Ottawa, Porter est rentré en Angleterre, et le roi George a fait de lui son écuyer. Il est père de famille maintenant. Je n'ai jamais osé lui écrire. J'ai aimé Porter : vous avez eu le mérite de déniaiser la vieille jeune fille que j'étais, et je suis devenue à ses côtés la femme que vous n'avez pas eu le temps de connaître, celle qui sait que l'amour vrai est fait aussi de souffrances.

J'ai acquis dans mon malheur le goût de la franchise indécente. Vous êtes le seul être au monde à qui je puisse avouer les pensées folles qui assaillent mon intimité. Savez-vous ce que je fais dans ces soirées où je me cloître chez moi ? Vous connaissez cette attraction des foires où l'on se place le visage dans des figures de carton pour se métamorphoser en Louis XIV ou en reine de Saba. Eh bien, je pousse parfois la perversion jusqu'à emprunter votre corps, le seul que j'aie connu, et à y joindre le visage de Porter pour m'unir avec lui en imagination. Le pire, c'est que je n'en dis rien à mon confesseur, je n'éprouve même aucune honte à l'idée de ces jeux qui me soulagent un peu. Un peu.

À côté de Porter, mes autres souvenirs de ces deux années de guerre sont bien pâles. Je me souviens mainte-nant avec amusement de l'époque où je courais tous les thés qu'on donnait en l'honneur de nos glorieux soldats. Pour leur témoigner ma solidarité, je me limitais dans mes coquetteries, je portais des robes grises ou noires, comme une veuve. J'allais partout munie de mon sac de toile à poignée de bois et à motif floral, et dès que j'avais une minute, je faisais comme les autres dames, je tricotais des bas et des passe-montagnes pour les braves du *Princess Pat.* J'aimais beaucoup aussi les soirées qu'on donnait pour recueillir des fonds à l'intention des réfugiés belges et où il était de bon ton de ne parler que le français. Je souris maintenant à la pensée de ces braves douairières qui se seraient fait crucifier plutôt que de dire deux mots aimables au boulanger canadien-français et qui, tout à coup, se donnaient entre elles du « ma chère » et du « vous prendrez bien une autre part de gâteau, ma bonne amie, n'est-ce pas ? », avec un accent anglais à couper au couteau. Mais la guerre n'en était qu'à ses débuts, et nous pensions bien faire.

Nous organisions aussi des mascarades et des spectacles, dont cette adaptation dramatique du *Rubaiyat* d'Omar Khayyam où je tenais le rôle d'une cartomancienne à l'allure gitane. D'après Porter, j'avais fort bien joué, et, quant à moi, j'avais pris plaisir à être enfin une autre que moi-même. Vous m'auriez aimée sous ce déguisement, Essiambre : vous auriez peut-être même été tenté de me reconquérir, et ma foi, je me serais laissé faire.

Il me reste de Porter un porte-cigarettes d'ambre avec lequel je fume mes cigarettes d'eucalyptus pour mon asthme. Je le prends quand je vais dans le monde : j'ai le sentiment que la fumée qui en sort me nimbe du charme dont je rêve de me parer pour la vie.

Décembre 1916

Essiambre, les derniers mois ont été difficiles. Vous aurez peut-être du mal à me reconnaître un jour. Et prenez garde : nul doute qu'on vous en voudra si vous renouez avec moi publiquement.

C'est que j'ai perdu la guerre, voyez-vous. Je suis dans le camp des vaincus depuis le 25 janvier dernier.

Il s'agissait d'une autre soirée de bienfaisance dont la recette allait servir à remonter le moral de nos soldats. C'était au Château Laurier, rien de moins, et il devait y avoir le Tout-Ottawa politique et financier. J'y suis allée sur l'invitation de mon dernier soupirant en titre, l'ex-capitaine Duff, qui avait perdu un œil en France et qui venait d'être nommé greffier au Sénat. C'est un ami de mon jeune frère. J'étais sûre que je l'intéressais, il m'en avait d'ailleurs donné la preuve : un jour où ma mère donnait un thé chez nous, événement assez mémorable en soi, Duff m'a offert le concours de ses mains pour refaire ma pelote de laine. Proposition très osée, on le conçoit, mais que j'ai acceptée! Je tenais à ce que les dames présentes me voient telle que j'étais devenue : une femme libre et moderne. Inquiète, ma mère m'a soufflé à l'oreille : « Mais que dirait le major d'Argenteuil s'il te voyait? Tu viens de faire le premier pas vers l'infidélité… » J'ai souri, sans répondre.

Puisque j'en suis à parler de vous, je ne manquais pas de nouvelles du front, et elles étaient très bonnes pour vous. Vous aviez été promu deux fois pour votre courage, qui est grand, je suis fière de vous le dire. Mais on disait aussi que vous profitiez de votre gloire pour vous livrer à des excès qui m'auraient conduite à rompre si j'avais été vraiment vôtre. Ainsi, au cours d'une soirée au Savoy, à Londres, vous auriez dansé avec la femme d'un ministre canadien, et lorsque vous l'avez raccompagnée à sa table, vous auriez planté là la pauvre dame pour suivre une femme qui était davantage de votre goût et de votre âge. Furieux, le ministre aurait refusé de vous recevoir par la suite. Vous étiez fin soûl ce soir-là, paraît-il. Après, vous auriez eu une liaison d'une nuit avec Sarah Shaughnessy, la veuve d'un héritier du Canadian Pacific Railways. Est-ce bien vrai, tout cela? Non, ne dites rien, je crois tout ce qu'on raconte à votre sujet.

Je tenais ces renseignements de Duff lui-même, qui avait l'air de vous admirer profondément, et même d'approuver vos incartades. Vous m'avez l'air de plaire infiniment aux hommes, monsieur le seigneur d'Argenteuil. Vous me direz votre secret un jour.

J'étais très heureuse de l'invitation de Duff. Il y avait si longtemps que je n'avais pas vu les grandes salles de bal du Château Laurier, cette sortie me ferait le plus grand bien. J'étais allée m'acheter des bas de soie chez Murphy & Gamble exprès pour l'occasion, et j'avais ressorti ma robe de tulle bleue qui m'allait si bien. Un oiseau de paradis dans ma coiffure complétait l'ensemble. J'étais ravissante, j'ose le dire, même Duff l'a dit.

Mais si j'avais su qui organisait cette soirée, je serais restée chez moi au coin du feu. C'était une bande de petites dévergondées qui abusaient de leur place dans le monde pour faire scandale partout où elles allaient. On les appelle les Neuf Merveilles. Des jeunes femmes de la meilleure société, mais tout ce qu'il y a de plus commun, si vous voulez mon avis.

Elles avaient déjà commencé à faire leur marque à Ottawa. On les voyait toujours fourrées ensemble et l'on ne comptait plus leurs mauvais coups. Celle qui s'appelle Sarah Colborne s'était distinguée entre autres au cours d'un cocktail au Roxborough en s'emplissant la bouche d'olives comme un écureuil. Tout le monde avait ri de cette gaminerie, moi non. Une autre, Amanda Kelly, s'était rendue célèbre en faisant la roue devant tout le monde durant un thé à Rideau Hall ! Certaines d'entre elles fument même le cigare en public afin qu'on les prenne pour les égales des hommes. Mais le plus irritant dans leur conduite, c'est l'indulgence de la bonne société à leur égard : on leur passe toutes leurs folies, on les trouve charmantes ; rafraîchissantes, dit-on. Elles bénéficient d'une absolution assurée, quoi qu'elles fassent. Si je m'étais conduite comme elles autrefois, jamais le prince de Connaught n'aurait voulu de moi à sa table.

La soirée avait pourtant bien commencé. Les dames étaient presque toutes aussi élégantes que moi, et je sais qu'on me regardait beaucoup. Les messieurs étaient très bien eux aussi avec leurs hauts-de-forme de soie et leurs épais manteaux de chat sauvage. Le repas était succulent, une excellente côte de bœuf dans son jus. Je baignais littéralement dans des parfums de richesse et de distinction, c'était capiteux…

Puis le spectacle s'est mis en branle. Les Neuf Merveilles avaient monté une parodie de soirée new-yorkaise intitulée Le Cabaret Vogue. *L'orchestre jouait des airs à la mode, de cette musique américaine moderne qui corrompt tout désormais. Les Neuf ont d'abord surgi des divers coins de la salle, déguisées en danseuses des Ziegfeld Follies, avec les cheveux coupés court à la garçonne sous des toques de velours noir, des robes courtes à sequins, si courtes qu'on voyait leurs jambes nues et le détail de leurs souliers fins. Chacune tenait à la main un porte-cigarettes d'ambre exactement identique au mien, cadeau de lord Porter : j'ai eu tellement honte que j'ai aussitôt rangé l'objet, et j'ai fumé toutes mes cigarettes d'après-dîner sans m'en servir. Chacune chantait sa petite chanson à elle, et elles ont toutes convergé vers la grande scène en faisant des pas de danse lascifs.*

Tonnerre d'applaudissements à l'entrée de ces dames ! Même Duff, à ma table, tapait des mains et sifflait d'admiration. Je n'en revenais pas. Le reste de la soirée a été à l'avenant.

Un chef-d'œuvre de vulgarité. Petits sketchs irrespectueux sur l'actualité politique, chansons américaines, danses obscènes, tout y était. Après l'entracte, elles sont revenues avec des robes de satin blanches qui laissaient tout deviner de leur corps, coiffées de toques à aigrettes et pierres de verroterie qui faisaient très nouveau riche, si l'on veut mon avis. C'est précisément ce que j'ai dit à Duff, qui m'a répondu : « Chut ! Je veux entendre ce qu'elles disent. Elles sont tordantes, les petites ! Vous ne trouvez pas ? » J'étais si furieuse contre lui que je me suis abstenue de goûter au dessert, qui avait l'air pourtant délicieux. Je ne voulais pas qu'on pense que je m'amusais, et cette petite privation devait marquer ma désapprobation.

Le pire, ç'a été ces danses qu'elles exécutaient avec un plaisir effronté. Le fox-trot, le one-step, le two-step, sans compter ce tango que deux des filles ont exécuté et qui devait constituer le clou de la soirée. J'ai failli me lever et sortir à ce moment-là, mais je n'avais pas un sou sur moi pour le fiacre et je devais rentrer en voiture avec Duff. Sans cela…

Nouveau tonnerre d'applaudissements à la fin, il y a même eu deux rappels. J'ai dû être la seule personne dans la salle à ne pas avoir applaudi une fois, et je m'en félicite. Mais de voir un auditoire aussi distingué montrer autant d'enthousiasme pour ces indécences, j'étais révoltée jusqu'à l'âme. Je n'ai pas manqué, on le pense bien, de dire tout le mal que je pensais de cette fête dégoûtante à l'heure où toutes nos pensées devaient aller aux nôtres qui se faisaient massacrer dans les tranchées d'Europe, et, et… J'ai fini par manquer de mots. À un moment donné, peut-être agacé par mon prêche, Duff a essayé de me raisonner. « Allons, ce n'était qu'un petit spectacle amusant! Pourquoi le prenez-vous de si haut? Ce sont de braves filles qui cherchent à nous égayer en ces temps si tristes, c'est tout. Un peu d'indulgence, Amalia… » Je l'ai coupé net dans ses remontrances. « Miss Driscoll, capitaine Duff. Je vous serais bien obligée de reprendre vos distances. Dorénavant, ce sera miss Driscoll… » Alors, c'est lui qui a explosé, il m'a fait une scène, il a dit que je lui avais gâché sa soirée avec *mes leçons de morale, etc. Il m'a raccompagnée, mais nous n'avons pas échangé une seule parole dans la voiture.*

Je ne l'ai pas rappelé, même pas pour le remercier. Par esprit de conciliation, cependant, j'étais prête à lui pardonner dès qu'il me téléphonerait pour me faire ses excuses. Il ne m'a jamais rappelée. Ma chute venait de commencer.

J'ai eu beau faire campagne contre ces filles, boycotter les salons où on les invitait, rien n'y a fait. Leur popularité résistait à mes traits les plus cruels, et quand je me moquais d'elle, on me chantait leurs mérites. C'était comme si la terre avait cessé de tourner. Il m'est arrivé du jour au lendemain ce qu'il convient de souhaiter à son pire ennemi si l'on n'a pas l'âme chrétienne : j'étais tout à coup dépassée, j'avais vieilli et le monde autour de moi avait rajeuni sans moi. Les Neuf se montraient partout et, surtout, elles ne rataient aucun départ de militaires afin d'avoir l'excuse idéale pour en embrasser le plus grand nombre. Et l'on trouvait cela charmant, innocent. Quand lord Devonshire s'est installé à Rideau Hall, les Neuf Merveilles ont été invitées, moi non. Alors que j'avais jadis régné sur ce monde, je n'existais plus. J'étais même l'objet de moqueries en ville : on disait que j'étais constipée, vieux jeu, une tartuffette, on a tout dit. Du fait de votre absence qui se prolonge, on a cessé de nous croire fiancés, on m'appelle même la Veuve vierge dans les salons (pourtant, s'ils savaient…). Je suis mal placée pour me plaindre de ce traitement, moi qui ai déjà médit de mon prochain dans ces milieux où la charité est inconnue, et j'ai plus d'une fois fait des gorges chaudes sur les déconvenues des grands de ce monde. Le monde ne vous punit pas autrement d'avoir obéi à ses usages ; la dague qu'on maniait hier devient le fleuret qui vous transperce le lendemain.

Je connais depuis ce temps la pire des solitudes, qui est l'isolement. M'inviter chez soi est désormais non plus une marque d'amitié mais de courage. Ma propre sœur, Rose, j'ai honte de le dire, préfère ne pas me voir quand c'est son jour, et elle ne me prête plus de quoi sortir. Depuis mai, je n'ai pas reçu la moindre invitation dans les soirées qui comptent à Ottawa. Rien.

Le seul plaisir qui me reste, c'est d'aller dire au revoir aux militaires qui quittent la gare par régiments entiers. Je les salue en priant pour eux, le mouchoir à la main, même si je ne connais aucun d'eux. Leurs sourires reconnaissants me dédommagent un peu. Voilà à quoi je suis réduite.

Avril 1917

Essiambre, bon ami, c'est officiel : je vais mieux. Alors, soyez gentil et faites-moi enfin une vraie lettre comme vous en êtes capable, ainsi, je serai moins seule dans mon petit bonheur.

L'impensable est arrivé : j'ai accepté un vrai travail. Il le fallait bien, sans cela, je serais morte d'ennui. Ma planche de salut s'est incarnée en la personne du nouveau rédacteur en chef du Citizen d'Ottawa, Edmund Garry, qui m'avait interviewée pour un article qu'il rédigeait sur vous, d'Argenteuil, justement. Il disait bien vous connaître, vous avez été lieutenants tous les deux au Princess Pat; sa blessure l'a contraint à rentrer au Canada; il avait été journaliste avant la guerre, et, grâce aux relations de sa famille et à sa puissance de travail légendaire, il a vite gravi tous les échelons de son journal. Garry me disait qu'il lui fallait des détails sur vous que j'étais la seule à pouvoir lui procurer. Je pense qu'il voulait faire de vous un héros; je ne sais pas s'il a écrit cet article.

Nous nous sommes donc liés, lui et moi, et il n'a pas été long à me dire qu'il n'aimait guère ces billets mondains que je signais « Deidre Hawthorne », et qu'il préférait mes croquis à mon style. Il m'a donc proposé un travail plus sérieux au journal, celui de dessinatrice publicitaire. Je toucherais une vraie paie toutes les semaines, comme un homme. J'ai dit oui tout de suite.

Raison de plus, pour mes détracteurs, de ne plus m'inviter dans le monde : je travaille. Tant pis. Au moins, je gagne bien ma vie maintenant.

Ainsi, vous êtes venu à mon secours sans que je vous le demande. Alors, merci, Essiambre, vous aurez été ma Providence en ces moments si difficiles.

Autre chose, et c'est le plus important. Il y a trois jours, je me suis réveillée au beau milieu de la nuit avec votre nom en tête, seulement voilà, je n'arrivais pas à me rappeler votre visage. Je ne voyais plus votre corps non plus. Maintenant je comprends pourquoi.

C'est que j'ai commencé à voir d'autres hommes. Il y a le poète et diplomate chilien Rainer Obadia, homme fortuné qui veut m'emmener vivre à Paris; il y a aussi le peintre Alfred Thompson, qui est d'origine galloise mais qui a vécu dix ans en Californie, d'où il a rapporté une liberté de mœurs qui m'aurait choquée avant que je vous connaisse. Ces conquêtes me dédommagent de ma disgrâce mondaine. Sans doute direz-vous, mon cher Essiambre, que tout cela est salutaire, et vous aurez raison. La volupté est facteur d'oubli. L'acte de chair est le solvant souverain de tous les regrets.

Revenez-moi vivant, Essiambre. Vous retrouverez une femme que le plaisir a faite tolérante. Puisque je ne me crois pas parvenue au bout de mes découvertes, nous avons peut-être encore des choses à nous dire.

Au revoir, Essiambre.

J'ai quitté le monastère mais je n'ai pas bougé du Flatte.

C'est Mathurin lui-même qui m'a encouragé à partir. J'avais adopté certaines manières des pères capucins, dont celle qui consiste à se raser sans miroir, et il jugeait que cela convenait mal à un homme qui n'a pas la vocation. Il m'a donc trouvé une chambre chez une dame d'âge canonique ainsi qu'un emploi de commis aux écritures chez le ferrailleur Baker and Brothers.

Je n'abuse pas de ma liberté retrouvée. J'ai conservé certaines habitudes au *blind pig* d'Adrienne et dans quelques buvettes de Hull mais je reste toujours digne. À preuve, mon fantôme ivre s'est en allé de ma vie, je ne l'ai jamais revu.

Mathurin voudrait bien que je revoie miss Driscoll, mais je n'ose pas. Cinq ans déjà qu'a eu lieu cette rencontre manquée à la kermesse des pères dominicains, je m'en souviens comme si c'était hier, et j'ai peur qu'elle ne s'en souvienne que trop bien elle aussi. Je commets peut-être une erreur d'appréciation en lui prêtant des souvenirs identiques aux miens.

Elle habite à l'hôtel Couillard, chambre numéro 27, celle-là même que j'occupais avec la petite Concorde. Elle y est depuis à peu près l'époque où j'ai trouvé refuge chez les capucins. Au lendemain de la kermesse, elle a tiré pour son journal un fusain de la scène qui nous avait mis en présence. Ça s'intitulait *Commotion*: l'on m'y voyait de profil avec mon costume militaire, la jeune servante était couchée par terre, miss Driscoll tenait la pose de la cantatrice effrayée, et le père Mathurin avait un genou en terre et le crucifix à la main, avec un je ne sais quoi dans le regard qui me rappelait Goya ou Velázquez. C'est Mathurin qui m'a apporté la reproduction du journal, moi je n'aurais pas été en état de la remarquer à l'époque.

C'est une grande dessinatrice de publicité, toujours d'après Mathurin qui sait tout. Elle dessine ce qui se vend à Ottawa. Le lait Fairy de la Producer's Dairy, lait riche en chaux; les tweeds Stanley pour l'homme élégant; les glacières doublées, galvanisées et émaillées blanc à vingt-quatre dollars chez Caplan, au 135 de la rue Rideau; les victrolas et les pianos automatiques. Les vêtements pour dames: brassières, blouses en crêpe de Chine, gants de chevreau, bas de soie, chez H. J. Daly, place Connaught; sans parler des jupons de satin et de taffetas lavables, des robes de popeline et des cache-corsets toujours à bon prix chez Robinson, angle Sparks et Metcalfe. L'huile Aprol, c'est elle aussi, de

même que les pilules Gin pour les rognons, l'eau d'ala-
bastine, le biocrate de magnésie, tellement bon pour la
digestion, et l'huile Tarol à base de foie de morue qui
guérit toutes les maladies respiratoires : grippe, coque-
luche, bronchite. Le cigare Peg Top, quatre pour vingt-
cinq cents, le sirop Gauvin contre le rhume, à base de
cerisier sauvage, je pense qu'elle a tout fait. J'oubliais les
desserts : les caramels Madame, les menthes d'après-
dîner et les fèves en gelée ; avec cela, le thé Primus ou le
café Dalley, au choix. C'est elle aussi qui fait les croquis
judiciaires du journal pour ces procès où les accusés
risquent la pendaison. Je n'ai donc qu'à ouvrir le journal, je suis sûr de la retrouver.

Ce n'est pas tout, il y a même mieux. Elle est aussi
pianiste de cinéma, un rêve ancien à elle si j'en crois
mes souvenirs de ses lettres. Elle exerce son art au nouveau cinéma d'Ottawa, le Capitol, un palace avec des
dorures sur les murs, de jolis faux lambris, une
moquette épaisse partout, une vraie scène avec fosse
pour l'orchestre et un somptueux rideau de velours. Il
suffit d'acquitter les quinze sous de droit d'entrée pour
se croire roi ou milliardaire propriétaire de tout ce luxe,
c'est toute la foule ordinaire qui est surclassée d'un seul
coup. On se croirait dans un château de l'Autriche-
Hongrie autrefois splendide ; en tout cas, c'est ce que
dit le journal. J'y vais parfois, non pas pour les films,
mais pour l'entendre jouer. La voir surtout.

On penserait que ces sorties ne sont pas très indi-
quées pour moi vu la fragilité de mon état, eh bien, c'est
tout le contraire. Avant la séance, je me poste près de

l'entrée des artistes pour m'assurer qu'elle jouera ce soir-là. Elle arrive toujours voilée, avec un chapeau de velours ample et un long manteau. Dès qu'elle est entrée, je prends mon ticket et me place le plus près d'elle que je peux. Des fois je l'écoute sans regarder le film. Je la suis jusque chez elle après le spectacle et je rentre chez moi sans m'arrêter au *blind pig* d'Adrienne. Miss Driscoll me soigne avec son art ; je vais mieux quand je la vois.

Parfois, quand on passe des longs métrages de Russie ou de France et que c'est un autre artiste qu'elle qui fait la musique, elle explique le film à l'auditoire. Dans ces moments-là, elle enlève son voile et elle fait de grands gestes délicats avec ses gants blancs. C'est une excellente interprète, quoique je la soupçonne de tricher un peu. Je dis ça parce que ces films-là ne sont pas toujours aussi intéressants qu'elle le dit. Ça ne fait rien, c'est elle que je veux voir.

Quelque chose me dit qu'Essiambre d'Argenteuil serait très fier d'elle. À défaut de la réussite mondaine et sentimentale à laquelle elle aspirait, elle est devenue une artiste. Mais il lui a fallu au préalable se mettre en rupture de classe. Pour accepter un travail d'abord, pour pratiquer son art ensuite.

Mathurin, qui lui parle quelquefois parce qu'il l'engage à l'occasion comme organiste à l'église Saint-François-d'Assise, m'a dit ce que je souhaitais entendre. Dans les mois qui ont suivi la kermesse, la mère de miss Driscoll est rentrée en Irlande pour y toucher un héritage ; elle est morte là-bas. Son père est allé soigner son cœur chez son fils médecin de Niagara Falls où le climat est meilleur qu'ici. Il n'a pas duré très longtemps lui non plus. L'appartement de la rue Blackburn étant trop grand et trop cher pour elle, miss Driscoll a vendu le peu qu'elle avait et s'est installée à l'hôtel Couillard dans le Flatte. Le Couillard, ce n'est pas le Roxborough ni le Château Laurier, ça fait même un peu miteux maintenant. Mais Mathurin me dit qu'elle a loué une suite où elle a installé sa planche à dessin et son matériel. Elle commande tous ses repas à la cuisine, et elle aurait un chevalier servant qui l'approvisionnerait en excellent sherry de contrebande et en boîtes de cigarettes. Elle ne touche pas au ménage, elle fait faire tous ses travaux de couture, bref, elle mène la vie de la princesse manquée qu'elle savait être.

Miss Driscoll est devenue une grande dame en descendant dans le Flatte. Tout le monde sait qu'elle est artiste de son métier : on s'écarte de son chemin quand elle avance sur le trottoir, les hommes se découvrent, les ferrailleurs de chez Baker and Brothers cessent de jurer quand elle passe à côté d'eux, on dirait qu'elle impose le silence aux piétons et aux voyageurs des hippomobiles. Elle est saluée par les rémouleurs calabrais au parler incompréhensible, les vendeurs qui proposent leurs tartes aux pommes ou aux raisins de maison en maison, les marchands de légumes et de fruits, les laitiers, les livreurs de glace. Son pas altier évite comme par magie le crottin des écuries de la Dominion Transportation de la rue Cummings, et chaque fois que je la croise, elle avance baignée de l'odeur qu'émet la

boulangerie Canada Bread, qui sent bon le pain bien-
faisant. Il ne lui arrive jamais rien de fâcheux. Il paraît
même que les petits garçons du quartier se battent
entre eux pour avoir l'honneur de faire ses courses.

Elle promène dans le quartier ses tenues d'autrefois qui lui vont si bien. Comme si la mode n'avait pas
dépassé 1916, l'année où elle s'est retrouvée exclue de
la bonne société d'ici. Et quand ses vêtements ne sont
plus portables à cause de l'usure, elle s'adresse à une
couturière du coin qui lui taille les mêmes, dans des tis-
sus et des couleurs identiques, d'après Mathurin qui est
décidément un précieux informateur. Elle s'est enkys-
tée de plein gré dans le temps passé, dirait-on. J'ignore
si ses habits surannés ajoutent à la considération géné-
rale qui l'auréole, mais on jurerait qu'elle s'y accroche
comme à un talisman. En tout cas, elle est charmante
en femme d'antan, et j'ai l'intuition qu'elle aura toujours l'âge de l'époque où elle a changé de vie pour se
faire artiste.

Il m'est arrivé à quelques reprises d'être assis
devant elle dans le tramway ou de me retrouver face à
face avec elle à l'épicerie. Avec le parfum d'eucalyptus
qu'elle traîne toujours derrière elle, je pourrais la
reconnaître les yeux fermés. Une seule chose me gêne
chez elle : ce regard de femme qui ignore que son mari
la trompe. Certains jours, j'ai envie de me présenter,
de la prendre par le bras et de faire quelques pas
avec elle. Je me retiens toujours à temps. Quand il
me prend le goût de me rapprocher d'elle, la pensée
d'Essiambre jouissant en elle m'arrête. J'en ressens un

pincement de jalousie aussitôt suivi d'un certain soulagement, comme si le souvenir commun des étreintes d'Essiambre avait créé entre nous un lien consanguin. Je m'éloigne alors avec la certitude d'avoir bien fait de me taire.

De toute façon, je vais bientôt partir, je vais trop bien pour rester ici encore longtemps. Le père Mathurin, qui m'est très attaché, ne veut pas que je parte, mais il sent que ça vaudrait mieux pour moi. J'entends sa prière indicible. Je vais m'en aller après le baptême de la nouvelle cloche de Saint-François-d'Assise. En sa qualité de doyen du monastère, c'est lui qui aura l'honneur d'officier. Il a accepté le prénom que je lui ai proposé : la cloche va s'appeler Flavie.

Mathurin m'a offert sa valise qui n'avait jamais voyagé. Celle que j'avais laissée chez le prêteur sur gages avait été vendue depuis longtemps avec tout ce qu'elle contenait, sauf les lettres, que Mathurin avait eu l'habileté de récupérer. Je suis parti avec le seul costume que je possède et les trente dollars que j'avais économisés en cessant presque de boire. La valise neuve de Mathurin, toute de cuir fauve et aux fermoirs encore scintillants, me donnait l'air d'un monsieur qui sait où il va.

L'histoire de cette valise enrichit ma vie, qui est désormais sans intérêt, comme je le souhaitais.

Mathurin l'avait reçue en cadeau de sa mère le jour de son ordination, en prévision du jour où il partirait pour les missions étrangères. C'était l'époque où il rêvait de tomber entre les mains des païens sanguinaires de Chine ou d'Afrique et de mourir en saint martyr de la foi. Tortionnaires jaunes ou noirs, il n'était pas trop difficile, une seule chose comptait pour lui : être canonisé et avoir son jour à lui dans le calendrier, saint Mathurin, prêtre et martyr.

Je lui avais d'ailleurs demandé un jour à quoi tenait sa vocation de martyr. « Tu vois, quand j'étais petit, je rêvais d'être prophète. Mais comme j'ai vu assez vite que je n'avais pas de don pour ça, j'ai pensé que ça serait plus facile de devenir un saint en me faisant massacrer pour la défense de la foi. Oui, je devine ce que tu penses. C'est de l'orgueil, tout ça ? Tu as parfaitement raison : mon seul rêve, dans le fond, c'était d'entrer dans un livre qui parlerait de moi. La vie m'a ôté le goût de ces vanités. Allez, prends ma valise, elle te servira plus à toi qu'à moi… »

Il dit être entré chez les capucins parce que c'est le seul ordre qui a voulu de lui étant donné qu'il n'était pas très bien noté au séminaire. Il a été très déçu d'aboutir à Ottawa, comme professeur à la jeune École séraphique du lieu, lui qui rêvait de périls plus exotiques. Tous ses confrères étaient originaires du sud de la France, et il était, et c'est encore le cas, le seul Canadien du groupe. Il s'est beaucoup ennuyé, et c'est pourquoi il est presque tombé en pâmoison le jour où il a été convoqué chez le père supérieur : « Père Mathurin, vous avez demandé à partir pour l'étranger. D'ici la fin de l'été, si tout va bien, vous devriez recevoir des nouvelles… » Ainsi donc, il n'aurait passé que douze mois à Ottawa, année horrible mais année révolue.

Sans qu'il sache trop pourquoi, il était sûr qu'on l'enverrait en Ouganda. Sans doute parce qu'il aimait la sonorité de ce nom depuis le jour où, jeune séminariste, il avait visité la procure des Pères blancs d'Afrique de Québec, où il avait vu un singe empaillé, des défenses d'éléphant et des sagaies ; enfant, il avait rêvé d'être décapité aux pieds de l'empereur de Chine. Pendant dix jours de suite, il a remercié Dieu de sa bonté en jeûnant tous les soirs. Il n'y avait qu'une chose qui tempérait son enthousiasme : il n'avait pas encore reçu son ordre d'affectation dûment signé. Mais, ne se tenant plus de joie, il a fini par confier à un confrère qu'un changement bénéfique dans sa vie étant imminent, il lui faudrait désormais prier un peu plus pour l'Afrique noire. Trois jours plus tard, le jeu des confidences ayant fait son œuvre, tous ses collègues l'embrassaient à tour de rôle en disant l'envier beaucoup. Le soir, dans sa chambre, il caressait sa valise de cuir avant de s'endormir.

Après une attente éternelle de trois semaines, il a fini par recevoir son ordre de mission. On l'envoyait au Japon : tant pis, il était content quand même. Encore aujourd'hui, il ne saurait dire exactement où se trouve la ville où on l'envoyait, et il a eu beau scruter une carte du pays pendant plusieurs jours, il n'a jamais pu la repérer. « Ce n'est pas grave, s'est-il dit, en débarquant dans le premier port du Japon, je demanderai mon chemin à un passant, qui aura sûrement la charité de venir en aide à un petit frère de saint François. J'en ferais moi-même autant avec un missionnaire bouddhiste envoyé chez nous. »

L'ordre de mission précisait qu'il devait d'abord se rendre à la maison mère de Toulouse pour y être formé à la prédication en pays étranger, une affaire de quatre ou six mois. Il irait ensuite à Rome s'initier à la langue nipponne, ce qui n'était pas sans l'inquiéter, lui qui avait toujours été faible en langues, même mortes. (En français non plus, il n'a jamais été très fort, et il doit encore maquiller ses fautes d'orthographe sous une écriture que seul un pharmacien peut lire.)

Instruction et apostolat compris, il serait parti sept ans. Le départ était fixé pour le mois de novembre, il avait donc six semaines pour faire sa valise. Ç'a été l'affaire de quelques minutes.

Il a cependant profité de l'attente pour demander pardon à ses confrères pour tous les péchés qu'il avait pu commettre envers eux. Comme le veut l'usage, il lui fallait s'agenouiller devant chacun d'eux pour obtenir une absolution publique.

Cet exercice, suffisamment pénible en soi, lui a causé de grands troubles. Il devait dire : « Mon frère, dites-moi en quoi je vous ai offensé pour que je puisse vous demander pardon au nom de Notre-Seigneur Jésus-Christ. » Il a alors appris avec stupéfaction que ses collègues toléraient depuis des mois des défauts inavouables que seule leur charité lui avait dissimulés. Le père Céleste lui a pardonné ses bruits de bouche à table ; le père Fidèle disait avoir fermé les yeux sur certaines odeurs corporelles qu'il traînait depuis l'adolescence ; trois autres ont dit comme lui ; le père Candide, qu'il croyait le plus charitable de tous, a été le plus sévère : sa gourmandise, son inattention à la prière du soir, le fait qu'il se curait le nez quand un autre disait la messe, ses siestes sonores à la bibliothèque, son rire épais et son penchant pour ces calembours qu'il répétait tout le temps parce qu'il oubliait à qui il les avait racontés, ça n'en finissait plus.

L'exercice a eu au moins ceci de bon qu'il a appris à Mathurin à se connaître un peu mieux ; il a résolu de s'amender au point que ses collègues ne reconnaîtraient plus un jour leur frère missionnaire. Songeant plus tard à tous ces défauts qu'on lui reprochait, il lui est venu la pensée moins charitable que ses confrères avaient peut-être accéléré l'approbation de sa demande à l'Œuvre des missions étrangères.

Il a écrit une longue lettre à ses parents, édifiante et pieuse comme sa mère les aimait, ayant pris soin de s'assurer qu'elle serait lue à voix haute devant toute la famille assemblée, qui ne savait pas lire. Son père lui a fait répondre : « Envoie-nous des timbres de là-bas, ton frère en fait collection. » Ensuite, il a décidé d'écrire à ses amis pour leur dire adieu, et il a alors constaté à son grand chagrin qu'il n'en avait aucun. Tous ses anciens confrères étaient dispersés, il ne pouvait même pas compter sur d'anciens élèves qui auraient gardé un bon souvenir de lui. La vacuité de sa vie lui est ainsi apparue dans toute sa désolation, et plus que jamais il a prié ardemment pour que le martyre futur que lui infligerait l'empereur nippon le sorte de l'oubli un jour.

Première escale dans le périple qui l'attendait : Montréal, d'où il devait prendre le paquebot qui l'emmènerait à Liverpool, et de là à Cherbourg. On l'a accueilli aimablement à la maison mère de Montréal ; on a même organisé une petite fête pour son départ, délicatesse qu'on avait omise à Ottawa. Le navire devait appareiller le lendemain à neuf heures. Un frère convers était chargé de le conduire au port.

Il n'a jamais vraiment su ce qui lui était arrivé : chose certaine, il avait fort mal dormi et, l'aurore venue, il s'est levé pour se recoucher aussitôt, persuadé que la nuit était encore jeune. Mais le frère convers qui devait passer le prendre avait été appelé ailleurs pendant la nuit, si bien que personne n'avait pris la peine d'assurer son réveil. Il s'est réveillé seul, très bien reposé, et c'est en traversant le réfectoire vide, la valise à la main, qu'il a constaté avec effroi l'heure tardive. À la sortie, il a croisé l'économe qui lui a demandé d'une voix trop douce à son goût : « Ah ! père Mathurin. Vous êtes toujours des nôtres ? Vous ne partez que cet après-midi ? » Légèrement embarrassé, il lui a avoué qu'il craignait d'avoir un peu de retard. L'économe a fait venir une voiture tout de suite, ordonnant au conducteur de le conduire au port sans délai.

Le navire était parti. Mathurin est rentré au monastère tout penaud. En se renseignant à droite et à gauche, le mieux que l'économe a pu obtenir a été le remboursement de son billet. Pas moyen cependant d'obtenir une place sur un autre paquebot. L'économe l'a alors prié, d'une voix qui n'était plus douce du tout, de regagner sa maison d'Ottawa et d'y attendre les ordres de son supérieur.

Ses confrères d'Ottawa ont été bien bons envers lui. Aucun n'a eu l'indélicatesse de mentionner devant lui la bévue de collégien qui l'avait privé de son destin glorieux. Il faut dire qu'ils se sentaient un peu honteux de lui avoir révélé ses défauts avec autant de franchise et qu'ils auraient montré moins d'ardeur dans leurs reproches s'ils avaient su qu'il reviendrait si tôt.

Il a payé son erreur d'une nouvelle attente de quinze ans, sans bouger d'Ottawa ; sans changer de cellule non plus. Lui qui avait hérité de la plus humble de toutes à son arrivée, sûr qu'il allait recevoir un nouvel ordre de mission d'un jour à l'autre, il a refusé toutes celles qui se libéraient et qui étaient plus confortables. Il avait presque cessé d'y croire lorsqu'il a reçu sa nouvelle affectation aux missions. Cette fois, on l'envoyait en Afrique. Il avait changé de continent pendant son attente mais cela lui était bien égal, car il ne savait pas cette fois-là non plus où se trouvait le pays de son martyre. C'était le Sénégal, croit-il. Ou la Tanzanie ? Peu importe.

Il a fallu qu'il se soumette de nouveau au rituel du pardon de ses frères, ce qui a été encore plus pénible que la fois précédente parce qu'il savait ce qu'on allait lui dire. Il a donc entendu la même liste une deuxième fois, et ses collègues ont ajouté tous les défauts qu'ils avaient omis la fois d'avant, en plus des nouveaux qu'il avait acquis. Avant cette épreuve, il n'aurait jamais cru qu'il aurait à ce point hâte de voir l'Afrique un jour.

Le jour du départ, contrairement au précédent, ils étaient quatre à l'accompagner à la gare ; je pense qu'ils voulaient être sûrs de le voir partir. À Montréal, il a refusé l'hospitalité du monastère ; il allait attendre toute la nuit sur les quais, il ne raterait pas le bateau cette fois-là, et il rattraperait le sommeil perdu à bord du paquebot.

Quand il s'est présenté à la billetterie le matin, les yeux cernés, il y avait une grande commotion autour des bureaux. Le frère convers chargé de lui dire adieu est allé aux nouvelles. Catastrophe : le Canada ayant déclaré la guerre à l'Allemagne et à ses alliés quelques semaines plus tôt, le bateau venait d'être réquisitionné pour des transports de troupes ou de marchandises, je ne sais plus. Évidemment, il a protesté, il a exigé une autre place, rien à faire, ce serait pour une autre fois.

Il est rentré à Ottawa sur l'heure, sûr désormais que la couronne du martyre avait été tressée pour un autre que lui. « Prends ma valise, Lusignan, je n'y crois plus. Prends-la et va retrouver ton père maintenant. » J'ai fait comme il a dit.

Après avoir cherché longtemps un beau pays où je me ferais vagabond pour expier mes lâchetés, je me suis exilé dans mon village natal.

C'était plus fort que moi : il fallait que je rentre dans ce pays qui m'avait toujours habité.

Auparavant, j'ai fait un petit détour. Il m'a fallu trois ans pour faire le voyage. Je n'ai pas dit un mot de français pendant mon errance, je n'étais plus ce Lusignan que j'ai si bien connu, je me faisais appeler Lou par tout le monde. J'ai presque réussi à oublier qui j'avais été.

Pour gagner ma vie, j'ai surtout exercé le métier de colporteur. J'aimais bien être accueilli chez les gens. Souvent, ils n'avaient besoin de rien, ou alors ils n'avaient pas de quoi acheter, mais ils me faisaient quand même entrer en disant : « Venez vous asseoir ne serait-ce que quelques minutes. Au moins, on va avoir des nouvelles. » Je leur racontais des nouvelles que je fabriquais au fur et à mesure, je leur donnais mon avis sur la politique avec un aplomb qui m'étonnait moi-même un peu ; pour les émouvoir ou leur donner l'illusion de la prospérité, je leur parlais des famines et des guerres qui dévastaient la Russie, la Chine ; je leur rapportais aussi des villages voisins des ragots dont ils étaient très friands. Bref, je disais tout ce qu'on voulait entendre, et on m'aimait. Je restais à souper et à coucher très volontiers, et je récompensais mes hôtes en leur laissant tout plein d'échantillons gratis, surtout aux enfants et aux veuves. J'ai donc souvent changé d'employeur.

J'ai quand même gardé un bon souvenir de cette compagnie sucrière de Toronto dont je vendais la mélasse. Mes clients étaient surtout des orphelinats, des couvents, des collèges, et je vendais des tonnes de mélasse en faisant croire aux économes que le prix du sucre allait décupler à cause de la guerre imminente. Celle-ci tardant un peu, ma clientèle s'est mise à se plaindre de ces tactiques de député en campagne, et j'ai vite cessé d'être le vendeur vedette de la compagnie.

Puis mes affaires ont dérapé, un peu à cause de la boisson. Deux fois j'ai fait de la prison pour vagabondage, et une petite fois pour vol, une erreur judiciaire, je le jure.

À mon retour dans la province de Québec, j'ai eu des ennuis. Moi qui aime tant les gares et adore prendre le train sans payer, j'ai prolongé un peu trop ma halte à Montréal. Il y avait trois jours que je n'avais pas mangé, j'ai donc commandé au restaurant de la gare un repas que j'ai dévoré, et j'ai refusé de payer en prétextant que la cuisine était infecte. Le cuisinier ne l'a pas trouvé drôle, nous nous sommes un peu battus. On a appelé la police, et le lendemain le juge de paix m'a menacé de me faire mettre aux Petites Loges de Québec. C'est cela qui m'a décidé à aller retrouver mon père.

Il m'attendait, même qu'il n'avait pas du tout l'air surpris de me revoir. Il m'a remercié de lui avoir écrit, car ce sont mes rares lettres qui lui ont permis de faire plus ample connaissance avec la maîtresse de poste, elle qui a toujours pensé de moi pis que pendre. Elle est veuve, et mon père et elle se voient en cachette. Ses yeux sourient quand il parle de cette mégère quand même capable de certaines bontés. Je lui aurai au moins procuré ce petit bonheur dont il avait été privé si longtemps.

Je me suis mis au travail tout de suite. Le maniement des outils n'avait déjà plus de secrets pour moi. Nous nous sommes associés. Ma première commande a été la fabrication d'un cercueil pour un homme du village qui devait être pendu à la prison des Trois-Rivières ; si j'ai bien compris, c'était pour le meurtre d'un trafiquant d'alcool, le propriétaire du meilleur alambic de la région, homme donc très considéré.

J'ai fait le travail presque tout seul, mon père ne m'a aidé que de ses conseils. J'aurais été plus content de moi si j'avais ignoré l'identité du pendu. C'était mon compagnon de jeu d'enfance, Hector, lui qui imitait si bien le cri des Iroquois, que nous n'avions jamais entendu. Après avoir assisté à son exécution sur la place publique des Trois-Rivières, j'ai failli reprendre la route.

L'état de santé de mon père m'a retenu. Au lieu de m'enfuir, je lui ai taillé son futur cercueil à lui, sans aide. Il était très content de moi, il a même dit que je l'avais surpassé dans son métier.

Je ne l'ai plus jamais quitté, j'ai enfin été un vrai fils pour lui. J'ai mis de l'ordre dans son carnet de commandes, je suis allé percevoir toutes ses créances, dont certaines remontaient à ma naissance, j'ai fait fuir avec mon fusil militaire les jeunesses du village qui venaient chasser à son affût et riaient de lui avant et après leur chasse. J'ai même repris à la famille Poitras la vieille diligence que mon père avait déguisée en carrosse armorié mais qu'on avait omis de lui payer ; chaque fois que j'en avais l'occasion, je promenais mon père dedans et je lui faisais faire le tour de la paroisse en jouant au cocher hargneux. Quand je l'accompagnais au magasin général du village, plus personne ne l'appelait Bon Saint-Joseph, on disait « monsieur Lusignan » ; et on lui disait même « vous » tellement on avait peur de mes folies. Nous nous sommes remis à faire la cuisine à la manière de ma mère pour mieux nous ressouvenir d'elle.

Il est mort sans faire de bruit, sans prononcer de parole mémorable, dans mes bras comme un homme aimé. Le père Mathurin est accouru tout de suite, en ami fidèle. Je ne voulais pas faire enterrer mon père avec ma mère au cimetière des Petites Loges, je ne voulais pas qu'il passe l'éternité avec des illuminés dans mon genre. Pas question non plus de le mettre au cimetière du village qui avait ri de lui toute sa vie. Mathurin a obtenu une dérogation de la paroisse, et nous l'avons enseveli à côté de la maison de l'affût aux canards. Il n'y avait que Mathurin et moi à l'enterrement ; après avoir célébré la messe des morts, mon ami m'a aidé à le mettre en terre. Quand nous avons eu fini de remplir la fosse, nous étions trempés de sueur sous le soleil de juillet malgré le vent du fleuve qui nous donnait froid. J'ai puni ce beau jour indifférent à ma peine en en oubliant la date.

Le soir, nous avons fait un feu de joie pour lui rendre un dernier hommage. J'ai fait cuire sous la cendre des anguilles que j'avais pêchées la veille dans le fleuve, avec des pommes de terre, et Mathurin s'est débrouillé pour dénicher une cruche de vin de messe chez le curé. Nous avons festoyé comme de vrais camarades en riant de mes hontes et de ses velléités d'autrefois.

Mathurin a passé quelques jours chez moi, et pendant que je travaillais le bois ou faisais la cuisine, il parlait. Quand il est rentré au monastère où il n'avait connu personne en trente ans, il avait l'air beaucoup mieux. Il revient faire son tour quand il a un moment de libre.

Il est plus heureux, Mathurin, depuis qu'il a renoncé à l'auréole du martyre. Il ne rêve plus ce ce livre où l'on ferait le récit de sa vie édifiante. Avant de quitter Ottawa, en 1924, je lui avais dit un peu distraitement que le mieux serait qu'il fasse lui-même un livre : « Je sais pas, moi, tu pourrais écrire la vie d'un saint qui a été injustement oublié. » Si j'avais su, j'aurais parlé avec moins de légèreté.

Il s'est mis à l'œuvre le lendemain. Il ne pense plus qu'à ça. Comme il a occupé toutes les fonctions imaginables au monastère, son ordre lui accorde tout le temps libre qu'il lui faut pour faire ses recherches aux Archives d'Ottawa. Il s'est persuadé que son labeur lui vaudra d'être nommé postulateur de quelque saint, et que cela lui permettra de séjourner à Rome pendant de longues années. Il échappera ainsi à la grisaille industrielle d'Ottawa et tournera le dos à jamais à ce petit monde qui ne l'a jamais aimé comme il le méritait.

D'abord, il a perdu délicieusement son temps, dit-il, à choisir son sujet. Ainsi, il a longuement étudié la vie de Marguerite Bourgeoys, celle qui avait préféré à la contemplation la vie voyagère de Marie ; elle s'était donc jetée dans le monde pour faire le bien en éduquant les jeunes filles et en soignant les malades. Le récit de son premier miracle le fascinait : le peintre des morts chargé de faire son portrait, souffrant de migraines, avait mis sous sa perruque des cheveux de Marguerite, et la douleur avait disparu tout de suite. Un collègue postulateur aux Archives d'Ottawa, mis au courant de ses recherches, lui a fait comprendre que la Marguerite appartenait aux sulpiciens de Montréal, et que ceux-ci n'apprécieraient pas beaucoup de voir un capucin leur voler leur candidate à la sainteté. Quatorze mois de travail pour rien.

Le lendemain, il piochait le dossier de Jeanne Le Ber, cette contemporaine de Maisonneuve qui avait fait construire de ses deniers une cellule à même l'église de Montréal et s'y était fait emmurer vivante.

S'étant volontairement constituée prisonnière de Jésus-Hostie, elle acceptait un repas par jour et consacrait sa vie à la prière. Mathurin était certain que personne ne voudrait de cette pauvre contemplative. Erreur. Un autre sulpicien l'a chassé comme un petit voleur de pommes. Une autre année de perdue mais qu'il ne regrette pas.

Il n'en a plus maintenant que pour Marie de l'Incarnation et Catherine de Saint-Augustin. C'est comme s'il s'était installé dans la Nouvelle-France du XVIIᵉ siècle et qu'il avait cessé de vivre parmi nous. Ça le rend heureux. Je lui ai pourtant dit de se méfier : ces deux-là appartiennent aux jésuites, une nouvelle déconvenue le guette. Il passe outre, son bonheur est trop grand. Ses yeux s'embuent quand il raconte ce passage des lettres de Marie où elle écrit comment, pour donner l'assurance à son fils qu'elle est bien vivante, elle convoque à son couvent un voyageur qui s'apprête à rentrer en France : derrière la grille du parloir, pour être bien vue de l'homme et faire en sorte qu'il mémorise sa figure humaine, Marie ôte son voile. Il est vrai que c'est une scène fort tendre. Pour lui faire plaisir, parfois, je lui demande de me raconter de nouveau l'histoire du voile de Marie. Il ne se fait pas prier longtemps.

Il vient de passer des mois à recopier des passages de la *Vie de la mère Catherine de Saint-Augustin* du père Paul Ragueneau. J'avoue que je ne l'écoute que de loin quand il me dit que la Catherine avalait les phlegmes puants et pourris de ses malades pour se mortifier, ou alors, qu'elle se jetait dans la neige jusqu'à la ceinture pour chasser les pensées d'impureté qui la harcelaient. Je préfère l'entendre me dire comment elle avait tété en rêve les mamelles de la Sainte Vierge pour la soulager de ses douleurs, ce qui n'est quand même pas arrivé à n'importe qui.

Il en est maintenant au passage où Catherine s'est unie à Dieu charnellement; avec l'Esprit saint et saint Jean de Patmos aussi; épisodes dont la lecture n'est pas sans lui causer quelques difficultés de compréhension. En tout cas, il est sûr de son coup, Mathurin, sa Catherine sera canonisée un jour. Le plus difficile qui lui reste à faire, c'est de trouver des miracles pour le cas où le décret d'héroïcité des vertus serait insuffisant. Il n'aime pas beaucoup les témoignages de guérison attribuables à la médiation de Catherine, car il y est surtout question d'hémorroïdes et de cas de grattelle qui sont peu intéressants, mais il se contente pour le moment de ce qu'il trouve. Je l'encourage comme je peux.

Quand il vient me voir, nous passons de longues journées à discuter de ses travaux. Ou plutôt il passe de longues journées à m'en parler. Pendant ce temps-là, je travaille le bois, comme jadis mon père lorsqu'il entendait les discours du notaire Poitras, heureux dans le passé qu'il était seul à revivre. Il me soumet ses textes, je corrige ses fautes d'orthographe. Il repart tout content avec ses épais factums sous le bras.

Évidemment, il m'est encore un peu difficile de rester sédentaire. Il m'arrive encore de reprendre la route pour des mois, mais je suis prudent maintenant. Je m'éloigne moins; la dernière fois, je n'ai pas dépassé le Delaware et je n'ai pas eu d'ennuis avec la justice.

Dans le fond, je me plais bien au village. Deux ans que je suis ici maintenant. Je venge tous les jours la mémoire de mes parents en terrorisant mes concitoyens. Ils me prennent encore pour un fou dangereux, alors j'en profite, évidemment. Il me suffit de mettre le pied à la taverne pour que tous les clients se taisent ; certains essaient maintenant d'être gentils avec moi, mais je ne les encourage pas trop. Je préfère demeurer dans leur regard le fou à Lusignan qui fait peur au monde, cet homme à propos de qui on dit aux enfants : « Si tu travailles pas bien à l'école, tu vas finir comme l'ivrogne à Lusignan sur le bord du fleuve... » C'est le nouveau rôle qui m'a été attribué au théâtre du village, et j'y tiens.

Ce que j'ai fini par comprendre aussi, c'est qu'ils me craignent parce que moi je l'ai faite. La guerre. Ils ont tous été réfractaires ici ; sur trente-neuf conscrits, trente-six ont obtenu une dispense du juge, les trois autres se sont cachés dans les bois, où ils faisaient marcher les alambics de la région. Les trois ont été amnistiés deux ans après la fin de la guerre. Dans leur mémoire coupable, je suis le survenant qui leur rappelle leur lâcheté et leur méchanceté à l'égard de mes parents. Les horreurs de la guerre que d'autres leur ont racontées m'enveloppent d'un courage cruel que je n'ai pas vraiment. Et moi j'ai pour une fois l'intelligence de ne pas corriger leurs impressions. C'est un plaisir immense que de les voir pisser de peur quand je rôde dans les joncs et les aulnaies l'automne, vêtu de mon manteau militaire et armé de mon Lee Enfield qui ne tire plus.

J'ai aussi remplacé un peu le notaire Poitras en m'improvisant juriste. Ma carrière a commencé l'an dernier quand j'ai occupé mes longues soirées d'hiver à lire des ouvrages de notariat antiques, ce qui m'a permis d'acquérir un savoir dont je tire le plus grand parti. Le dimanche, après la messe, le seul moment où les villageois se croient autorisés à me dire bonjour, il me suffit de m'attarder un peu sur le perron de l'église pour qu'on me demande mon avis sur des contentieux locaux. Je cite des articles du Code, j'appelle à mon secours la jurisprudence de la Nouvelle-France, je balance des mots latins et anglais, et je confonds mes interlocuteurs en inventant des lois qui n'existeront que dans des temps plus heureux. Parfois, j'arbitre même des différends, et je ne leur demande pas un sou pour mieux embrouiller leurs affaires.

Je gagne bien ma vie aussi, l'ouvrage me vient facilement, et je m'entends bien avec le fleuve. La pêche et la chasse sont toujours bonnes, le potager rend bien et me fournit en tabac tant que je veux. Avec les baies qui foisonnent l'été, je concocte un vin capiteux qui ne me coûte que des maux de tête nocturnes.

Un jour, je vais finir par rester ici pour de bon.

Moi, je serais bien resté dans ma cabane sur le fleuve plus longtemps, mais Mathurin m'a ramené à Ottawa, presque de force. Il disait que j'avais besoin de repos et que ça tombait bien parce qu'il tenait absolument à me montrer quelque chose.

Je venais de rentrer d'une de mes courses de chat errant quand la crue du printemps a inondé l'affût et emporté le cercueil de mon père. Accouru à la rescousse, Mathurin m'a aidé à le chercher. Quand nous avons retrouvé la boîte qui flottait entre les glaces, elle était vide. J'ignore où est mon père maintenant. Il a peut-être suivi le courant sous-marin du fleuve pour entrer ensuite dans la mer océane. On le retrouvera peut-être un jour sur une plage bretonne ou jersiaise. Dans le fond, il avait toujours rêvé de fuir le village, le voilà comblé.

Mathurin s'est fait mon rédempteur une fois de plus. Il m'a empêché en tout cas de mettre le feu à la maison et de jeter mes outils dans le puits. Quand j'ai eu achevé de boire ma provision de vin de baies, il m'a

dit : « Reviens avec moi à Ottawa, j'ai besoin de toi. »
Nous sommes partis le lendemain à l'aube après avoir
remisé le cercueil sous la galerie ; on m'y mettra quand
mon tour sera venu ; Mathurin m'a promis qu'il m'im-
mergerait lui-même dans le fleuve après.

Je ne suis resté à Ottawa que quelques mois et j'en
suis reparti aussi subitement que j'étais arrivé. Mathurin m'avait déniché du travail comme cantonnier, une
vraie chance parce que l'ouvrage est devenu rare par
ici, et je me changeais les idées en allant souvent au
cinéma parlant et au concert. Comme de raison, j'ai
revu la belle miss Driscoll.

Elle ne se fane pas, peut-être parce qu'elle a encore
changé de métier. Comme elle ne peut plus assurer l'ac-
compagnement musical des films à cause du parlant,
et comme on dit le dessin publicitaire condamné à
court terme, elle a acheté le matériel du photographe
du Flatte, Marcil, après la mort de celui-ci. La famille
devait le vendre pour payer l'enterrement. Le monsieur
qui tient lieu de chevalier servant à miss Driscoll a fait
agrandir son appartement de l'hôtel Couillard pour y
installer sa chambre noire. Elle est désormais photographe au journal et elle fait même du portrait.

Elle s'est aussi initiée à la peinture. Elle s'est jointe
à l'Association des artistes chrétiens qu'ont fondée les
dominicains de l'église Saint-Jean-Baptiste et qu'on
appelle le Caveau. Elle peint surtout des tableaux d'inspiration religieuse. C'était ça que le père Mathurin voulait me montrer : un tableau représentant le martyre
infligé au sulpicien Lemaître par les Iroquois, pour

lequel un confrère dominicain avait servi de modèle. « Moi aussi, j'aimerais bien poser pour elle dans un tableau religieux, qu'il m'a dit. Elle prend toujours des dominicains, comme si, nous, les capucins, on n'était pas assez bons pour ça. Tu pourrais peut-être la convaincre de me prendre. »

Et voilà comment nous avons enfin fait connaissance, elle et moi. Mathurin a pris rendez-vous avec elle, il m'a emmené comme interprète, et nous avons pris le thé dans sa chambre, la 27, qui me rappelait tant de choses. Je n'ai fait nulle allusion à ces souvenirs, bien sûr, il m'arrive encore d'être délicat ; pas plus que je n'ai mentionné notre initiateur commun, Essiambre. À la grande joie de Mathurin, elle nous a demandé de lui servir de modèles pour une copie qu'elle voulait faire du *Supplice de Brébeuf* de Goya.

Nous avons posé tous les deux dans un atelier de peintre que les dominicains ont baptisé la Chambre haute, une pièce aménagée sous les toits de leur église, à côté du clocher. Je ne saurais dire si son tableau est bien fait, je n'y connais rien ; je dirai seulement que je ne me trouve pas très convaincant en Iroquois à tomahawk. Mathurin est beaucoup mieux sous les traits de Brébeuf. En tout cas, il était content de lui, mon vieil ami : à défaut d'entrer dans un livre, il sera au moins entré dans un tableau.

J'ai bien failli me dévoiler à miss Driscoll mais je me suis retenu à temps. C'était un jour où elle peignait un modèle nu pour en tirer plus tard une sainte canadienne, Marie de l'Incarnation ou Catherine de

Saint-Augustin, je ne sais plus; je sais seulement que c'était Mathurin qui lui avait proposé le sujet. Mathurin m'accompagnait cette fois-là, mais la femme nue dans la pièce le mettait mal à l'aise, alors il est parti. Elle a achevé son travail, puis le modèle nous a quittés à son tour. Miss Driscoll et moi avons bavardé un peu en prenant un porto dans la pénombre de la Chambre haute. J'ai eu tout à coup envie de lui faire des propositions, quitte à abattre mon jeu après. Mais la mauvaise lumière de la lampe à huile me donnait mal aux yeux, et, surtout, je manquais de conviction, car c'était le souvenir d'Essiambre que je désirais en elle, rien d'autre. Je voulais prendre sa place, rien qu'une fois.

Il y avait de longs silences entre nous, et chaque fois qu'elle baissait la tête, je scrutais son visage en me demandant si elle avait la moindre idée du jeu sordide que j'avais joué avec elle à l'époque où je me faisais passer pour Essiambre l'épistolier. Je n'arrivais pas à lire dans ses yeux, et j'ai bien l'impression que, myope comme elle est, elle ne devinait rien de moi. J'étais l'Homme invisible qui tourne autour de sa proie, dont il sait tout. Puis le silence s'est fait si lourd entre nous que j'ai pris congé un peu brusquement. J'ai quitté l'atelier, troublé comme si j'avais été moi-même confondu. La nuit froide m'a fait hâter le pas comme si je les fuyais, Essiambre et elle.

Je me dirigeais vers la chambrette que je louais sur Booth, dans le Flatte, quand un homme s'est dressé sur mon chemin. Je ne l'ai pas reconnu sur le coup. Il m'a tendu la main, c'était Garry, vieilli mais fort élégant. J'avais été très gêné de le revoir dix ans auparavant lorsqu'il m'avait sauvé de la prison et d'une raclée certaine. Là, j'étais content parce que je le croyais mort comme tant d'autres anciens du Princess Pat. Il m'a invité à le suivre. Son chauffeur et sa voiture nous attendaient à deux pas de là.

Nous sommes allés prendre un verre au bar du Grand Hôtel. Nous avons peu parlé, car c'était inutile, nous avons surtout écouté le petit ensemble de jazz, une musique que je connais mal mais que j'aime. Il y avait au piano un homme noir aux traits magnifiques dont les yeux charbon brûlaient de colère rentrée.

Le récital terminé, Garry a dit : « Je suis celui qu'Amalia Driscoll appelle son chevalier servant, ou sa Providence, ça dépend des jours. Je suis maintenant le propriétaire du journal qui l'emploie. Je veille sur elle en souvenir d'Essiambre. Elle est tout ce qui me reste de lui. Elle m'a donné les lettres qu'elle a reçues de lui, et je les relis souvent. Même maintenant qu'il est mort, je n'arrive pas à le quitter. Tu me comprends ? Les autres, Obadia et Thompson par exemple, ne me dérangeaient pas, ça m'arrangeait plutôt… Elle a même refusé de suivre Obadia à Paris ; elle dit que son art est ici ; j'étais donc tranquille. Toi, ce n'est pas pareil. C'est plus fort que moi, je m'imagine que tes affaires avancent avec elle, et ça me dérange, j'ai peur que tu me l'enlèves. Moi, je tiens à elle. À cause du souvenir d'Essiambre sans doute. Tu veux bien faire quelque chose pour moi ? T'en aller, je veux dire. Si tu as besoin d'un coup de main, je peux t'aider… » Le bar s'était vidé, les musiciens rangeaient leurs instruments en parlant à voix basse. L'heure de la dernière tournée était passée, mais Garry, en homme riche et considéré qu'il était devenu, a commandé d'autres whiskys sans se soucier du règlement.

J'ai saisi la perche. L'heure était venue d'en finir avec le souvenir d'Essiambre : je ne voulais pas avoir toute ma vie le regard de veuf qu'avait Garry à la seule mention de son nom. J'avais aussi envie de l'argent qu'il me proposait. Pour tempérer la vénalité de sa proposition, Garry a parlé d'un prêt. Je lui ai proposé en échange de lui remettre les lettres que j'avais reçues de miss Driscoll. Il a poussé un petit cri de joie en joignant les mains. J'ai noté son adresse pour lui envoyer les lettres et j'ai empoché ses billets avec une indifférence qui m'a étonné. Sensation bienfaisante, comme si l'argent de Garry avait anéanti d'un seul coup la valeur des souvenirs d'Essiambre chez moi alors qu'elle en acquérait chez lui.

Galant homme, il m'a offert les services de son chauffeur pour mon retour. Je lui ai répondu que je préférais marcher, sans doute pour reprendre un peu de ma dignité. « Je vais rester au bar encore un peu », qu'il a dit. J'ai fait semblant de m'éloigner de l'hôtel à grands pas, et je me suis caché derrière un buisson pour attendre la suite des événements que je pressentais. Vingt minutes plus tard, Garry et le pianiste noir quittaient l'hôtel bras dessus, bras dessous. J'avais deviné juste : Garry colonisait de musique son vide amoureux, l'heureux homme. J'ai béni leur union.

J'ai décidé de repartir sans attendre le matin.

Je ne suis pas allé bien loin.

Une voix de femme dans le noir m'a interpellé :
« Monsieur, monsieur… S'il vous plaît… » Moi qui me
croyais habile en espionnant Garry de mon buisson,
j'étais moi-même suivi. La voix était agréable, elle m'a
appelé par mon nom pour m'inviter à la suivre, je
n'avais pas de raison de me méfier. Lorsque nous
sommes parvenus à la hauteur d'un lampadaire, elle
s'est plantée devant moi sous la lumière et m'a fixé un
moment en souriant, comme quelqu'un qui est sûr de
faire une bonne surprise à quelqu'un d'autre. Elle
n'avait ni le physique ni le costume des filles qui
gagnent leur vie dans la rue, je ne voyais vraiment
pas… Son sourire s'est éteint. « Tu me reconnais pas ?
J'imagine que tu te souviens pas de mon nom, non
plus. C'est pas grave, j'ai l'habitude… »

Elle a eu beau m'affirmer qu'elle était la dame qui
posait nue pour miss Driscoll, je ne l'ai pas reconnue
pour autant ; j'en étais même un peu gêné. « C'est pas
grave, je te l'ai dit, faut pas t'en faire avec ça. Tu m'as pas

reconnue toute nue, je comprends que tu me reconnaisses pas habillée. Je te l'ai dit, je suis habituée. C'est l'histoire de ma vie. Viens, qu'elle a dit, on va aller chez moi. Il commence à faire froid. Je te ferai un bon thé, on va jaser un peu. Il y a des choses que je veux te dire depuis longtemps. »

Moi qui voulais quitter Ottawa tout de suite, elle m'a décidé à l'accompagner quand elle a dit : « Je m'appelle Concorde. Avant, quand j'étais jeune, je m'appelais Philomène. Dans la semaine qu'on a passée ensemble à l'hôtel Couillard, tu m'avais expliqué que mon premier prénom venait du grec *phil,* qui veut dire aimer, et de l'anglais *men,* les hommes. Philomène, celle qui aime les hommes. J'ai eu en masse le temps de vérifier : c'est pas vrai du tout, tu avais inventé ça pour m'impressionner, ou te moquer de moi, je sais pas. Ou bien c'est parce que tu étais soûl comme d'habitude. Ça fait rien… En tout cas, tu sauras que je suis moins niaiseuse que dans le temps où je t'entretenais… Reste pas là, viens ! » Oui, c'était bien elle : la même voix enjouée, le même ton de la femme qui a oublié toutes les misères que la vie lui a faites. Mon départ pouvait attendre.

Nous avons mis une bonne heure à faire le trajet à pied. Elle habite dans le Flatte elle aussi, pas très loin de ma pension de la rue Booth. Pour me faire pardonner d'avoir oublié son visage, je lui ai prouvé que je me souvenais très bien du reste. L'île aux Allumettes, Anselme, son amie Virginie avec qui elle courait les hommes, son rêve d'entrer comme lingère à Rideau Hall…

Je me fatiguais pour rien. « Je suis habituée, qu'elle

a répété. Il y a que moi qui se souvienne de tout le monde, personne se rappelle m'avoir déjà vue. Je pense pas que ce soit le bon Dieu qui ait voulu ça, c'est juste de même, c'est tout. Ça doit être parce que j'ai l'air ordinaire. Ça m'est arrivé je sais pas combien de fois dans ma vie de revoir des gens que j'avais bien connus et qui avaient oublié mon nom, qui savaient plus comment on s'étaient rencontrés, ce qu'ils avaient dit, ce qu'on avait fait ensemble ; moi je me souvenais de tout, des moindres détails, eux autres de rien du tout.

« Ça s'arrête pas là : quand les gens se souviennent de ma figure, ils ont toujours oublié le reste. Ils m'appellent par d'autres noms, ou bien ils me disent que je ressemble à quelqu'un d'autre qu'ils connaissent. Une cousine, une amie, en tout cas, du monde que je connais pas. Faut croire que je ressemble à des milliers de femmes.

« Au début, ça me crevait le cœur d'être seule à me souvenir, puis j'ai compris que ça servait à rien de se faire de la peine avec ça. Le monde oublie, c'est pas de leur faute. Moi je me rappelle, j'ai pas de mérite, ma mémoire est comme une poubelle où les autres jettent leurs souvenirs. Mais je te pardonne. T'es pas le seul homme sur la terre qui a couché avec moi puis qui se souvient pas de moi. Surtout que t'étais tout le temps à moitié soûl. Si j'avais été soûle moi aussi quand on s'est connus, peut-être que moi aussi je te regarderais avec indifférence. Je dis ça mais je le pense pas vraiment : parce que toi, j'ai passé proche de t'aimer pour vrai, dans le temps. Je pouvais pas t'oublier.

« T'es pas le seul à m'avoir oubliée. Miss Driscoll, qui est la femme à qui je dois tout, elle non plus, elle se souvenait pas de moi quand elle m'a engagée pour poser toute nue pour elle, et je lui en veux pas non plus. Faut dire que je pèse quarante livres de plus que dans le temps ; je me suis fait poser un râtelier aussi et je me teins les cheveux en blond ; autrement dit, j'ai changé. C'est peut-être aussi parce qu'on se parle anglais maintenant : quand je l'ai connue au lac des Écorces, je savais pas trois mots d'anglais, c'est elle qui a commencé à me l'enseigner, et j'étais toute fière de lui montrer que j'avais fait des progrès.

« J'aurais aimé ça qu'elle se souvienne de moi, mais c'était peut-être aussi bien qu'elle se souvienne pas. Elle serait peut-être pas contente d'apprendre que la petite bonne du lac des Écorces est devenue une madame qui pose toute nue. Ça fait que je préfère me cacher derrière mon anglais.

« Le petit capucin qui venait à l'atelier avec toi des fois, le père Mathurin, lui non plus me replaçait pas, mais ça, ça m'arrange, tu sais pas comment. C'est parce que, quand j'étais jeune, mon amie Virginie et moi, on allait se confesser à lui à l'église Saint-François-d'Assise.

« Pauvre père Mathurin… Ce qu'on faisait, c'est qu'on se mettait à genoux derrière la petite grille du confessionnal, on changeait nos voix, puis on lui racontait tous nos péchés de cul. Puis on en mettait là où il y en avait pas. "Mon père, y a un garçon qui est venu veiller à maison l'autre soir. Pendant que je jouais du piano pour lui, il m'a mis la main sur la cuisse, pis là…

274

je sais pas comment vous dire ça… en tout cas, ç'a fini dans la couchette. Il m'a prise une fois par en avant pis une fois par en arrière." Le pauvre petit capucin, on pouvait quasiment l'entendre rougir derrière sa grille. Il disait presque rien, à part des "ah bon?" ou des "et ensuite?". Nous autres, on le sentait bandé comme un étalon; il avait de la misère à balbutier son absolution, puis il nous donnait des pénitences qu'on faisait même pas. Je passais toujours la première, j'en beurrais épais comme je pouvais, ensuite Virginie entrait dans le confessionnal pour l'achever. Après, on se sauvait en riant comme des folles. Maintenant que j'y pense, c'était pas très gentil de lui faire ça, mais c'était pas bien méchant non plus. On a arrêté au bout d'un an. Virginie a arrêté la première quand elle s'est mise à avoir des enfants. Être mère de famille, ça rend vertueuse. Je le sais : moi aussi j'ai des principes depuis que j'ai des enfants.

« Quand même, je l'ai toujours aimé, ce petit père-là, ça fait que, pour me faire pardonner par le bon Dieu les tours que j'y avais joués, c'est lui que je suis allée voir quand j'ai fait baptiser mes petits. D'un enfant à l'autre, il se souvient jamais de mon nom, mais ça doit être parce qu'il y a tellement d'enfants à baptiser dans le Flatte, ça fait que je lui pardonne parce que je me sens pas correcte d'avoir été cochonne avec lui dans le temps. »

Elle parle, elle parle, et je prends plaisir à l'écouter. Je ne sens pas la fatigue de la marche, ni le froid qui commence à nous envelopper. L'hiver va arriver cette nuit à Ottawa, ça sent la neige dans l'air. Je ne sais pas trop ce qui m'attend chez elle, et ça m'est complètement égal. Je me sens bien en compagnie de cette femme qui est le prolongement incarné de ma mémoire, elle qui se souvient pour deux.

Elle habite une petite maison en rangée du Flatte. Je devine avant même d'y entrer qu'il doit y avoir deux étages, une toilette en bas à côté de la cuisine, une cave en ciment, une petite cour avec une remise. Une maison d'ouvrier comme les autres. J'ai chambré dans une bicoque comme celle-là à ma sortie du monastère. Avant d'insérer la clé dans la serrure, elle me demande de ne pas faire de bruit : son mari et ses enfants dorment. J'hésite. Elle insiste. Il n'y a pas de danger. On va jaser, juste jaser, mais pas trop fort, pour ne réveiller personne.

La maison est propre, accueillante. Nous passons tout de suite à la cuisine. Elle nous fait du thé noir et m'offre des biscuits à l'avoine. Et si son mari venait à se réveiller ? Elle me rassure : la voisine a dû le mettre au lit en même temps que les enfants, et il dort dur depuis qu'il s'est blessé et qu'il est au chômage. Il a les deux bras cassés, ça prend du temps à guérir. Il s'appelle Martial et il est barbier : « chez monsieur Fournier, le meilleur salon de barbier du Flatte », précise-t-elle avec fierté. C'est parce que son mari a perdu son gagne-pain qu'elle fait le modèle chez miss Driscoll. Elle prononce toujours « miss Driscoll » long comme le bras, comme le nom d'une sainte qu'on vénère.

« Je sais pas ce qu'on aurait fait chez nous si elle m'avait pas prise comme modèle, qu'elle dit. Mon mari recommencera pas à travailler avant quelque temps. En plus, il y a beaucoup de chômage ces temps-ci, tous les hommes perdent leur job, le journal d'à matin dit qu'on est en crise. Rien que dans ma rue, sur quinze familles, il y a onze hommes qui se sont fait congédier. La rue en arrière, c'est pire. Même les Italiens du quartier qui sont si travaillants ont pas d'ouvrage. Il paraît que ça va pas s'améliorer. Ça fait que, quand j'ai vu l'annonce dans le journal où on cherchait un modèle pour un peintre, j'ai répondu tout de suite. C'est drôle, mais j'étais certaine qu'il se trouverait pas en masse de femmes à Ottawa qui accepteraient de se montrer toutes nues à un homme, à part un docteur naturellement, eh ben, j'ai failli tomber sur le derrière quand j'ai vu que le peintre était une femme et que c'était miss Driscoll. C'était pas tout : elle m'a dit qu'elle avait reçu cent dix demandes. Ça montre à quel point les affaires vont mal dans le pays, ou bien que les femmes de par ici sont moins gênées que je croyais. Je suis fière de penser que c'est moi qu'elle a prise sur les cent dix. Elle dit que mon corps produit des ombres intéressantes, et je suis certaine qu'elle a pas dit ça pour être gentille. Ça fait plaisir.

« Ça paie bien en plus ! Cinq piastres par jour, trois fois par semaine, pour trois mois, peut-être quatre. C'est presque autant que ce que mon mari gagnait quand il faisait des bonnes semaines. Avec cet argent-là, on va manger de la dinde à Noël, les petits vont avoir des cadeaux dans leurs souliers au jour de l'An, on perdra pas notre maison. Puis d'ici là, peut-être que mon mari va aller mieux, il pourra reprendre sa chaise au salon de barbier ; c'est un bon métier, parce que le pays a beau aller mal, on aura toujours besoin de barbiers pour couper les cheveux comme il faut. Évidemment, il sait pas comment je gagne notre pain quotidien de ce temps-ci. Je lui ai dit que j'étais retournée faire des ménages. Une chance que c'est ça que j'y ai dit parce qu'il m'a pété une colère : "Ma femme qui travaille ! Tu vas me lâcher ça tout de suite ! Parce que, qu'est-ce qu'ils vont dire, mes clients, au salon de barbier, quand ils vont savoir que c'est ma femme qui me fait vivre ? T'as-tu pensé à ma fierté ?" Il décolérait pas. Je lui ai dit de fermer sa gueule. Il est comme ça, mon Martial : il se fâche pour un rien, mais il se défâche aussi vite. Faut juste pas trop l'écouter. C'est bavard, un barbier … »

J'étouffe un petit bâillement. Elle m'offre de m'allonger sur le divan ; elle me réveillera tôt, avant son mari en tout cas, mais elle ne me renverra pas sans m'avoir cuisiné un déjeuner nourrissant, qu'elle dit. Elle-même ne dormira pas cette nuit. Le fait de m'avoir suivi dans les rues d'Ottawa et d'avoir trouvé le courage de se faire reconnaître de moi lui a échauffé les nerfs. Elle va faire son pain et préparer ses repas pour la journée de demain ; elle a l'habitude de sauter des nuits, ça ne la fatigue pas. Je m'offre à l'accompagner dans sa nuit d'insomnie. J'ai envie de l'écouter, et son thé me gardera les yeux ouverts. Il sera toujours temps de partir au petit jour.

Pendant qu'elle s'affaire dans la cuisine, toute gaie, un éclair de mémoire me revient, et je pense ajouter à sa bonne humeur en lui disant qu'elle me rappelle la petite servante qu'il y avait à la kermesse et qui avait perdu connaissance. Mon effet est raté. Elle me répond sur un ton sec que c'était bien elle, oui, mais qu'elle préfère ne plus jamais en reparler. C'est du passé.

Le silence tombe entre nous. Il est deux heures du matin. La nuit sera plus longue que je ne croyais. Je me lève pour partir. Elle me prend par le bras et m'emmène au salon. Sur le bahut, il y a les photos de ses enfants et de son mari coiffé d'un calot de simple soldat. Elle a un fils et trois filles.

« Va-t'en pas tout de suite, mon beau capitaine. Ça fait trop longtemps que j'attends pour te parler. »

Je veux savoir pourquoi elle refuse de parler de la kermesse, elle qui se souvient si aisément. Elle baisse les yeux. « On a toute la nuit », que je lui dis.

« J'aime pas trop parler de la kermesse parce que…

« Moi j'avais pas envie d'être là. Dans ce temps-là, j'allais à la messe du dimanche chez les capucins parce que j'avais longtemps cru mon amie Virginie qui disait qu'une fille commune dans mon genre avait pas d'affaire à l'église Saint-Jean-Baptiste. Puis que, de toute façon, comme j'étais pas instruite, je comprendrais rien aux sermons des dominicains.

« Mais il faut que je te dise qu'au temps où je t'ai rencontré, j'avais aussi commencé à sortir avec un autre garçon. Il venait de la basse-ville, il avait été conscrit à la fin de la guerre, mais il avait débarqué en Europe le jour que la paix avait été déclarée. Ça fait qu'il était revenu au Canada par le premier bateau. Mais à ce qu'il dit aujourd'hui, il a fait la guerre pendant au moins vingt ans, c'est tout juste s'il l'a pas gagnée rien qu'à lui tout seul. Ce gars-là, c'était Martial, le même qui ronfle dans la chambre à côté. Au salon de barbier, quand il veut avoir raison quand il discute de politique avec un client, il dit : "J'ai fait la guerre, moi, monsieur." C'est son arme secrète, tu comprends ? Pauvre Martial…

« Quand la guerre a été finie, j'ai pas eu de peine. J'en avais tellement profité en rencontrant plein de beaux hommes, je pouvais pas me plaindre. Moi, je peux dire que j'ai beaucoup aimé la guerre même si je l'ai pas faite. La seule affaire que j'ai pas aimée, c'est que j'avais attrapé une maladie qui faisait que je pourrais jamais avoir d'enfants, que le médecin avait dit. Ça avait calmé mes ardeurs amoureuses, je sais pas si tu le sais… »

Je lui dis que je me souviens de ce détail. Elle sourit.

« Avec la paix, je me suis tranquillisée encore plus. Il y avait la grippe espagnole qui courait partout et qui tuait beaucoup de monde, ça fait qu'il fallait faire attention pour pas prendre de microbes des hommes qui arrivaient d'Europe. C'était ça qu'on disait en tout cas.

« À un moment donné, ça faisait tellement longtemps que je me tenais tranquille que j'ai commencé à me sentir privée. C'est à ce moment-là que j'ai rencontré Martial. Je me serais jamais intéressée à lui si je m'étais pas autant ennuyée d'un homme. Parce qu'il est pas spécialement beau, surtout pas spécialement intelligent. Dans le temps, il était livreur de glace dans le Flatte. Il coupait de la glace sur la rivière des Outaouais, et il venait la livrer de porte en porte avec une voiture tirée par un cheval. C'est comme ça que je l'ai connu.

« Une fois qu'il livrait chez madame Gariépy, la madame chez qui je chambrais, j'ai eu pitié à le voir travailler si fort, et j'ai aimé le regarder pelleter le bran de scie sur les blocs de glace qu'il mettait dans notre glacière. J'ai eu pitié de lui aussi quand j'ai vu qu'il avait de la misère à lire les noms dans son carnet de livraisons parce qu'il avait pas été à l'école bien longtemps. En tout cas, toujours est-il que je me suis offerte à l'aider à lire son carnet, puis d'une affaire à l'autre, je lui ai fait une passe. J'ai toujours aimé les livreurs, je sais pas pourquoi. Martial a été mon premier livreur ; je lui dis ça des fois, à Martial, pour me faire pardonner les autres livreurs qui l'ont suivi. Moi j'ai été sa première femme ; c'est moi qui l'ai déniaisé. Je pense qu'il m'en a toujours voulu un petit peu pour ça. En tout cas…

« Ce que j'aimais aussi chez lui, c'était qu'il était tout seul au monde. Son seul frère s'était noyé dans la rivière, pas loin du Flatte, ses sœurs étaient mortes en bas âge, ses parents étaient partis depuis longtemps. Moi qui étais orpheline par choix parce que je voulais plus rien savoir de ma famille, j'aimais l'orphelin qui avait pas demandé à l'être et qui s'ennuyait tellement de sa famille qu'il me faisait penser à un petit gars. À le voir privé d'affection comme il l'était, je devenais maternelle. C'était comme ça avec toi aussi. Quand tu jouissais avec moi, tu gémissais comme un enfant seul au monde pour la vie : c'est pour ça que j'avais tellement envie de t'aimer pour vrai. Faut croire que, quand je vous ai rencontrés tous les deux, j'avais envie d'être la mère de quelqu'un.

« Toi, le beau capitaine, ce que j'ai tout de suite aimé chez toi, c'est que tu avais l'air d'être un monsieur même si t'avais pas un sou noir dans tes poches. Tu comprends, c'était important pour moi qu'un homme ait de l'allure. Dans ce temps-là, je voulais croire qu'il existait des femmes propres dans le monde qui avaient pas besoin de s'essuyer après avoir couché avec un homme. Je voulais aussi qu'il y ait des hommes tellement raffinés qu'ils puent pas quand ils chient. Moi, j'ai toujours rêvé qu'on peut être autre chose que ce qu'on est dans la vie. J'ai toujours su que j'étais pas rien que ce que je suis, c'est cette idée-là qui a fait que j'ai trouvé du bonheur dans la vie, autrement, je serais restée la pauvre petite fille laide de l'île aux Allumettes. Tu comprends ?

« Je voulais juste te dire à soir que j'ai passé proche de t'aimer en folle. Je comprenais pas tous tes grands discours, je trouvais que tu buvais beaucoup aussi, même que tu avais l'air d'aimer la boisson plus que les femmes, mais tu avais de quoi que les autres hommes ont pas. Je pense aussi que tu m'attirais parce que tu me faisais penser à un avocat que j'avais connu, un vrai, qui avait de la classe pour deux.

« Pour la première fois de ma vie aussi, je me suis sentie coupable de tricher un homme. J'étais plus comme avant, quand ça me faisait rien de sortir avec trois gars en même temps. J'étais plus une fille, j'étais rendue une femme. J'en avais assez des gars, je voulais un homme.

« Après avoir été avec toi, mon beau capitaine, il me semblait que je regardais mon Martial avec plus de tendresse, comme si ma tricherie m'avait donné envie d'être encore plus aimable avec lui. Puis, une bonne fois, le cirque est arrivé en ville, et je suis allée le voir passer dans la rue Preston. Quand j'ai vu ces beaux animaux d'Afrique qui avaient l'air de sortir des beaux livres de miss Driscoll, ça m'a fait penser aux vaches et aux juments qui s'accouplaient à l'île aux Allumettes. Après ça, j'avais plus rien qu'une idée en tête : aller te retrouver pour que tu me fasses la même chose. Je me mourais pour que tu me prennes par en arrière. Les hommes de par ici pensent qu'il faut être putain pour aimer l'amour comme ça ; toi, je savais que tu me jugerais pas.

« Je t'ai cherché partout en ville, je t'ai retrouvé, puis je t'ai ramené quasiment de force à l'hôtel Couillard. Ç'a été notre dernière nuit ensemble. Il a fallu que je t'excite comme il faut parce que t'avais encore trop bu. Mais j'ai tellement aimé ça que j'ai eu peur de recommencer, et je me suis juré que je te reverrais plus. Tu as disparu comme je voulais.

« Après ça, j'ai essayé d'être plus gentille avec Martial. C'était comme si quelque chose avait changé en moi. J'étais plus pareille, toute tendre avec lui. Il venait d'entrer chez les zouaves de la cathédrale ; on l'avait pris, pas parce qu'il avait été soldat, mais parce qu'il savait jouer du clairon. Il était tout fier de ça. On avait invité son orchestre à jouer à la kermesse de l'église Saint-Jean-Baptiste. Il m'a invitée à l'accompagner, mais comme servante bénévole. J'étais pas trop heureuse de reprendre mon uniforme de bonne parce que je travaillais depuis un bout de temps à la boulangerie du Flatte, mais je voulais lui faire plaisir pour une fois.

« Mais, arrivée là, j'étais contente parce que je revoyais enfin miss Driscoll après tant d'années. Elle avait pas changé, pas une miette. La grande madame, qui a de la classe à en jeter. Elle était rendue chanteuse, puis pas de n'importe quoi, cantatrice d'opéra ! J'aurais voulu qu'elle me reconnaisse, moi la fille qui savait lire grâce à elle et qui était pas restée bonne toute sa vie. J'ai pensé qu'avec mon costume de servante, elle me replacerait tout de suite, eh ben non ! J'aurais été quelqu'un d'autre que ç'aurait fait pareil. J'avais beau me planter devant elle puis la suivre partout avec mon plateau, elle me voyait pas. Pourtant, j'avais changé comme elle voulait, mais je pense qu'elle m'aurait pas reconnue de toute façon. J'avais le cœur gros en la suivant : j'aurais voulu qu'elle me dise qu'elle était fière de moi comme de sa propre fille.

« Ç'a failli mal se passer. Tout d'un coup, miss Driscoll s'est fait barrer le chemin par le petit capucin à qui Virginie et moi on jouait des tours en lui inventant des confessions cochonnes. Ça fait que je me suis tenue bien tranquille à côté de ma grande dame, et pour rien au monde j'aurais voulu qu'on me parle : je voulais pas ouvrir la bouche de peur que le capucin reconnaisse ma voix. J'avais hâte que miss Driscoll le plante là, mais non ! V'là-ti pas que t'es arrivé toi aussi, le beau capitaine ! Avec ton uniforme qui avait plus l'air aussi frais qu'avant et la face d'un gars qui s'est soûlé toute la nuit, tu faisais vraiment pitié. Avant la kermesse des dominicains, j'avais toujours pensé que c'était une malédiction d'être toujours oubliée du monde, mais cette fois-là j'ai pensé que c'était plutôt une bénédiction. Non seulement tu me reconnaissais pas, on aurait dit que tu me voyais pas, toi non plus. Une chance, parce que s'il avait fallu que tu me parles, tu aurais peut-être mentionné nos aventures à l'hôtel Couillard, le capucin m'aurait replacée et miss Driscoll m'aurait abandonnée pour toujours. Je me suis comme changée en statue. J'étais modeste comme une vraie bonne, je regardais par terre, je disais pas un mot, j'attendais juste que miss Driscoll vous sacre là tous les deux. Il faisait chaud, je me sentais le visage tout rouge.

« Puis là, je sais pas ce qui s'est passé, vous vous êtes mis à parler tous les trois en même temps, je comprenais rien à ce que vous disiez. Je me souviens seulement que le parfum d'eucalyptus de miss Driscoll me donnait mal au cœur.

« Quand je me suis réveillée, vous aviez disparu tous les trois, j'étais couchée par terre et j'avais le visage de Martial à un pouce du mien. Il avait l'air inquiet. Il m'a aidée à me relever, et il y avait tellement de bonté dans ses gestes que je suis partie à brailler sur son épaule. J'étais pas habituée qu'un homme soye bon avec moi. Je suis retombée dans les pommes tout de suite.

« Martial est allé chercher deux zouaves en renfort, et on m'a ramenée chez madame Gariépy ; le médecin est passé et j'ai dormi vingt heures. Le docteur est revenu, et là, j'ai eu la surprise de ma vie : j'attendais un bébé. C'était pourtant le même médecin qui m'avait dit que je pourrais pas avoir d'enfant. Il avait pas l'air étonné, le docteur. "Le corps change, ma petite fille. Vous étiez guérie de votre maladie, votre corps a repris ses fonctions normales. Si je savais pourquoi ça arrive, il y a longtemps que j'exercerais la médecine ailleurs qu'à Ottawa. Mais vous devriez être contente, non ? Vous allez bien trouver à vous marier…" J'étais pas sûre d'être si contente que ça.

« J'ai redormi un peu, et à mon réveil Martial était debout à côté de mon lit, habillé en zouave comme la veille. Il avait l'air agité, et à voir son visage innocent j'ai eu tellement honte de l'avoir trompé que je lui ai dit qu'on devrait se marier, lui et moi. Pour que mon petit ait un père, que je lui ai dit. Il s'est mis à pleurer en me disant oui.

« J'ai peut-être l'air d'être dure avec Martial, mais ce qu'on sait pas, c'est que je le ménage. Par exemple, je lui ai jamais dit que j'avais tellement envie de faire bobonne et popote quand je l'ai rencontré que j'ai pris le premier du bord qui voulait de moi. C'était plus fort que moi : je voulais un protecteur pour la vie. Martial ou un autre, ça faisait pareil. Je lui ai jamais dit ça, je veux pas lui faire de peine.

« Une bonne chance que je l'ai demandé en mariage, mon grand Martial, parce que je suis certaine qu'il en aurait pas eu l'idée lui-même. Il était sûr que le petit que j'attendais était de lui, moi j'en étais pas aussi sûre. C'est quand le petit est né que j'ai été certaine de mon affaire : pas à cause de la ressemblance avec toi, mais parce que ça faisait exactement neuf mois que le cirque était passé par Ottawa, donc la dernière fois qu'on s'était vus, toi et moi. Je me suis toujours rappelé le moment où j'ai fait chacun de mes enfants ; j'ai une vraie mémoire de femme pour ça.

« Martial a insisté pour que ce soit le père Mathurin de Saint-François-d'Assise qui nous marie. J'ai pas trop rien dit, je voulais pas qu'il se doute de mes folies de jeune fille, mais rien à craindre, le père Mathurin ne se souvenait pas de moi ni de ma voix, comme de raison. La cérémonie s'est bien passée : monsieur et madame Gariépy m'ont servi de parents, Virginie était ma fille d'honneur, et c'est elle qui s'est occupée du souper. Elle a bien fait ça. Ç'a été un beau petit mariage. D'accord, j'étais enceinte du capitaine puis j'ai marié le zouave, mais je me suis vite fait une raison : on continue d'aimer des absents dans les compagnons que la vie nous laisse. Notre mémoire s'arrange avec ça, comme un confesseur qui serait sourd.

« On a appelé notre fils Édouard, comme l'ancien roi. C'est rien que plus tard que Martial a appris qu'il était pas de lui. (C'est Virginie qui le lui a dit un jour qu'on était fâchées elle et moi à cause que j'avais envoyé chier son mari, Lucien le trou-de-cul, qui essayait tout le temps de coucher avec moi parce qu'il s'imaginait que je faisais ça avec n'importe qui.) Martial s'est fâché noir, mais il s'est calmé après un bout de temps. Il avait peur que je le laisse. Même qu'il dit souvent à propos d'Édouard : "C'est lui qui va garder en vie le nom de ma famille." Je le reprends pas quand il dit ça, je préfère me fermer. »

Elle continue de parler, mais je ne l'écoute plus depuis un moment. Je me lève et m'approche du bahut pour examiner les photos des enfants. Dans la pénombre, la figure du petit garçon ne me dit rien, c'est un enfant comme les autres. Je commence à me demander si j'ai bien entendu ce qu'elle vient de dire. Tout à coup, je ne sais plus. Elle poursuit son récit comme si elle n'avait pas remarqué mon trouble et retourne à la cuisine. Je la suis.

« Le premier, mon seul garçon, est de toi, mon beau capitaine d'autrefois. Ma plus vieille, la deuxième, Anita, est la fille de Giuseppe, qu'on appelle juste Joe, qui reste pas loin d'ici et qui est marié avec une autre maintenant. Un petit homme fort comme un taureau qui asphalte les rues avec ses cousins italiens. Je l'ai connu quand ils ont asphalté en avant de chez nous. Il sentait le goudron, une senteur chaude que j'aime. Sa femme m'en veut d'avoir eu un enfant de lui, mais elle a pas d'affaire à chialer, il était même pas marié quand je l'ai connu. Franchement…

« La troisième, je l'ai eue avec Amédée Dubé, un beau petit Syrien qui s'appelle pour vrai Achmed Dubaï, mais qui a changé de nom pour être comme nous autres dans le Flatte. Ce coup-là, ç'a fait toute une chicane avec mon mari. Il avait rien dit pour Joe parce qu'il avait peur de ses gros bras, mais avec Amédée, il est allé le trouver à son épicerie pour lui dire de laisser sa femme tranquille. Devant tous les clients en plus ! J'ai eu tellement honte de lui que c'est moi qui me suis fâchée ! Surtout qu'Amédée a eu tellement peur qu'il a plus jamais voulu recommencer rien avec moi, mais il était trop tard, la petite était déjà en chemin. Au moins,

Amédée a de la classe, lui, comme je le dis toujours à mon mari : chaque année, à Noël, sa sœur et lui viennent porter des cadeaux à la petite, et ils en font aux autres enfants aussi comme s'il y avait pas de différence entre eux. Mais mon mari continue de chialer pareil.

« Je l'ai fait baptiser Virginie en souvenir de mon amie qui avait le même nom et qui est morte parce qu'elle est allée en voir une autre que moi pour faire passer le petit qu'elle avait pas les moyens d'avoir ; elle était pas venue me voir parce qu'on avait eu une chicane niaiseuse, elle et moi. Je m'en veux encore pour ça. C'est pour qu'elle reste vivante que j'ai donné son nom à ma fille.

« Ma quatrième, Ginette, elle est du député Mailhot. C'était un des clients de mon mari, mais je trouvais ça curieux qu'il aille se faire couper les cheveux au salon Fournier, lui qui pouvait aller gratis chez le barbier du Parlement. Au début, je pensais qu'il allait chez Fournier pour rencontrer du monde et avoir leur vote aux prochaines élections. Ç'a l'air que c'était mon vote qu'il voulait : il l'a eu. Je le trouvais tellement distingué, tellement instruit, et il m'emmenait à l'hôtel parce qu'il était marié. Même au Château Laurier, une fois. J'adorais ça ! Lui aussi. Mais quand il a su que j'étais partie pour la famille à cause de lui, il a disparu, on l'a plus jamais revu dans le Flatte. Ça, on appelle ça un écœurant, parfaitement ! Je voterai plus jamais pour lui.

« Évidemment, ces histoires-là, c'est pas trop bon pour le ménage. Mon mari aime pas ça. Je lui ai promis d'arrêter bien des fois, mais c'est plus fort que moi : j'ai de la misère à dire non à un homme qui me dit qu'il me désire. Mon mari m'a même dit une fois : "Tu t'aimes trop !" Pour une fois, il avait raison, je pense. Quand un homme me veut, je redeviens une femme qui veut aussi : je suis plus la mère de mes enfants, la femme de mon mari, la fille de mon père, rien qu'une femme qui fait l'amour avec un homme. Je changerai jamais. Au moins, Martial a arrêté de me faire des scènes devant les enfants ; il faut surveiller ce qu'on dit quand on est parents, parce qu'on sait jamais, ils répéteraient peut-être ces choses-là à l'école.

« Je suis tombée enceinte trois fois de Martial, mais ç'a fini en fausse couche à chaque coup. Je pense que c'est parce qu'il est seulement mon protecteur que ça marche pas avec lui, comme si mon corps arrivait pas à s'ouvrir complètement pour lui. Pour faire un enfant avec un homme, il faut que le désir me travaille comme le diable ; le bon Dieu fait le reste.

« Ce qui est pas drôle pour Martial, et là je me mets à sa place, c'est qu'il y a des hommes qui rient de lui à cause de mes folies. Même au salon Fournier. J'ai beau lui dire : "Écoute, leurs femmes à eux autres sont pas des anges non plus. Ils sont jaloux de toi parce que t'as un bon métier pis que tu parles bien." Une fois, c'est allé trop loin.

« J'avais été avec le grand Champagne, le plombier, rien qu'une fois parce qu'il était pas si bon qu'il disait au lit, mais après il passait son temps à se vanter de m'avoir eue. Même qu'il faisait des farces vraiment grossières avec ça. Une fois, après que Martial lui a eu coupé les cheveux, il lui a dit : "Martial, quand tu embrasses ta femme, pense que tu me baises le cul!" Tout le salon a éclaté de rire. Qu'est-ce qu'on peut répondre à un gars assez bas pour dire des écœuranteries de même? Puis mon pauvre Martial était pas assez gros pour inviter le grand Champagne à sortir dans la ruelle pour se battre avec lui. On s'est mis à rire de lui dans tout le Flatte à cause de cette histoire-là, ça fait que ça le travaillait beaucoup, comme de raison. C'était rendu qu'il mangeait plus, qu'il dormait plus. Je pouvais quand même pas aller assommer le grand Champagne avec ma poêle de fonte comme je l'avais fait avec Lucien, le mari trou-de-cul de Virginie, on le dira jamais assez.

« Ça fait que j'ai été obligée de prendre les choses en main. Je suis allée voir Joe l'Italien à son ouvrage, et j'y ai dit : "Écoute, je t'ai jamais rien demandé pour la petite, mais il serait peut-être temps que tu fasses quelque chose pour l'honneur de l'homme qui la nourrit depuis sa naissance." Le soir même, mon Joe a fourré une volée au grand Champagne à la taverne de l'hôtel Couillard. Le monde a arrêté de rire de mon mari, puis l'enfant de chienne à Champagne, on l'a plus jamais revu dans le Flatte.

« Le pauvre Martial a encore de la peine que je couraille. Ça fait que j'essaie de le consoler comme je peux. Je lui dis par exemple qu'il est un bon père, et que c'est lui que les enfants aiment, pas les autres. Aussi, qu'il y a des choses que je fais rien qu'avec lui. J'ai beau lui dire tout ça, il y a des fois où il reste triste longtemps. Après, ça lui passe, puis il en reparle plus. Jusqu'au prochain.

« Dernièrement, il a fait quelque chose qu'il se pardonne pas. Il a voulu casser la gueule à Ti-Pit Langevin, le laitier, qui est fort comme trois hommes même s'il en a pas l'air. Mon mari revenait de sa soirée chez les zouaves, il avait pris un coup de trop au *blind pig* à Adrienne, puis il s'est jeté sur Ti-Pit parce qu'on commençait à se voir des fois, lui et moi. Ti-Pit lui a cassé les deux bras. En plus, dans la bataille, il lui a déchiré son habit de caporal de zouaves ; il a fallu que je le lui recouse. Ça fait que, non seulement il peut plus travailler comme barbier, mais ça m'a tout l'air comme si cette bataille-là va faire que mon Martial passera pas sergent de zouaves, le rêve de sa vie. En tout cas, j'étais tellement fâchée que je suis allée trouver Ti-Pit, pis je lui ai dit que c'était fini entre nous. Qu'il retourne chez sa femme qui aime pas le cul plus qu'il faut. Ça lui apprendra à battre mon mari.

« C'est ça qui est ça. Avec mon mari qui travaille pas, puis le chômage qu'il y a partout, je suis bien obligée de faire le modèle tout nu chez miss Driscoll. Moi, ça me dérange pas, mais je suis quand même un peu inquiète pour notre famille. Je le montre pas à mon mari pour pas lui faire de peine. C'est quand même mon mari devant Dieu, j'ai des sentiments pour lui et je le mettrai jamais dehors. Puis lui, il partira jamais de la maison, il est pas assez débrouillard pour ça.

« Chez nous, en tout cas, grâce à mon travail de

femme toute nue chez miss Driscoll, on a en masse de quoi manger, mais partout autour de nous, on sent que le monde a faim. Même les animaux de la ville et de la forêt ont l'air d'avoir plus faim qu'avant. On a toujours eu l'habitude à Ottawa, surtout dans le Flatte, sur le bord de la rivière, de voir des animaux sauvages se nourrir dans nos poubelles : des mouffettes, des renards, des chats sauvages surtout. Mais maintenant c'est pire. On les entend la nuit se battre pour des poubelles où il y a rien dedans. Maintenant que c'est l'automne, quand on se réveille le matin, on s'aperçoit que nos chiens et nos chats ont disparu, probablement mangés par les animaux de la forêt. Il reste même plus de rats dans nos maisons et nos rues. C'est rendu aussi que les ours sortent du bois pour venir manger en ville. Ils se promènent dans nos rues comme si la ville avait tout le temps été à eux autres. On se sent comme des vagabonds qui seraient chassés par un propriétaire vorace qu'on aurait oublié qu'il existait. Un matin, la semaine passée, il a fallu en tuer un qui mangeait des pommes dans la cour de madame Perras, la veuve. Tous les hommes ont sorti leurs fusils de chasse et ils sont partis après l'ours. Même Martial est sorti pour les aider avec son casque et son fusil qu'il a gardés de la guerre. Tous les enfants du Flatte riaient comme des fous tellement ils avaient eu peur.

« La vraie preuve que tout va mal, c'est pas seulement que la boulangerie où je travaillais après que j'ai eu arrêté d'être bonne a fermé ; la fonderie aussi ; même l'hôtel Couillard a passé proche de fermer parce que les hommes n'ont plus d'argent pour boire. Mais la vraie preuve, c'est que le matin nos cours sont pleines de vagabonds qu'on connaît même pas. Il y en a parmi eux autres qui ont mangé tellement de misère qu'ils font peur à voir. On les laisse pas entrer dans la maison. La misère nous a rendus moins charitables, on dirait.

« Un beau matin, on s'est réveillés chez nous, puis qui c'est qu'on a trouvés couchés dans notre cour ? Mes deux frères, Viatime et Ermille ! Je sais pas comment j'ai fait pour les reconnaître tellement qu'ils faisaient pitié tous les deux. Ils étaient plus sales qu'ils l'avaient jamais été, leur linge était tout déchiré ; ils avaient la bouche toute noire à cause qu'ils avaient plus de dents ; et comme il fait un froid de loup cet automne, ils avaient déchiré le bas de leurs culottes pour se faire comme des pansements sur les mains et les oreilles pour pas geler. Je les ai fait entrer, j'avais le cœur trop gros à les voir. Après qu'ils ont eu mangé, ils nous ont conté leurs misères. Ils avaient fini par boire la terre qu'ils avaient dans le nord ; à cause qu'ils buvaient, ils avaient perdu leur travail de bûcherons ; ils avaient plus rien à leur nom, ça fait qu'ils avaient sauté le train pour venir voir leur sœur à Ottawa parce qu'ils avaient entendu dire que mes affaires allaient bien.

« Ils sont restés chez nous un petit bout de temps. Ils se sont lavés comme il faut, je leur ai trouvé du linge usagé, je les ai nourris, puis je leur ai expliqué où ils pouvaient trouver de l'ouvrage ailleurs qu'ici. Martial était pas content de me voir leur faire la charité. "Après tout ce qu'ils t'ont fait? Je pensais que c'étaient des trous-de-cul, ces deux-là?" Il avait raison, mais c'était plus fort que moi, je leur avais pardonné. J'étais pas capable de les laisser mourir dehors dans le froid. Ce que j'ai pas dit à Martial, c'est que ça me faisait du bien de leur pardonner leurs écœuranteries. Depuis ce temps-là, j'ai pas mal plus de misère à me rappeler à quel point ils étaient méchants.

« Comme de raison, le temps qu'ils ont été chez nous, ils dormaient dans la cave, et je les embarrais le soir quand ils se couchaient. Puis je leur avais dit que s'ils touchaient à un cheveu de mes filles, je les tuerais avec le fusil de guerre de mon mari. Ils ont vu que je faisais pas de farces, ils se sont tenus tranquilles.

« Ils m'ont donné des nouvelles de chez nous. J'ai su qui était mort, qui avait fait quoi. Ils m'ont dit une fois : "Essaie pas de retourner à Nazareth. La place d'où qu'on vient existe plus." Toutes les terres du coin ont été abandonnées. Les hommes qui sont partis à la guerre se sont fait tuer, ou ils se sont arrêtés ailleurs en chemin quand ils sont revenus, ou ils sont morts de la grippe espagnole. Le gouvernement a repris les concessions parce que les taxes étaient pas payées. La corporation municipale a fait faillite. Nazareth existe plus, effacée de la carte. Les maisons qui restaient debout ont été démanchées par les malfrats des autres villages qui ont fait du bois de chauffage avec. Après ça, les arbres se sont mis à repousser d'eux-mêmes. Les animaux sauvages sont revenus. Aujourd'hui, il y a des loups, des renards et des ours qui rôdent sur les terres qu'on cultivait. Il reste rien de nous autres. On est juste nés là, personne se souvient de nous. Je sais pas pourquoi, ça m'a fait un peu de peine. Mais c'est pas grave, je me suis fait ici d'autres souvenirs qui sont plus beaux que ceux que j'avais avant. »

Concorde s'est tue pour mieux s'affairer. Le matin commence à poindre à la fenêtre. Dehors, la belle neige qui est tombée pendant la nuit a commencé à noircir à cause des feux de charbon dans les maisons. Il fait bon et chaud dans la cuisine. Ça sent le pain qui cuit et le ragoût qui mijote. « Qu'est-ce tu veux que je te fasse pour déjeuner ? Je peux te faire des crêpes ou du bon gruau avec de la crème épaisse et de la mélasse. Une bonne tranche de pain de ménage rôtie sur le poêle avec ça, et un petit café. Ça te tente ? » Elle est resplendissante de bonté comme dans le temps de nos nuits à l'hôtel Couillard, et le désir que j'avais pour elle autrefois me revient tout à coup. J'ai envie de son visage luisant de sueur dans la chaleur du feu de poêle, je trouve même du charme à son tablier fleuri. Son air de femme occupée me garde cependant à distance respectueuse, et je chasse mon envie d'elle en songeant à mon ami Tard qui aurait tant aimé que je lui raconte la scène que je vis en ce moment. Je mangerais bien quelque chose pour lui faire plaisir, mais l'appétit n'y est pas. Je lui demande si je peux revenir plus tard dans la journée pour voir de quoi le petit a l'air. Sa réponse ressemble à un non : « C'est Martial, son papa. Toi, t'es juste son père. »

Je vais m'en aller, ça vaut mieux. Je tâte dans la poche intérieure de ma veste la liasse de billets que Garry m'a donnée, geste rassurant qui me décide à me lever.

Elle ne me retient pas. « Au revoir, Concorde. » Pour une fois, elle ne répond rien.

Sept ans que j'avais quitté Ottawa. Je m'en portais d'ailleurs très bien. Parfois, Mathurin me donnait de ses nouvelles. La nouvelle maîtresse de poste du village m'avait dit qu'il y avait la guerre en Espagne.

Un jour où je travaillais tranquille dans mon atelier et que j'avais laissé la porte ouverte à cause de la mauvaise odeur, deux personnes ont surgi sur la galerie. Je les distinguais mal à cause du soleil de septembre qui faisait flamber le fleuve, mais je n'ai pas été long à voir que ce n'était ni l'huissier ni le shérif.

Ils sont entrés chez moi comme si de rien n'était, une dame charnue et bien vêtue avec un grand garçon. La dame me rappelait miss Driscoll avec son port de tête de cantatrice et l'assurance de ses manières, mais sans le parfum d'eucalyptus ; le jeune homme ressemblait comme deux gouttes d'eau à mon grand-père le maraîcher. J'aurais bien voulu accueillir la dame par son nom mais les mots m'ont manqué : il devait y avoir au moins deux mois que je n'avais pas parlé à âme qui vive, j'avais la bouche tout engourdie. Elle m'a pris de vitesse sans peine : « Concorde… Tu me replaces toujours pas ? Je le savais… » J'allais dire quelque chose d'aimable mais, quand elle m'a dit que le jeune homme était mon fils, j'ai failli en avaler ma pipe.

Puis elle est sortie pour nous laisser seuls, lui et moi ; et aussi parce que ça sentait franchement mauvais, je pense. C'est pas seulement parce que j'avais enboucané la maison avec la fumée de ma pipe. Il y avait aussi que j'avais sorti quelques anguilles du fumoir quelques jours auparavant, que j'étais allé me promener et que j'avais oublié de rentrer, comme cela m'arrive parfois. La porte était restée ouverte, et quelque animal, un renard ou un chat sauvage, était entré et avait dévoré mon repas, me laissant son odeur de fauve rassasié pour me remercier. L'année d'avant, un ours m'avait fait le même coup, et j'avais été obligé de le tuer parce qu'il avait pris des habitudes chez moi. C'est le genre de choses qui arrive quand on vit seul. Ça pue aussi parce que des fois, quand j'oublie pendant trop longtemps de me baigner dans le fleuve, je sens plus fort que l'ours que j'ai tué.

Toujours est-il que le jeune homme et moi avons sympathisé tout de suite ; il ne m'a pas fait la moindre remarque désobligeante sur la saleté des lieux, comme quoi il est très bien élevé. Il s'appelle Édouard, étudie au Collège séraphique des Trois-Rivières. Je lui ai promis d'aller le voir pour lui obtenir des sorties. À ma grande surprise, j'ai tenu parole sans effort ; c'est un chic garçon qui a l'avantage de ne pas me ressembler du tout au moral. Par exemple, il a bon cœur. Il tient ça de sa mère, pas de doute. Moi, je n'ai pas bon cœur : à preuve, si je suis allé voir ce garçon si souvent dans son collège qui pue presque autant que ma maison sur le fleuve, c'était pour me rapprocher de sa mère dont la réincarnation embellie m'avait tant plu. Au début en tout cas. Après, j'ai appris à avoir de l'affection pour lui, et je vais encore le voir même si sa mère ne m'aime pas vraiment. Ce qui n'est pas bien grave d'ailleurs : moi je l'aime, c'est tout ce qui compte.

Cette fois-là, nous n'avons pas eu le temps de refaire connaissance, elle et moi. Ils étaient repartis aussi vite tous les deux. Elle est revenue en octobre, mais sans lui. Elle voulait me remercier d'être allé le voir deux fois. « Grâce à tes visites, qu'elle a dit, il s'ennuie moins, et comme ça je suis sûre qu'il se sauvera pas du collège et qu'il va se faire instruire comme il faut. Il dit qu'il aime t'entendre lui raconter ta vie. Ça m'étonne pas : son père nourrissier parlait à tout le monde sauf à ses enfants, ça lui a peut-être manqué. »

Elle avait l'air tout attendrie en disant cela. Alors, je lui ai offert une chaise et un verre de mon vin de groseilles. Elle m'a arrêté tout de suite : « D'abord, va me chercher de l'eau au puits, on va faire un peu de vaisselle. Tes verres sont tellement sales qu'ils ont l'air pleins. On va ouvrir les fenêtres aussi. Ce serait un bon commencement. Et tu sauras que si je fais ça avec n'importe qui, je fais plus ça n'importe où. Si tu veux qu'on couche ensemble, ou bien tu viens me retrouver à

Ottawa, ou bien tu fais le ménage chez toi. L'un ou l'autre, arrange-toi pour prendre un bon bain. » Elle n'a pas eu besoin de me le dire deux fois.

Il y a des moments où je me dis que, si j'avais su quelle révolution elle opérerait en moi par son retour dans ma vie, je lui aurais fermé ma porte. L'instant d'après, je me dis que non, elle m'a fait trop de bien. C'est simple : je suis un autre homme.

Elle non plus n'est pas la femme que j'ai connue dans le temps. C'est une madame maintenant. Alors que moi je n'ai rien à dire sur les sept dernières années où j'ai vécu tranquille dans ma maison d'ermite vagabond, me contentant d'assurer ma subsistance et d'embêter mes voisins les villageois, elle a fait bien du chemin sans même jamais bouger du Flatte.

« J'étais bien obligée, qu'elle me dit. Mon mari pouvait plus faire les cheveux parce qu'il avait toujours mal aux bras. Ça fait que, quand le monsieur Fournier du salon de barbier est mort, j'ai convaincu Martial de prendre le salon en gérance et d'engager des barbiers qui travailleraient pour presque rien à cause de la crise. Je l'ai nommé gérant, et ça a fait de lui l'homme le plus heureux du Flatte. Quand les affaires se sont remises à marcher, je lui ai fait prendre une hypothèque sur notre maison qui était payée, et j'ai acheté toute la bâtisse pour une bouchée de pain ; j'ai même fait agrandir le salon. Il y a quatre ans, j'ai racheté l'hôtel Couillard qui venait de faire faillite. Je m'en suis occupée comme il faut, j'ai nommé Martial gérant en chef, et la business s'est mise à rapporter comme avant. Martial était responsable des achats, et il passait la moitié de son temps à faire le beau parleur avec les clients en leur disant : "C'est à moi le commerce ici… J'ai fait la guerre…" Je le laissais dire, au moins on vivait mieux qu'avant, quand on était tellement pauvres que j'étais obligée de montrer mes fesses à miss Driscoll.

« Martial est mort il y a deux ans. Il était allé faire les commissions et il s'est fait tuer par une voiture en traversant la rue. Pauvre lui qui venait de passer sergent dans les zouaves et qui avait cessé de faire rire de lui parce que j'en avais plein les bras avec l'hôtel, j'avais plus le temps de courailler. On l'a enterré dans son uniforme neuf de sergent avec son clairon sur le côté.

« J'ai changé le nom de l'hôtel. Il s'appelle le Duke maintenant. Ça fait plus chic. J'ai mis dehors les putains qui venaient se faire mettre chez nous, et on sert la meilleure bière d'Ottawa dans ma taverne. J'ai pas le droit de servir les clients parce que je suis une femme, mais c'est moi qui mets dehors les soûlons qui se battent. Martial avait essayé une couple de fois de son vivant, mais chaque fois il se faisait péter la gueule en sang. Moi, on n'ose pas me toucher parce que je suis une femme ; et aussi parce que je dois rappeler leur mère à ces gars-là, ça fait que j'en profite pour mettre la paix dans la taverne sans qu'il y ait de bataille.

« Le plus beau, c'est que j'ai hérité de miss Driscoll comme pensionnaire, elle qui avait encore son appartement et son studio au Couillard. Elle fait encore un peu de photographie, mais moins qu'avant à cause de son arthrite ; elle a arrêté de faire de la peinture quand l'église Saint-Jean-Baptiste a brûlé en 1931. Elle me replace pas plus qu'au temps où je me déshabillais pour ses peintures, mais elle est contente de m'avoir pour propriétaire. Je lui ai promis de jamais augmenter son loyer ; et des fois, quand j'ai le temps, je lui sers moi-même ses repas à sa chambre. Je lui ai même permis d'installer à sa fenêtre un nourrissoir pour ses oiseaux. Pour me remercier, elle a voulu me donner ses tableaux, mais j'ai pas voulu : j'ai insisté pour les acheter. C'est pour l'aider que j'ai fait ça vu qu'elle travaille plus beaucoup et qu'elle a moins d'argent. C'est à mon tour d'être charitable avec elle. Le seul tableau que j'aie pas d'elle, c'est celui où le père Mathurin faisait Brébeuf et toi un Iroquois. Elle l'a donné à Mathurin.

« Tout l'hôtel est aux petits soins pour elle, je te le dis. Quand il y a du bruit dans les chambres, je monte et je dis aux clients : "Dérangez pas la madame artiste !" Ils se calment tout de suite. Un jour, elle m'a même invitée à prendre le thé chez elle ; j'ai pas osé accepter, évidemment. Mais j'ai quand même accepté une chose d'elle : qu'elle prenne ma photo.

« Je peux pas dire que j'étais contente du résultat, mais c'est pas de sa faute. Personne avait jamais pris mon portrait, je savais pas à quoi je ressemblais pour de vrai. Je me console en pensant qu'au moins j'ai été désirée par bien des hommes dans ma vie. Mais à voir la photo, on le dirait pas.

« On est amies elle et moi maintenant. Comme j'ai maigri un petit peu dernièrement et qu'elle a pris un peu de poids, elle me donne de son vieux linge, qui me va comme un gant. De plus en plus de gens me disent que je lui ressemble. Il y a rien qui me fait plus plaisir que d'entendre ça. »

Elle est belle, Concorde, en madame. Je le lui dis chaque fois que je peux. Elle me répond que je la trouve de mon goût maintenant que je ne suis plus très beau moi-même. Oui, elle est toujours aussi franche qu'avant dans ses propos. Chose certaine, j'ai appris à ne pas être trop lyrique avec elle ; ça l'agace. Un jour, je l'ai appelée « ma muse ». Sa réponse : « Oui, c'est ça, toi aussi tu m'amuses. » Autrement dit, elle se méfie de moi et de ces mots qui me viennent trop facilement à la bouche, probablement parce qu'ils sortent de ces livres que j'ai trop fréquentés dans ma jeunesse. C'est ce que dirait mon ami Mathurin en tout cas, lui-même si longtemps victime de ses propres lectures.

Elle a d'autres motifs de se méfier de moi, et elle ne se prive pas de me les dire. Entre autres, elle pense que je m'intéresse à elle parce que miss Driscoll ne voudrait plus de moi aujourd'hui. J'ai beau lui jurer que c'est faux, il y a des moments où je crains que ce ne soit que trop vrai. Dans mes moments de doute, je me rappelle que c'est avec elle, Concorde, que j'ai cessé de rêver d'être autre chose que ce que je suis.

Pour combattre sa méfiance, que je ne comprends que trop bien parce que je me connais aussi, et pour lui plaire, j'ai heureusement notre fils. De mon côté, il m'a fallu faire un effort pour m'habituer à l'affection d'Édouard. J'avais déjà un ami en Mathurin, et voilà que tout à coup j'en avais deux, dure adaptation pour moi. La franchise de son amitié ne laissait pas de me surprendre. Pourtant, j'en faisais si peu pour lui : je lui apportais quelques douceurs au collège, je l'écoutais, et je lui racontais des épisodes de ma vie. Plus je lui parle, plus il m'écoute. Je suis en train de lui léguer mes souvenirs et ceux de mon village qu'il ne connaîtra sans doute jamais. Ces paroles seront son seul héritage, il n'aura même pas droit à ma maison sur le fleuve, qui sera sans doute saisie par la justice à ma mort pour taxes impayées. Ça ne fait rien, qu'il me dit. Il me reste attaché, et je me suis pris au jeu. C'est plus fort que moi, j'aime maintenant ce garçon comme s'il était vraiment mon fils.

Je ne croyais pas non plus m'intéresser autant à sa mère, mais c'est arrivé aussi, et plus vite que je n'aurais cru. Dès ma première visite à Ottawa, elle m'a repris dans son lit de veuve. J'ai été le premier surpris de mon engouement pour elle. Pourtant, elle n'est pas plus qu'avant, au physique comme au moral, le genre de femme qui a déjà peuplé mes rêves. Mais j'aime l'entendre parler, rire, se plaindre ou chanter. Quand je suis près d'elle, je suis bon avec les autres, je rends service à des inconnus, j'ai envie de plaire.

Elle avait pourtant été claire au début : « Si je couche avec toi, c'est juste parce que j'ai trouvé personne d'autre. J'aime que tu m'en donnes, c'est tout. J'ai jamais aimé d'homme de ma vie. Toi, il y a presque vingt ans, j'ai passé proche de t'aimer mais t'étais trop soûl. T'as manqué ta chance. On peut pas revivre la vie qu'on a manquée. C'est trop tard. Viens te coucher. »

Au début, cette liberté que nous nous laissions l'un à l'autre convenait à mon tempérament. Je ne restais que quelques jours à Ottawa et je rentrais chez moi sans rien attendre.

Puis je me suis mis à faire le voyage souvent et à faire de longs séjours chez elle. Parfois, elle me permettait d'inviter mon ami le père Mathurin, et nous écoutions ses histoires de saintes femmes avec indulgence. Après le souper, nous faisions de la musique ensemble. C'est que Concorde, depuis qu'elle est un peu riche, s'est offert le cadeau de sa vie : un superbe piano automatique avec des chandeliers de chaque côté du rouleau à partitions. Aucun d'entre nous ne sait en jouer, mais nous faisons semblant avec des morceaux de musique qui jouent tout seuls. Le père Mathurin fait du Bach, Concorde du Schubert, et moi, je joue sans arrêt *Les Roses de Picardie*. Le chat de la maisonnée, Catou, est notre auditeur le plus fidèle, il nous écoute sans broncher, sérieux comme la mort. Quand nous avons fini de jouer, il retourne se coucher derrière le piano ; c'est sa maison.

Concorde a bien raison de dire que la vie est belle quelquefois, quand on veut.

Mon ravissement incrédule dure toujours. Trois ans maintenant.

Mais, comme toujours, il a fallu que je fasse le fou, avec pour conséquence que ma belle m'a renvoyé dans mes terres. La prochaine fois, je ferai attention.

La vérité, c'est que, pour la seule fois de ma vie, j'ai été trop sûr de moi, trop confiant dans mon bonheur pourtant inespéré. J'aurais dû rester inquiet, ça me réussit mieux.

J'étais convaincu que Concorde se satisferait amplement de moi. Durant mes séjours à Ottawa, je remplaçais un peu son mari dans la gérance de l'hôtel. Elle m'était reconnaissante aussi de me voir m'occuper de ses enfants que je régalais du récit de mes frasques d'adolescent attardé. Enfin, j'étais devenu dans ses bras l'amant attentif que j'avais toujours rêvé d'être, et elle me récompensait de caresses auxquelles même feu son mari n'avait jamais eu droit. La croyant comblée, je me croyais en droit de l'être aussi.

C'est là qu'a été mon erreur : de croire qu'il suffit de faire le bonheur d'un autre pour être heureux soi-même. Et Dieu le sait, heureux avec elle, j'ai été.

J'aurais dû voir venir le coup, pourtant. Depuis quelque temps, je la sentais nerveuse. Elle craignait qu'une nouvelle guerre éclate. « Je sens ça dans mes os, me disait-elle. Je suis sûre qu'il se prépare quelque chose de l'autre bord en Europe. Comme si ça les démangeait de s'entre-tuer encore, ceux-là. Et tu sais ce que ça veut dire, hein ? Ça veut dire que la guerre va me prendre mon Édouard et que je vais le perdre. » Elle s'effondrait en larmes chaque fois qu'elle abordait le sujet. Je faisais de mon mieux pour la rassurer. À l'époque où nous avions renoué, il y avait une guerre civile en Espagne, et elle était sûre que le Canada en serait tôt ou tard depuis qu'elle avait appris qu'un voi-sin du Flatte s'était engagé dans la brigade de volon-taires canadiens partie là-bas. Je l'avais calmée en lui racontant je ne sais plus quoi, moi l'intellectuel sûr de son savoir sclérosé, qui n'avais pas ouvert un journal depuis quinze ans. J'avais eu beau avoir raison malgré moi en 1937, cette fois, mes discours lénifiants restaient sans effet. J'aurais dû m'en alarmer.

C'est elle qui avait raison, elle avait tout deviné de loin. Le jour où nous avons appris à la radio que la Pologne avait été envahie, notre Édouard est rentré à la maison en tenue d'officier, avec sa future à son bras, Marie, la fille de Virginie, qui était femme de chambre au Duke. Les félicitations de Concorde ont été plutôt froides. Elle était bien heureuse de voir son fils épouser la fille de sa meilleure amie de jeunesse mais elle lui a reproché de délaisser sa jeune carrière dans l'enseignement, lui qui avait l'instruction qu'elle avait tant enviée chez les autres, lui, un bachelier, il irait se faire tuer pour des Français et des Polonais qu'on ne connaissait même pas? Ah non… Elle était si triste ce soir-là que j'ai préféré dormir sur le divan afin de ne pas la déranger.

Les préparatifs de la noce l'ont distraite, d'autant plus qu'il fallait se dépêcher un peu. Édouard devait aller rejoindre son régiment bientôt. Concorde n'a mis qu'une condition à son consentement : que le mariage ait lieu à l'église Saint-Jean-Baptiste, qui a été rebâtie à neuf depuis qu'elle a passé au feu il y a quelques années; même le carillon est tout neuf, avec ses trente-neuf cloches fraîchement arrivées de Belgique. « C'est pas parce qu'on est du Flatte qu'on a pas la classe qu'il faut pour se marier chez les dominicains », a-t-elle dit à son fils. J'ai obtenu pour ma part que l'officiant soit notre ami le père Mathurin. Les dominicains se sont rendus à nos requêtes le plus aimablement du monde.

J'ai cru que Concorde allait finir par retrouver sa bonne humeur dans l'entrain des préparatifs de la fête. Elle faisait grand cas entre autres du fait qu'elle avait demandé à miss Driscoll de photographier les mariés. Miss Driscoll avait accepté, même si son arthrite la faisait beaucoup souffrir, mais elle aurait comme assistant son chevalier servant de toujours, le très charmant monsieur Garry, le journaliste. Et, bien sûr, ces deux grands personnages seraient du banquet qui suivrait la noce. La fois où elle m'a donné ces détails, elle ne se tenait pas de joie.

L'apparence de son bonheur m'a rendu lyrique, moi aussi. Et cette nuit-là elle m'a aimé avec une ardeur que je ne lui avais jamais vue ; heureux comme je l'étais, sûr aussi de son sentiment pour moi, convaincu surtout, dans ma profonde niaiserie, qu'elle avait atteint l'âge où il est presque impossible à la plupart des femmes de se recaser, je lui ai proposé d'être ma veuve un jour. Elle n'a rien répondu, mauvais signe pour moi. Je n'avais pas compris qu'elle venait de me dire adieu en m'aimant avec autant d'abandon. Le matin venu, elle m'a demandé de partir et de ne plus revenir parce que ça valait mieux comme ça.

J'ai obéi, mais en me rendant à la gare j'ai dû me retourner au moins trente fois pour voir si elle n'avait pas changé d'avis. J'ai pris mon billet le plus lentement du monde, et j'ai laissé passer trois trains pour Montréal avant de comprendre enfin que non, elle n'avait pas changé d'avis. (Elle m'a avoué plus tard qu'elle s'était fait avorter le lendemain.)

Ma disgrâce a été si subite que je ne ressens toujours pas la moindre souffrance. Il y a aussi le fait que je suis plus lucide parce que j'ai compris bien des choses en vaquant à ma réinstallation dans mon repaire sur le fleuve. Quinze jours aujourd'hui qu'elle m'a mis à la porte.

Maintenant je vois tout clairement, comme lorsqu'on revoit un film qu'on a aimé la première fois mais dont on ne saisit le vrai sens que la seconde. Concorde ne veut plus de moi parce qu'elle en aime un autre. Et cet homme, c'est nul autre que mon ancien compagnon d'armes et d'amours déçues, Garry, ci-devant chevalier servant en titre de la Driscoll. J'ai compris ça ce matin en faisant ma lessive.

Garry et la Driscoll n'étaient plus pour moi que les dernières ombres d'Essiambre sur terre. Je les ai revus quelques fois pendant mes derniers séjours dans le Flatte, mais sans m'en émouvoir. Elle a conservé au Duke le studio de photographie et de peinture qui ne sert presque plus; lui est resté riche et influent. Comme il est très généreux avec elle, miss Driscoll est enfin devenue la seigneuresse oisive de ses rêves d'autrefois. Il la conduit au concert ou au théâtre chaque fois que quelque chose d'intéressant passe en ville et, si j'en crois Concorde, c'est lui qui règle la note de l'hôtel tous les mois. Ils vont se promener tous les dimanches de la belle saison, elle, l'élégante surannée de 1916, et lui, le distingué contemporain: joli feutre, costume de belle coupe, fleur à la boutonnière, chaussures bicolores et canne de bois écossais à pommeau d'argent. Ils font vraiment un beau couple. Je gage que c'est cette image-là qui a dû faire rêver Concorde.

Quand je les croisais dans les rues du Flatte, je restais à ma place. Elle, avec ses beaux grands yeux myopes, ne me reconnaissait jamais, naturellement. Lui, il me saluait légèrement de sa canne, et pour ma part je lui adressais le sourire d'un gentleman qui connaît le prix de la discrétion. J'ignore pourquoi, mais le spectacle de leur quiétude presque bourgeoise me procurait une sensation bienfaisante, la certitude peut-être que les pires douleurs amoureuses ont une fin malgré tout et que nous sommes tous dignes des espérances les plus vaines.

Ainsi, ce serait cet homme que Concorde aimerait ? J'aurai bientôt l'occasion de le savoir ; Édouard se marie samedi, Concorde m'a demandé de lui servir de père, et j'espère qu'elle n'a pas changé d'idée. Je n'ai jamais fait le père, moi, j'aimerais bien essayer pour une fois.

Ce sera mon dernier séjour à Ottawa. Je le sais parce que le père Mathurin m'a écrit ce matin pour que je lui rapporte sa valise que j'ai tant fait voyager. Il m'a invité, par la même occasion, à loger au monastère le soir de la noce. Concorde a dû lui dire que… Bon, ça ne fait rien, je vais y aller.

C'était bien.

Les jeunes mariés étaient beaux comme des cœurs, elle dans sa robe blanche et lui dans son uniforme de lieutenant aviateur. Concorde faisait très grande dame, elle était même mieux que miss Driscoll dans ses plus belles années; et Mathurin a été parfait pendant la cérémonie, même s'il avait l'air triste comme les disciples de Jésus au jardin de Gethsémani. Pour ma part, j'ai été très digne. Le costume que Mathurin m'avait déniché au comptoir des pauvres de la Saint-Vincent-de-Paul avait l'air presque neuf sur moi, et Concorde m'avait offert une chemise et une cravate pour l'occasion. Je n'avais pas bu une goutte la veille et je me suis bien tenu au banquet.

Pendant son sermon, Mathurin a dit qu'il ne fallait pas trop s'inquiéter de la guerre qui nous menace parce que monsieur Hitler et monsieur Mussolini étaient catholiques après tout. « À Noël, la paix sera faite », qu'il a dit. Je me suis alors tourné vers Concorde en pensant que ça lui ferait peut-être plaisir d'entendre ça, mais quand j'ai vu son visage tendu, j'ai compris qu'elle ne croyait pas mon ami. Son idée est faite, il va y avoir la guerre. Je comprends ses doutes : la dernière fois, ceux qui se sont entre-tués étaient catholiques, eux aussi, alors…

Comme prévu, miss Driscoll a fait la photo, aidée du chevalier servant. À un moment donné, Concorde a quitté le groupe et invité miss Driscoll à se joindre à nous ; elles ont discuté un peu toutes les deux, et, vue de loin, miss Driscoll avait l'air de dire qu'elle ne serait pas à sa place. Mais Concorde a insisté et le chevalier Garry a accepté de prendre la photo avec miss Driscoll dedans. Je me rappelle les flashs dans ce beau jour d'automne, avec le petit vent qui apaisait le dernier soleil de novembre. Après, nous sommes tous redescendus vers le Flatte à pied, sauf les mariés à qui Garry avait eu la gentillesse de prêter sa voiture. Un monsieur, ce gars-là.

Je ne m'étais pas trompé, c'est vraiment de ce monsieur-là que ma Concorde est tombée amoureuse. Elle ne m'en a parlé qu'une seule fois, je n'ai pas rallongé le discours, et sa peine était tellement belle à voir que j'en ai oublié la mienne l'espace d'un instant.

Nous étions dans son bureau au Duke. Je m'étais attardé quelques jours à Ottawa en prétextant que je voulais aider Mathurin à finir son livre sur Catherine de Saint-Augustin, ce qui était un peu vrai. Le reste de la vérité, c'est que j'attendais que Concorde me fasse signe.

Ce n'était pas tout à fait le signe que j'attendais, mais je m'en suis contenté. Elle m'a invité à passer la voir pour qu'elle puisse me montrer les photos de la noce. Il y avait une bouteille de rhum débouchée sur son bureau, nous avons porté un toast à la santé des mariés, et je n'ai pas attendu l'encouragement de l'alcool pour lui demander si elle était amoureuse de Garry.

« Oui, mais j'ai pas d'espoir, qu'elle a dit. Je peux pas l'aimer parce que je peux pas le voler à miss Driscoll, ma conscience me le pardonnerait pas, et lui, il peut pas m'aimer parce que c'est elle qu'il aime. C'est drôle parce que ça faisait vingt ans que je les voyais ensemble, et je m'étais jamais intéressée à lui avant il y a pas longtemps. Un beau matin, je l'ai aperçu dans la rue qui venait livrer à miss Driscoll sa boîte de Craven « A » et sa bouteille de sherry, comme toutes les semaines, tiré à quatre épingles comme toujours. Et là, je me suis surprise à me souvenir que j'avais rêvé toute ma vie d'être aimée par un homme élégant et prévenant dans son genre, qui m'appellerait *darling* ou *my love,* comme il fait avec elle. Je te mens pas, ça m'est tombé dessus comme un éclair un jour de grand soleil. Je peux bien te le dire à toi : j'ai jamais été malheureuse de même. J'arrête pas de pleurer. C'est fou, hein ? »

Je me suis bien gardé de piétiner sa peine de cœur en lui révélant les préférences de Garry et les véritables motifs de son attachement à miss Driscoll. J'ai préféré me servir un autre verre de rhum. Elle m'a imité. Nous ne disions plus rien.

Pour faire diversion, je me suis levé pour examiner les tableaux aux murs de son bureau, les œuvres de miss Driscoll. Le plus grand et le moins réussi est celui pour lequel Concorde a posé nue dans le temps. Mais elle n'est pas nue : miss Driscoll l'a habillée en Catherine de Saint-Augustin dans une scène où le démon s'apprête à lui verser de la cendre chaude dans l'oreille pour la guérir d'un abcès. Malheureusement, Concorde y est méconnaissable en sainte femme. Je ne le lui ai pas dit. Le plus réussi est le fusain baptisé *Commotion*. Là non plus on ne peut pas reconnaître Concorde évanouie par terre. Ma pauvre amie aura passé toute sa vie inaperçue.

Elle se lève et va chercher dans la grande armoire derrière elle les deux photos de groupe du mariage. Je lui demande pourquoi Mathurin a l'air d'un boulanger qui a manqué un pain de sa fournée. « Tu le savais pas ? Il va partir en pays de mission la semaine prochaine. Le rêve de sa vie. Moi aussi, j'aurais pensé qu'il serait content. Mais il faut croire qu'il s'était accoutumé ici et qu'il aimait ça. » J'ai appris le reste plus tard : Mathurin a été nommé missionnaire, mais pas chez les Papous, qui l'auraient peut-être crucifié comme il en rêvait dans sa jeunesse : on l'a envoyé en pays de colonisation, à Timmins, une petite ville minière du nord de l'Ontario où l'hiver dure huit mois. Il a été nommé curé, et c'est lui qui sera chargé de bâtir la future église capucine. Une ville où il n'y a pas de trottoirs ni de toilettes dans les maisons, m'a dit Concorde. Mathurin n'a emporté là-bas que sa valise et son tableau où il faisait Brébeuf. Il n'a dit adieu à personne tellement il avait de peine de partir.

Sur les deux photos, je ressemble assez à une version avariée de moi-même. Sur celle de miss Driscoll, je regarde en l'air. Concorde me demande pourquoi. Je bafouille quelque chose. Elle ne me croit pas, mais elle a la délicatesse de n'en rien dire. La vérité, c'est que je ne voulais pas que miss Driscoll devine que je pensais à Essiambre quand elle a pris son cliché. Dans la photo qu'a prise Garry, je regarde par terre. Là aussi Concorde veut savoir. « Je sais pas pourquoi, le chevalier servant me faisait penser ce jour-là à un journaliste qui m'a déjà prêté de l'argent et que je n'ai jamais remboursé. » Elle me fait un beau sourire tout pâle, signe que ce dernier mensonge ne la dérange pas plus que le premier.

Concorde déchiffre le reste de la photo. C'est un autre don qu'elle a : elle peut prédire l'avenir des photographiés.

« Tu vois mon Édouard ? Il va mourir à la guerre, dans son avion, après avoir tué des innocents avec ses bombes. C'est écrit. Je devine aussi que sa Marie est enceinte. Elle attend une fille, mais elle ne le sait pas encore. Son veuvage durera pas longtemps. Elle va se remarier avec un autre militaire, elle va déménager dans un autre pays, loin d'ici, on la reverra plus jamais dans le Flatte.

« Miss Driscoll va mourir aussi. Il lui reste deux hivers à vivre. Monsieur Garry s'en consolera jamais. Toi, je veux pas te faire de peine, mais tu passeras pas la guerre non plus, avec tes poumons de gazé et ton foie d'ivrogne. Moi, je vais vivre jusqu'à cent ans, mais ça me tente pas beaucoup. C'est long, la vie, quand on a personne à aimer. »

Je lui demande à quoi elle pensait sur la photo du chevalier servant, avec sa mine de pensionnaire de sanatorium. Elle sourit : « Je regardais son objectif le plus fort que je pouvais pour lui dire "Tu es mon premier chagrin d'amour." Je pense pas qu'il m'ait entendue. Mais c'est pas grave… » Elle se lève et va ranger les photos dans l'armoire. Quelque chose me dit que c'est la dernière fois qu'elle les regarde.

Debout à la fenêtre, elle allume une cigarette qu'elle fume avec le porte-cigarettes d'ambre dont miss Driscoll lui a fait cadeau. La bouteille de rhum est vide. Mon train part dans une heure.

Je sens que je vais bientôt entreprendre ma dernière migration.

Treize mois maintenant que je suis rentré d'Ottawa, treize mois d'hiver, on dirait. J'ai maintenant la certitude que je ne reverrai plus jamais Concorde, mais ça ne fait rien, je l'ai revue au moins la fois des noces, ça me suffit. Je me sens comme un homme qui a fait des provisions pour un long voyage, je suis tranquille. C'est la guerre partout ailleurs dans le monde, mais je suis en paix avec moi-même ici.

Maintenant que Concorde m'a exclu de sa vie, je suis sûr de l'aimer. Je ne me suis d'ailleurs jamais senti aussi vivant, et je me dis que la prochaine fois que je tomberai amoureux, je saurai comment on fait pour le rester.

Dans mon atelier où je travaille mieux qu'avant, j'imagine que j'ai sa photo devant moi et je lui parle tous les jours. Elle n'a pas voulu me donner de photo d'elle, mais je lui parle quand même. Je lui donne des nouvelles du voisinage, je lui dis le temps qu'il fait ici.

Pour trouver le sommeil le soir, je repense à ses caresses amoureuses et je m'endors en elle chaque fois. J'ai commandé dernièrement à une maison de Montréal le même livre de cuisine qu'elle, et je fricote régulièrement les plats qu'elle faisait. Comme ça, j'ai l'impression de manger en sa compagnie tous les soirs. Sa morue à la tomate, sa compote de fruits secs, sa purée de pommes de terre aillée, son rôti de palette mijoté : elle ressuscite ainsi devant moi avec les odeurs de sa cuisine. Après, nous passons au salon et nous jasons toute la nuit des fois.

Elle est partie avec mon désir. Avant de refaire la connaissance de mon amour hier enfui, il m'arrivait parfois d'aller rendre visite à la nouvelle maîtresse de poste dont le mari est un politicien qui voyage beaucoup, et je me moquais royalement de savoir si le village savait. C'est la fille de l'ancienne maîtresse de poste, celle qui lisait mon courrier à mon père et lui conseillait de me renier. La fille est mieux, mais j'en ai fini de ces amours de mammifères raisonnants qui habillent leurs accouplements sans suite de paroles poétiques. J'ai rompu avec elle. Je n'aime que celle qui ne veut plus de moi. Mais je vis l'amour authentique, celui qui a conquis la biologie et la raison. Oui, je suis enfin devenu un homme digne de ce nom, un homme qui aime une femme pour rien et n'attend rien d'elle. Ça fait du bien.

Ce n'est pas tout. Je prends mon bain tous les samedis pour le cas où elle réapparaîtrait sans s'annoncer comme la première fois. Pour ne plus empester la maison, je fume ma pipe dehors maintenant. Je balaie le plancher après ma journée de travail, je fais la lessive le lundi comme elle, je nettoie les vitres une fois par mois. Au lieu de laisser le chien lécher les assiettes, je fais la vaisselle tous les jours. Si j'avais de son parfum, j'en mettrais.

Les rares paroissiens qui me rendent visite n'ont plus peur de moi ; ils acceptent même de boire de mon vin dans mes verres désormais propres, alors qu'avant ils refusaient tout le temps. À propos de ces concitoyens qui me craignent toujours autant, j'ai surpris dernièrement un garçon de dix ou onze ans à pêcher au bout de mon quai. Un beau petit bout d'homme aux cheveux roux qui me rappelait mon ami Rodrigue du collège. Il tremblait de peur, le pauvre, alors je l'ai apprivoisé. Nous avons même sympathisé. Il m'a appris que le village m'a donné un nouveau surnom. On m'appelle Absalon maintenant. Sans doute à cause de mes cheveux longs et de ma barbe de prophète. Ce pseudonyme me plaît. Je lui ai donné un sucre d'orge rouge. Comme ça, il ira raconter à tout le village que je ne suis pas l'ogre qu'on croit. On va le traiter de menteur, mais certains le croiront, et toute cette confusion ne fera qu'alimenter ma légende. Ce sera bien fait pour eux.

Tiens, j'ai cessé de penser à elle un instant. Ce n'est pas souvent que ça arrive. Je ne lui écris jamais, car je sais qu'elle ne me répondrait pas. Mais je passe quand même une fois par semaine au bureau de poste pour demander s'il y a du courrier pour moi, au cas où elle m'écrirait. La maîtresse de poste me répond chaque fois d'un ton sec qu'il n'y a rien pour moi, et je rentre à la maison en souriant intérieurement et en me disant : « Ça ne fait rien, un jour, elle m'écrira peut-être. »

Tous mes gestes sont des incantations à la mémoire de ma Concorde, et je crois dur comme fer que ces pensées me la ramèneront. Le temps qui passe confirme mon erreur, mais je m'entête, je n'y peux rien. Quand je me lève le matin, je vais tout de suite voir à la porte si elle est là. Et je m'endors le soir en me disant qu'elle y sera peut-être demain. Hier, pour lui plaire, j'ai mis ma cravate.

Encore ce matin, je me suis réveillé en pensant qu'elle me reviendra un jour, ou bien qu'elle me rappellera à ses côtés. Ça m'a mis de bonne humeur pour toute la journée.

J'attends. J'ai le temps.

Remerciements

Ce roman est la traduction littéraire d'une mémoire qui s'éclipse plus qu'elle ne rayonne. Phil Jenkins, homme à connaître, m'en a donné l'idée vers la fin du siècle dernier. Lui-même écrivait alors son excellente chronique du flat LeBreton d'Ottawa, *An Acre of Time* : Phil, la prochaine pinte de bière est pour moi, et encore merci pour ta valise de notes.

À mon grand regret, je n'ai pas connu mon autre bienfaitrice, feu Sandra Gwyn, auteure de *The Private Capital* et de *Tapestry of War*, ces reconstitutions majestueuses de l'époque où le Canada singeait la mère patrie britannique. Madame Gwyn m'a non seulement nourri d'anecdotes d'une rare vérité, elle m'a aussi ouvert le royaume des archives où m'attendaient Ethel Chadwick et Talbot Papineau, deux personnages à l'aise aussi bien dans l'histoire que dans l'imaginaire.

Je tiens à saluer aussi Desmond Morton, Marcel

Trudel, Modris Ecksteins, Roger Le Moine, Gérard Bouchard, entre autres, qui reconnaîtront sûrement leurs contributions involontaires ; Gabriel Poliquin, mon premier lecteur, qui m'a fait lire Toni Morrisson et bien d'autres ; Mario Gagné et Monique Perrin d'Arloz, dont les remarques constructives ont sauvé ce livre bien des fois ; l'excellent Jean Bernier, mon éditeur.

Mon dernier mot va à celles qui seraient étonnées de se voir nommées ici. Je mentionnerai seulement la dame qui m'a appris qu'il n'est jamais trop tard pour avoir une jeunesse heureuse. Elle s'appelle Annette. C'est la mère chez nous.

EXTRAIT DU CATALOGUE

Georges Anglade
Les Blancs de mémoire

Emmanuel Aquin
Désincarnations
Icare
Incarnations
Réincarnations

Denys Arcand
Le Déclin de l'Empire américain
Les Invasions barbares
Jésus de Montréal

Gilles Archambault
À voix basse
Les Choses d'un jour
Comme une panthère noire
Courir à sa perte
De l'autre côté du pont
De si douces dérives
Enfances lointaines
Les Maladresses du cœur

L'Obsédante Obèse
et autres agressions
L'Ombre légère
Le Tendre Matin
Tu ne me dis jamais que je suis
belle
Un après-midi de septembre
Un homme plein d'enfance

Michel Bergeron
Siou Song

Hélène de Billy
Maurice ou la vie ouverte

Nadine Bismuth
Les gens fidèles ne font pas
les nouvelles
Scrapbook

Lise Bissonnette
Choses crues
Marie suivait l'été
Quittes et Doubles

Francine D'Amour
Écrire comme un chat
Presque rien
Le Retour d'Afrique

Fernand Dansereau
Le Cœur en cavale

Edwidge Danticat
Le Briseur de rosée

Louise Desjardins
Cœurs braisés
So long

Germaine Dionne
Le Fils de Jimi
Tequila bang bang

Christiane Duchesne
L'Homme des silences
L'Île au piano

Louisette Dussault
Moman

Irina Egli
Terre salée

Gloria Escomel
Les Eaux de la mémoire
Pièges

Michel Faber
La Rose pourpre et le Lys

Jonathan Franzen
Les Corrections

Christiane Frenette
Après la nuit rouge
Celle qui marche sur du verre
La Nuit entière
La Terre ferme

Marie Gagnier
Console-moi
Tout s'en va

Lise Gauvin
Fugitives

Douglas Glover
Le Pas de l'ourse
Seize sortes de désir

Louis Hamelin
Le Joueur de flûte
Sauvages
Le Soleil des gouffres

Bruno Hébert
Alice court avec René
C'est pas moi, je le jure!

David Homel
Orages électriques

Suzanne Jacob
Les Aventures de Pomme Douly
Fugueuses
Parlez-moi d'amour
Wells

Marie Laberge
Adélaïde
Annabelle
La Cérémonie des anges
Florent
Gabrielle
Juillet
Le Poids des ombres
Quelques Adieux

Marie-Sissi Labrèche
Borderline
La Brèche

Robert Lalonde
Des nouvelles d'amis très chers
Le Fou du père
Iotékha'
Le Monde sur le flanc de la truite
Monsieur Bovary
   ou mourir au théâtre